KAMPENWAND
VERLAG

ISBN: 978-3-98660-093-8

© 2022 Kampenwand Verlag
Raiffeisenstr. 4 · D-83377 Vachendorf
www.kampenwand-verlag.de

Versand & Vertrieb durch Nova MD GmbH
www.novamd.de · bestellung@novamd.de · +49 (0) 861 166 17 27

Text: Stefanie Schreiber
Umschlagfoto: Shutterstock
Lektorat: Ursula Schneider
Korrektorat: Margarete Götz
Kapitelfotos: Paul Fröls, Manfred Meyer und Stefanie Schreiber
Illustrationen Torge Trulsen, Charlotte Wiesinger und Knud Petersen:
Sabine Schulz
Druck: CUSTOM PRINTING
Wał Miedzeszynski 217, 04-987 Warszawa, Polen

Stefanie Schreiber

Göttliche Gier

in St. Peter-Ording

Der
9. Fall für
Torge Trulsen
und Charlotte
Wiesinger

Für Andreas

Ein kleines Lexikon norddeutscher Begriffe finden Sie am Ende des Buches.

Prolog

Niemals würde er den Tag vergessen, an dem er die größte Fehlentscheidung seines Lebens traf.

Jahrelang, genau genommen sein gesamtes Leben hatte er auf dieses Ziel hingearbeitet. Schritt für Schritt war er seinem Traum nähergekommen, hatte Entbehrungen in Kauf genommen und Disziplin aufgebracht.

Viel Disziplin!

Während den meisten seiner Kommilitonen das Wissen ohne große Mühe zuflog und sie sich nächtelang mit Mädchen auf ausschweifenden Partys amüsierten, saß er in seinem engen Zimmer und paukte sich Stunde um Stunde die anatomischen und chemischen Zusammenhänge ein.

Ohne von einem Stipendium oder elterlichem Zuschuss gesegnet zu sein, hatte er sich außerdem durch alle möglichen miesen Jobs gekämpft, um die Studiengebühren und das Zimmer im Studentenheim bezahlen zu können. Das hatte ihm nichts ausgemacht. Er wusste ja, wofür er es tat, hatte all die harten Jahre sein Ziel klar vor Augen. Seine Überzeugung, dieses Ziel erreichen zu können und eines Tages als anerkannter Chirurg ein viel angenehmeres Leben zu führen, ließ ihn alles aushalten, was dafür nötig war.

Es lag allein in seiner Hand, da war er sich sicher.

Nie wäre er auf die Idee gekommen, wie schnell sein Lebenstraum zerplatzen könnte. An einem einzigen Tag. Wie wenig Loyalität ihm im Ernstfall entgegengebracht wurde. Dass jeder nur an sich und seine eigene Karriere dachte und eine einzige falsche Entscheidung alles zerstörte.

In einsamen Nächten und dunklen Stunden nagten die Zweifel an ihm. Nagten die Zweifel an den Schlüssen, die er vielleicht viel zu schnell gezogen hatte. War er sich nicht mehr sicher, ob er hätte anders handeln sollen.

Wäre das Ergebnis dann ebenso katastrophal gewesen?

Hatte er wirklich in einer Zwickmühle gesteckt?

Hätte er sich wehren und weiterkämpfen sollen?

War es jetzt zu spät, um das Rad noch einmal zurückzudrehen?

Die Fragen quälten ihn unaufhörlich – insbesondere in einsamen Stunden in der Nacht. Nur selten fühlte er sich seit diesem verhängnisvollen Tag stark genug, um überhaupt darüber nachzudenken, wie er sein Leben erneut entscheidend ändern könnte. Trotzdem wartete er auf seine Gelegenheit.

Vielleicht bot das Leben auch ihm eine zweite Chance, wenn er einfach ausreichend Geduld aufbrachte.

Torge in St. Peter-Ording

Dienstag, den 26. Juli

Als Torge Trulsen aufwachte, wusste er nicht, wo er sich befand. Er fühlte sich benommen und ein leichter Kopfschmerz zog von seiner rechten Schläfe hinter die Stirn, was ihm das klare Denken eindeutig erschwerte. Außerdem war ihm leicht übel. Wenn der Hausmeister der Ferienanlage *Weiße Düne* etwas hasste, dann war das so ein Zustand, in dem er nicht aktiv sein konnte. Was war bloß passiert? Nichts schien vertraut zu sein, außerdem roch es irgendwie merkwürdig. Langsam öffnete er die Augen und ließ seinen Blick durch den Raum wandern, in dem er sich befand. Das Zimmer wirkte steril, ganz anders als die heimelige Umgebung seiner Reetkate in Tating, die seine Annegret in ein gemütliches Zuhause verwandelt hatte. Wie es aussah, lag er in einem Krankenhaus! Nur langsam tropften die ersten Erinnerungsfetzen in Torges Bewusstsein.

Marina Lessing, seine Chefin, hatte ihn beauftragt, endlich die verstopften Regenrinnen einiger Premiumbungalows in der ersten Wasserlinie direkt an den Dünen zu reinigen. Dabei handelte es sich um eine Aufgabe, die er normalerweise gerne erledigte – allein schon, weil er sich dabei an der frischen Luft aufhalten konnte. Allerdings war ihm in den letzten Wochen immer wieder schwindelig gewesen, meist ganz spontan und ohne Vorwarnung.

Seine bessere Hälfte lag ihm, seit sie davon Wind bekommen hatte, in den Ohren, endlich einen Arzt aufzusuchen. Aber das wollte Torge nicht. Was von alleine kam, das ging auch von alleine. Mit dieser Einstellung war er bislang bestens gefahren. Jetzt mitten in der Hauptsaison gab es nun wirklich Wichtigeres zu tun als in einem Wartezimmer herumzusitzen und dann, wenn man endlich drankam, eine schier endlose Anzahl von Tests über sich ergehen zu lassen. Oder noch schlimmer: mit einem Haufen Medikamente eingedeckt zu werden.

Außerdem war es ja nicht wirklich schlimm. Nur zweimal war ihm derartig schwarz vor Augen geworden, dass er sich kurz hinsetzen musste. Solange er täglich zur Arbeit erscheinen konnte, wollte er weiter abwarten, auch wenn es immer wieder kleine Diskussionen mit Annegret gab. Deswegen hatte er die leidige Dachrinnenreinigung dieser Bungalows seit Wochen vor sich hergeschoben. Das Wetter war großartig gewesen, da schien es ohnehin nicht übermäßig dringend zu sein. Bis es schließlich vor zehn Tagen kippte und sturzbachartige Regenfälle aus den schnell aufgezogenen Wolken schütteten. Als sich daraufhin einige leicht versnobte Urlauber beschwerten, gab es kein Ausweichen mehr. Die Aufgabe musste erledigt werden.

Torge hatte an jenem Morgen extra reichhaltig gefrühstückt. Ohnehin aß er am liebsten Eier mit Speck, auch wenn seine seute Deern ihm diese kalorienreiche Mahlzeit nur noch ab und zu servierte. Nach wie vor achtete sie mehr auf seine Ernährung als er selbst. Immerhin passten dadurch seine Hosen wieder tadellos und beweglicher war er ebenfalls, was ihm bei vielen seiner Tätigkeiten in der Ferienanlage allemal zugutekam. Bei seinem Dienstantritt hatte er sich rundum wohlgefühlt.

Der Regen prasselte ihm auf seine blonden Locken, als er schließlich oben auf der Leiter stand. Einen Moment lang verfluchte er sich selbst, die Reinigung nicht bei dem strahlenden Sonnenschein vorgenommen zu haben, aber dann fügte er sich in sein Schicksal und genoss die frische Brise, die das auflaufende Wasser der Nordsee über das Land blies. Von hier aus hatte er einen sagenhaften Blick über die Dünen bis zu den Pfahlbauten auf dem breiten Strand von St. Peter-Ording, über den er seinen Blick schweifen ließ, bevor er seine Aufmerksamkeit wieder auf die Arbeit richten wollte. Selbst bei diesem nordischen Schietwetter waren zahlreiche Urlauber unterwegs, trotzten Wind und Wetter, ohne sich das Glücksgefühl, an diesem Ort zu weilen, verderben zu lassen.

Plötzlich war dem Hausmeister mulmig geworden. Für einen Moment schloss er die Augen, konzentrierte sich dabei ganz auf sich selbst. Er sah Kreise, die von links nach rechts waberten, was sein Unwohlsein erheblich vergrößerte. Torge öffnete die Augen und starrte auf den Horizont, um das aufkommende Gefühl des Schwindels abzuschütteln – was jedoch nur mäßig funktionierte. Also atmete er tief durch, sog die frische Nordseeluft ganz tief in seine Lungen. Er musste sich einfach wieder unter Kontrolle bekommen! Im gleichen Moment, in dem er meinte, es würde wieder besser gehen, verlor Torge das Gleichgewicht. Reflexartig griff er nach der Regenrinne, fand aber keinen Halt. An alles, was danach passiert war, konnte er sich nicht erinnern. Vermutlich war ihm wieder schwarz vor Augen geworden, wodurch er von der Leiter stürzte.

Und jetzt lag er in diesem Krankenbett und begann die Bestandsaufnahme, um zu ergründen, was genau mit ihm geschehen war. Ein straffer Verband umfasste seinen gesamten linken Arm, von dem außerdem ein dumpfer Schmerz in seine Schulter strahlte. Neben ihm hingen an einem Ständer zwei Beutel, aus denen in unterschiedlicher Geschwindigkeit, Flüssigkeiten in seine Blutbahn tropften. Wie es aussah, hatte es ihn ernsthaft erwischt. Wenn er seine Lage richtig einschätzte, würde er nun mehr Geduld aufbringen müssen, als ihm ein volles Wartezimmer bei einem Arzt abverlangt hätte. Hoffentlich fiel er nicht zu lange aus. Mitten in der Hochsaison wurde er in der *Weißen Düne* gebraucht!

Neben ihm gab es Platz für ein zweites Bett, der war jedoch leer. Spontan wünschte er sich Gesellschaft, einfach um ein wenig zu schnacken. Bestimmt lag hier irgendwo sein Handy, oder durfte man im Krankenhaus damit nicht telefonieren? Mühsam richtete er sich auf, immerhin schienen seine Beine unverletzt zu sein. Vielleicht befand sich sein Telefon in der Schublade des rollbaren Nachttisches, der allerdings nicht so einfach zu erreichen war.

Der Wunsch, jetzt sofort seine Annegret anzurufen, wurde übermächtig. Selten hatte sich Torge so alleingelassen gefühlt, wie in diesem Moment. Und so verletzlich! Sonst war er immer stark und bereit, jedem zu helfen, der um seine Unterstützung bat.

Bestimmt machte sich seine Frau Sorgen um ihn. Und auch, wenn sie ihm die Standpauke vermutlich nicht ersparen würde, sehnte er sich in diesem Augenblick danach, ihre Stimme und ihren Bericht über seinen Unfall samt den Auswirkungen zu hören.

„Torge! Na, Gott sein Dank! Du bist wieder wach", wurde er von Annegret begrüßt, die im gleichen Moment den Raum betrat, als er sich mühsam zu dem Nachttisch herüberbeugte. „Was machst du denn bloß für Sachen?" Ihre Stimme klang gleichermaßen besorgt und vorwurfsvoll, was lediglich selten vorkam.

„Ich bin noch ganz benommen", murmelte Torge ausweichend, um der Zurechtweisung vorerst zu entgehen.

„Das hätte wirklich ganz böse ausgehen können", ergänzte sie mit einem vorwurfsvollen Tonfall, ohne Rücksicht auf seine Befindlichkeit zu nehmen. „Insgesamt bist du mit einem blauen Auge davongekommen. Stell dir vor, du wärst auf den Kopf gefallen!"

„Auf den Kopf gefallen war ich noch nie", versuchte Torge einen Scherz, um die Atmosphäre aufzulockern, was sie prompt zum Grinsen brachte.

„Na, immerhin hast du deinen Humor bei dem Sturz nicht eingebüßt", ließ sie sich auf seine Bemerkung ein. „Trotzdem werde ich darauf bestehen, dass sie dich hier erst wieder entlassen, wenn geklärt ist, warum dir ständig schwindelig wird." Ihr hübsches Gesicht nahm erneut einen ernsten Ausdruck an.

„Jo, ich bin damit einverstanden", versuchte Torge seine Annegret zu besänftigen. „Du hast ja recht", fügte er außerdem hinzu. „Nun erzähl mir erst mal, was überhaupt passiert ist. Ich habe einen kompletten Filmriss."

„Du bist bei dem Versuch die Dachrinnen zu reinigen von der Leiter gefallen ..."

„Ja, das dachte ich mir schon. Was ist mit meinem Arm? Er ist lediglich in einen Verband gepackt, scheint also nicht gebrochen zu sein."

„Das sieht harmlos aus, ist es aber nicht. Du hast dir einen sehr komplizierten Bruch zugezogen, der operiert werden musste", erklärte sie ihm.

„Ah, habe ich jetzt Metall im Arm? Dann kann ich wohl nicht mehr durch die Sicherheitskontrolle am Flughafen, ohne ordentlich zu piepen", scherzte er weiter.

„Als ob das deine größte Sorge sein sollte", wies sie ihn zurecht. „Du magst ja sowieso nicht gerne fliegen. Sei froh, wenn du in Zukunft nicht bei jedem Regen Schmerzen im Arm hast. Ich jedenfalls höre mir dein Gejammer nicht an. Seit Wochen habe ich dir gesagt, du sollst endlich zu einem Arzt gehen!"

„Annegret! Ich kann es nur wiederholen: Du hast absolut recht. Ich habe es auf die leichte Schulter genommen und damit total vermasselt, aber ich gelobe Besserung und werde die nötigen Tests über mich ergehen lassen. Also sei wieder gut mit mir. Es wird mich schon genug fordern, hier untätig herumzuliegen, während in der Ferienanlage die Saison tobt und ich dort gebraucht werde."

„Das hättest du dir eher überlegen sollen", murrte sie einen weiteren Moment, bevor sie ihm versöhnlich die Hand drückte. „Schon gut, ich sag nichts mehr", fügte sie schließlich hinzu. „Ich bin ja ebenfalls froh, wenn du wieder nach Hause kommst."

„Hast du den Arzt gesprochen?", fragte Torge hoffnungsvoll.

„Nur, was deinen Bruch angeht. Du kannst von Glück sagen, dass du so schnell operiert wurdest. Deinen Ellenbogen hat es schlimm erwischt, aber wie es aussieht, wirst du keine Beeinträchtigung zurückbehalten. Benommen bist du von dem Medikamentencocktail. Neben einem starken Schmerzmittel bekommst du ein Antibiotikum", klärte sie ihn auf. „Gab es denn noch keine Visite?"

„Die habe ich wohl verpasst. Ich bin erst vor Kurzem aufgewacht. Was hast du mir mitgebracht?", fragte er schließlich wie ein kleiner Junge.

„Erst mal ein paar praktische Dinge – obwohl dir dieses Krankenhaushemd wirklich gut steht", frotzelte sie ein wenig, worauf Torge mit einer Grimasse reagierte. „Ist es hinten offen? Dann musst du aufpassen, wem du deinen Mors präsentierst", schmunzelte sie weiter. „Aber bisher hast du das Zimmer ja für dich allein."

„Ja, mal sehen, ob das so bleibt. Eigentlich ist es ja schöner, jemanden zum Schnacken zu haben", wiederholte Torge seine Gedanken.

„Kommt drauf an. Das kann auch ganz schön nervig sein", widersprach Annegret. „Ich wäre froh über ein Einzelzimmer. Also, was soll ich dir morgen mitbringen?", wechselte sie das Thema.

Während der Hausmeister über diese Frage nachdachte, öffnete sich die Tür und sein erster Wunsch wurde erfüllt.

„Moin Herr Trulsen", begrüßte ihn eine freundliche Krankenschwester. „Ah, ich sehe, Sie haben gerade Besuch. Da hat sie ja Glück, dass Sie mittlerweile aufgewacht sind."

„Hhm, ja, das ist meine Frau", antwortete Torge wenig geistreich.

„Wunderbar. Ich bringe Ihnen weitere Gesellschaft. Herrn Brunner hat ein ähnliches Schicksal ereilt wie Sie. Er ist allerdings schlechter dran, weil er sich einen komplizierten Beinbruch zugezogen hat. Fürs Erste darf er nicht aufstehen", plauderte sie munter drauf los, während sie den schlafenden Patienten auf den freien Platz im Raum schob. „Aber nun zu Ihnen. Wie fühlen Sie sich?"

„Ziemlich groggy", gab Torge zögernd zu.

„Das wird wahrscheinlich die nächsten Tage aufgrund der starken Medikamente so bleiben. Möglicherweise wirken sie intensiver, weil Ihr Allgemeinzustand beeinträchtigt ist, aber darüber wird Dr. Menzel später mit Ihnen sprechen. Haben Sie ein wenig Geduld, dann wird es schon wieder. Die Operation ist erfolgreich verlaufen. Sie sollten auf jeden Fall viel trinken. Haben Sie Hunger?", fragte sie schließlich.

Torge fühlte sich von der Flut an Informationen überfordert. Die Vorstellung, jetzt etwas zu essen, war ausnahmsweise nicht verlockend. „Ein Glas Wasser würde mir reichen."

„Ich bringe Ihnen eine frische Flasche", flötete die Schwester, bevor sie den Raum wieder verließ.

Obwohl er sich so sehr auf seine Annegret gefreut hatte, war er kaum in der Lage, auch nur eine belanglose Plauderei mit ihr zu führen. Genau genommen hatte er schon Mühe überhaupt die Augen offen zu halten. Torge konnte sich nicht erinnern, wann er überhaupt schon einmal derartig erschöpft gewesen war. Selbst um darüber unzufrieden zu sein, fehlte ihm an diesem Nachmittag die Energie. Sein neuer Bettnachbar schnarchte selig vor sich hin und Torge wünschte sich, es ihm gleichzutun.

Als Annegret schließlich mit dem Versprechen am nächsten Tag wiederzukommen, aufbrach, dauerte es nicht lange und er verfiel in einen Zustand des Dämmerns, ohne jedoch gleich tief einzuschlafen. Ab und zu schien jemand den Raum zu betreten, etwas zu kontrollieren und dann wieder zu verschwinden, so dass nur noch das Schnarchen des anderen Patienten zu vernehmen war, den Torge heimlich seinen Zellenkumpel nannte. Auch das Bedürfnis zu Schnacken war vorerst verschwunden. Im Halbschlaf lauschte er zufrieden dem geräuschvollen Atem, wodurch er sich immerhin nicht mehr so alleine fühlte. Langsam entschwand er in das Land der Träume.

Gegen achtzehn Uhr brachte die nette Krankenschwester das Abendbrot. Das Klappern der Tabletts weckte nicht nur den Hausmeister wieder auf, auch in dem zweiten Bett regte sich etwas.

„Moin, die Herren der Schöpfung!", wurden sie fröhlich begrüßt. „Schlafen ist gesund und wird Ihre Kraft zurückbringen. Trotzdem sollten Sie sich jetzt mit dieser Brotzeit stärken, das ist ebenfalls wichtig. Ich bin übrigens Schwester Luisa. Wenn Sie außerdem etwas brauchen, können Sie einfach nach mir rufen. Dort an der Seite Ihres Bettes finden Sie den Klingelknopf. Und nun lassen Sie es sich schmecken!"

Da sich Torges Appetit nach wie vor in Grenzen hielt, war er neugieriger auf den Zimmergenossen als auf die servierte Mahlzeit, die aus zwei Scheiben Brot, Butter sowie etwas Wurst und Käse bestand. Die aufgeschnittene Tomate entlockte dem Hausmeister ein Lächeln. Annegret wäre zufrieden gewesen.

„Guten Tag", meldete sich sein Bettnachbar in seine Gedanken hinein. „Mein Name ist Rolf Brunner. Ach, ich bin ja froh, nicht in einem Einzelzimmer gelandet zu sein. War ich lange weg?"

„Moin! Torge Trulsen. Tja, keine Ahnung. Sie sind vor ein paar Stunden hierhergebracht worden, wie es aussieht ebenfalls frisch operiert. Wie lange Ihr Unfall her ist, kann ich nicht sagen. Sicherlich erfahren Sie es bei der nächsten Visite", antwortete Torge hilfsbereit. „Wohnen Sie hier auf Eiderstedt oder sind Sie im Urlaub?" Insgeheim tippte er auf Zweiteres, allein schon wegen der Begrüßung. Niemand, der hier wohnte, sagte ,Guten Tag'. Außerdem hatte Torge den Mann zuvor nie gesehen und er kannte eigentlich jeden auf Eiderstedt und war mit allen per du.

„Tatsächlich ist es seit längerer Zeit mein erster Urlaub", erklärte Rolf Brunner. „Ich bin vor zwei Jahren verwitwet. Davor habe ich meine Frau gepflegt. Eine Reise war schon ewig nicht mehr möglich. Tja, scheinbar hat es mir kein Glück gebracht, mich alleine auf den Weg zu machen. Allerdings hatte ich das Gefühl, zu Hause langsam zu versauern. Ich wollte endlich mal wieder am Leben teilnehmen und mich zwischen die Leute mischen. Deshalb habe ich mich für einen Sommerurlaub hier an der Küste entschieden. Zum gleichen Zeitpunkt, wenn die Familien unterwegs sind und der Trubel am größten ist."

Offensichtlich war sein Bettnachbar mitteilungsbedürftig.

„Ich mag es ebenfalls, wenn richtig viel los ist", erklärte Torge. „Und wie ist Ihr Unfall passiert?"

„Ja, wissen Sie, das war wirklich saublöd. Meine Frau hätte wohl gesagt: Fatale Selbstüberschätzung. Eigentlich habe ich nur nicht richtig nachgedacht. Wissen Sie, ich habe einen Bungalow in der Ferienanlage *Weiße Düne* gemietet. Da gibt es am Rande der Dünen eine Stelle, wo große Steine verteilt und zum Teil aufgetürmt wurden. Ich bin darauf herumgeklettert, weil ich von dort aus den Strand und die Pfahlbauten fotografieren wollte. Das war eine ganz spontane Idee. Wie es aussieht, nicht gerade meine Beste. Anfangs war ich vorsichtig und sehr aufmerksam, aber als ich erst mal mein Smartphone in der Hand hatte, habe ich mehr auf die Motive als auf meine Sicherheit geachtet. Ich fürchte, ich bin auf einer feuchten Stelle weggerutscht und dann so unglücklich gefallen, dass ich mir einen komplizierten Beinbruch zugezogen habe. So viel weiß ich jedenfalls noch. Meine Irene hätte auf mich aufgepasst. Dann wäre das bestimmt nicht passiert!", lamentierte Rolf Brunner.

Torge konnte den Mann gut verstehen. Ohne seine Annegret fühlte er sich ebenfalls nur wie ein halber Mensch. Auch wenn sie ihn immer wieder mit den gleichen Themen triezte, wollte er sie auf keinen Fall missen.

„Wirklich ärgerlich!", setzte sein Bettnachbar seine Ausführungen fort. „Ich habe es so wunderbar mit diesem Feriendomizil getroffen. So eine schöne Anlage! Sehr gepflegt und einmalig gelegen. Dazu sichert der Bungalow mir eine Menge Privatsphäre und trotzdem konnte ich im dazugehörigen Restaurant meine Mahlzeiten einnehmen und brauchte mich nicht einmal für das Frühstück selbst versorgen. Ein Jammer! Wer weiß, wann ich hier wieder herauskomme! Den Aufenthalt in der *Weißen Düne* kann ich wohl abschreiben. Kennen Sie die Ferienanlage?", fragte er schließlich.

Torge lächelte. „Und ob ich die kenne! Genauso wie Sie würde ich am liebsten sofort dorthin zurückkehren."

„Sie sind ebenfalls auf Urlaub hier?", kam die freundliche Nachfrage.

„Im Gegenteil. Die *Weiße Düne* ist mein Arbeitsplatz. Ich bin der verantwortliche Hausmeister und werde jetzt in der Hauptsaison auf jeden Fall gebraucht. Aber zusätzlich zu meinem Armbruch leide ich unter ständig wiederkehrenden Schwindelanfällen. Deshalb muss ich wohl ebenfalls eine Weile hierbleiben, obwohl ich schon jetzt Hummeln im Hintern habe und lieber heute als morgen dieses Krankenbett verlassen würde."

„Na, da sind wir ja Leidensgenossen", bemerkte Rolf Brunner. „Wenn wir es nicht mehr aushalten, können wir uns ein gemeinsames Taxi leisten und von hier verschwinden", zwinkerte er verschwörerisch, was seine Sympathiewerte bei Torge steigen ließ.

„Ich wäre sofort dabei", bestätigte er den Vorschlag schmunzelnd. „Allerdings habe ich meiner besseren Hälfte versprochen, hierzubleiben und die Tests über mich ergehen zu lassen. Daran muss ich mich jetzt halten."

„Tja, versprochen ist versprochen", nickte sein Zellenkumpel. „Na, dann wollen wir uns mal stärken. So langsam bekomme ich wirklich Hunger. Lassen Sie es sich schmecken. Mit Schwindel lässt sich nicht spaßen, da sollten Sie keine Mahlzeit auslassen, Herr Trulsen."

Also tat er wie ihm geheißen. Auch Annegret würde die gleiche Empfehlung aussprechen, da war Torge sicher. Schweigend aßen die Männer ihr Brot, jeder in die eigenen Gedanken versunken.

Der Hausmeister war gerade mit seiner zweiten, recht trockenen Scheibe beschäftigt, als sich die Tür zu ihrem Krankenzimmer erneut öffnete. Eine mürrisch wirkende Schwester mit erstaunlicher Leibesfülle watschelte herein.

„Sie quasen ja immer noch an dem bisschen Brot herum. Wieso dauert das so lange? Ich will hier endlich mal fertig werden!", herrschte sie die verdutzten Männer an.

„Äh, stehen wir unter Zeitdruck?", fand Torge als Erster die Sprache wieder. „Mir war gar nicht bewusst, dass es schnell gehen muss. Haben wir heute noch etwas vor?", fragte er keck, während Rolf Brunner ein Kichern vernehmen ließ.

„Ihnen wird das Lachen schon vergehen", motzte die missgelaunte Krankenschwester weiter. „Ich an Ihrer Stelle würde es mir schwer überlegen, ob Sie sich hier auf meine Kosten amüsieren wollen. Also essen Sie endlich auf, statt meine Zeit zu verplempern! Ich komme in zehn Minuten zurück und dann geht hier das Licht aus."

Die Männer wechselten einen Blick, während die Tür krachend zuschlug.

„Uieh, da haben wir ja das große Los gezogen. Vielleicht sollten wir darauf bestehen, dass Schwester Luisa zurückkehrt", versuchte Torge einen Scherz.

„Boah, das ist ein echter Drache!", bestätigte Rolf Brunner. „Was meinte die mit der Aussage, hier würde gleich das Licht ausgehen? Das klingt ja wie eine Drohung. Will sie uns die Lichter auspusten oder sollen wir etwa schon um neunzehn Uhr schlafen?", fragte er mit leichter Empörung.

„Heute würde mich das nicht stören", entgegnete Torge. „Ich fühle mich nach wie vor groggy. Selten habe ich essen als so anstrengend empfunden. Und wer weiß, was da alles in meine Blutbahn tropft."

„Ja, aber in den nächsten Tagen werden wir uns bestimmt wieder besser fühlen. So einem Verhalten sollten wir sofort einen Riegel vorschieben. Wir sind hier doch nicht bei der Bundeswehr, wo sinnlose Befehle empfangen werden müssen", redete sich Rolf Brunner in Rage.

„Sinnvoll oder nicht – solange wir unsere Klamotten nicht auf DinA4 falten müssen, ist mir das heute egal. Ich habe nicht die Kraft, um mich gegen so eine Matrone zu wehren. Vielleicht kann ich morgen den Kampf aufnehmen."

Als die Krankenschwester eine Viertelstunde später zurückkehrte, war sie keinen Deut besser gelaunt. Obwohl Torge den Joghurt gerne später noch gegessen hätte, räumte sie alles ab. Er wollte protestieren, schwieg jedoch, als sie ihn mit einem Blick bedachte, der keinen Widerspruch duldete.

„So, und jetzt herrscht hier Ruhe. Verschonen Sie mich mit nächtlichen Sonderwünschen und klingeln Sie nur dann, wenn es sich um einen echten Notfall handelt. Sie befinden sich in einem Krankenhaus und nicht in einem Luxushotel. Das sollte Ihnen klar sein, bevor sie in Versuchung geraten, mir das Leben schwer zu machen. Ich sitze hier am längeren Hebel."

Was auch immer damit gemeint war!

Am liebsten hätte Torge nachgefragt, ließ es dann aber lieber bleiben. Rolf Brunner saß mit eingezogenem Kopf in seinem Bett und schwieg ebenfalls, obwohl seine kämpferische Aussage ja erst ein paar Minuten her war. Wie es aussah, hatte die herrschsüchtige Person nun auch ihn eingeschüchtert. Immerhin durfte er nicht einmal aufstehen, da war sein Rückzieher verständlich. Da war Torge deutlich besser dran. Notfalls konnte er sich tatsächlich ein Taxi rufen und nach Hause fahren.

„Ich sehe, wir verstehen uns", bemerkte die Matrone, bevor sie schließlich die blickdichten Vorhänge zuzog, um das sommerliche Tageslicht auszusperren.

Das war ja wie im Kindergarten! Der Hausmeister nahm sich fest vor, morgen bei der Visite mit dem Arzt über das Verhalten dieser Schwester zu sprechen. Für heute wollte er sich damit abfinden und einfach schlafen.

Selten hatte Torge eine so unruhige Nacht verbracht. Manchmal fühlte er sich an den Fall des Doppelmordes auf dem Paulsen-Hof erinnert, bei dem er selbst in Gefahr geraten war und sich nicht einmal in seinem eigenen Bett in der Reetkate sicher gefühlt hatte.

Ähnlich erging es ihm heute. Im Traum erschien ihm die mürrische Madame und kommandierte ihn herum, etwas, was dem Hausmeister ohnehin zuwider war. Dabei übte sie dermaßen viel Druck auf ihn aus, dass er sich ungewohnt eingeschüchtert fühlte. Zwischendurch wurde er wach, fühlte sich etwas lächerlich in seiner Angst und beschloss, sich zusammenzureißen. Diese seltsamen Träume wurden sicherlich nur durch die ungewohnten Medikamente hervorgerufen. Was sollte ihm die Matrone schon anhaben! Schließlich war es ihre Aufgabe, für sein Wohlbefinden zu sorgen, auch wenn sie das nicht so wörtlich zu nehmen schien.

Schließlich dämmerte er erneut in einen Zustand zwischen Wachsein und Wegschlummern, fühlte sich dabei aber irgendwie beobachtet, was eine innere Unruhe auslöste, die ihn am endgültigen Einschlafen hinderte. Außerdem wurde er das Gefühl nicht los, dass jemand durch das Zimmer schlich. Waren die Schatten an der Wand eine Ausgeburt seiner Einbildungskraft?

Litt er durch die Medikamente vielleicht unter Halluzinationen? Torge nahm sich fest vor, auch das mit dem Arzt zu besprechen, aber vorerst musste er diese fürchterliche Nacht überstehen.

Immer wieder lauschte er auf das leise Schnarchen seines Bettnachbarn, der scheinbar selig schlummerte und von den unheimlichen Bewegungen in dem Raum nichts mitzubekommen schien. Bildete er sich das alles nur ein? Am liebsten hätte Torge das Licht eingeschaltet, fürchtete jedoch, die Matrone würde wie eine Furie in das Zimmer stürzen und ihn zur Schnecke machen.

Wie er es hasste, so verletzt und schwach in diesem Bett herumzuliegen! Jedes kleinste Geräusch ließ ihn zusammenzucken. Jeder Schatten im Raum ließ ihm einen kalten Schauer über den Rücken laufen. Obwohl er sich selbst zur Vernunft mahnte, steigerte er sich immer weiter in seine bedrohlichen Fantasien hinein. Sehnsüchtig erwartete er das Tageslicht. Noch war es aber ziemlich dunkel im Raum, also schätzte Torge es auf mitten in der Nacht. Er musste sich wohl ein Weilchen gedulden, bis der neue Morgen endlich anbrach. Hoffentlich überstand er das heil!

Als er das nächste Mal aufwachte, zeigte sich durch den Spalt zwischen den Vorhängen ein schüchterner Sonnenstrahl. Torge seufzte erleichtert. Diese fürchterliche Nacht hatte er überstanden! Er hoffte sehr, die fiese Nachtschwester an diesem Morgen nicht zu Gesicht zu bekommen. Immerhin hatte sie ihn am Abend von den Infusionen befreit, so dass er wieder über mehr Bewegungsfreiheit verfügte. Leise stieg er aus dem Bett, um den Waschraum aufzusuchen. Sein Bettnachbar regte sich nicht.

Obwohl sich die Morgentoilette mit nur einem brauchbaren Arm als äußerst mühsam erwies, folgte er seinem dringenden

Bedürfnis, sich den Schweiß und das ungute Gefühl der vergangenen Stunden abzuwaschen. Eine Erfrischung würde die Welt in ein freundlicheres Licht tauchen, da war er sich sicher. Am liebsten wäre er dafür an den Strand gefahren und hätte sich die steife Brise der Nordsee um die Nase wehen lassen, aber darauf musste er an diesem Morgen wohl verzichten.

Mit ein wenig Unterstützung einer Krankenschwester hätte er bestimmt nur die halbe Zeit gebraucht, aber die Vorstellung, statt der hübschen Luisa würde die Matrone auftauchen, ließ ihn davon absehen, Hilfe zu ordern. Immerhin stand es zu befürchten, dass die herrschsüchtige Person ihn ohne Rücksicht auf seinen Verband komplett unter die kalte Dusche stellte.

Als er endlich in das Krankenzimmer zurückkehrte, fühlte er sich zwar frischer, aber bereits wieder erschöpft. Kraftlos ließ er sich auf die Kante seines Bettes plumpsen und genoss für einen Moment die Stille, die in dem Raum herrschte. Nur einen Augenblick ausruhen! Bestimmt wurde gleich das Frühstück serviert. In der Ferne konnte er das Rumoren der Essensausgabe vernehmen.

Mit geschlossenen Augen wiegte er leicht hin und her. Während er überlegte, ob er sich wieder hinlegen sollte, hielt er plötzlich erschrocken mitten in der Bewegung inne.

Was hatte diese Ruhe zu bedeuten? Die ganze Nacht war er von Rolf Brunners Schnarchen begleitet worden. Warum konnte er das jetzt nicht mehr hören? War sein Bettnachbar lediglich in eine tiefere Schlafphase abgetaucht oder gab es eine bedrohlichere Erklärung?

Mit einem Satz sprang Torge von der Bettkante und wäre dabei beinahe über seine eigenen Füße gestolpert, als ihn erneut ein leichter Schwindel erfasste. Dieses Mal schien es sich lediglich um eine kleine Kreislaufschwäche zu handeln, weil er so wenig gegessen hatte. Trotzdem: Jetzt bloß nicht zum zweiten

Mal stürzen! Nicht auszudenken, wenn er sich zusätzlich den anderen Arm brach. Obwohl Torge sich spontan um seinen neuen Kumpel sorgte, beugte er sich nur ungern über ihn. In den letzten Jahren war er bereits mit einigen Toten konfrontiert worden und er legte keinen gesteigerten Wert darauf, schon wieder einen zu berühren. Die Erinnerungen der letzten Nacht waberten durch sein Bewusstsein, als er vorsichtig den Puls fühlte, weil Rolf Brunner nicht mehr zu atmen schien. Nichts! Waren die Schatten der Nacht doch nicht bloß seiner Fantasie entsprungen? Sofort begann er sich Vorwürfe zu machen, nicht in irgendeiner Form darauf reagiert zu haben. Allerdings musste er sich eingestehen, einfach zu groggy gewesen zu sein.

Der Hausmeister fing unwillkürlich an zu zittern. Was sollte er bloß tun? Den Mann kräftig schütteln? Vermutlich würde nicht einmal das zu dem gewünschten Ergebnis führen. Die fiese Nachtschwester rufen? Schon der Gedanke an ihren durchdringenden Blick verstärkte sein Zittern.

Er musste Knud Petersen anrufen! Der Kommissar der Polizei von St. Peter-Ording würde ihn bestimmt aus dieser schrecklichen Situation befreien. Am besten brachte er gleich seine Kollegin Charlotte Wiesinger mit, auch wenn die Torge ebenfalls kritisch betrachten und dann fragen würde, was denn mit seinem Karma nicht stimme, weil ständig Leute in seinem unmittelbaren Umfeld das Zeitliche segneten. Allerdings war es eben ein großes Umfeld, das musste man ihm zugutehalten!

Mit anhaltend zitternden Händen angelte er sein Mobiltelefon aus der Schublade des Nachttisches und drückte die Kurzwahl, unter der die Nummer seines langjährigen Freundes gespeichert war.

„Moin Torge", wurde er bereits nach zweimaligem Ertönen des Freizeichens begrüßt. „Was verschafft mir die Ehre an

diesem frühen Morgen? Ich wollte dich eigentlich heute Nachmittag besuchen."

Knud in St. Peter-Ording

Mittwoch, den 27. Juli

Jahrelang hatte Knud Petersen zu den ausgeglichensten Menschen auf Eiderstedt gehört. Der frühe Tod seiner Frau lag nun lange in der Vergangenheit und es war ihm gelungen, sich mit diesem Schicksalsschlag abzufinden. Sicherlich hatte die enge Bindung zu seiner Mutter Greta dazu beigetragen, weder seinen Optimismus noch seine meist fröhliche Stimmung nachhaltig zu beeinträchtigen. Das Haus im Tümlauer Koog hatte er behalten und lediglich ein wenig umgestaltet, damit er nicht tagtäglich an die einst so glückliche Zeit erinnert wurde.

Erst als die toughe Kommissarin aus Hamburg in die Küstengemeinde versetzt wurde, hatte er sich zum ersten Mal seit Langem wieder für das weibliche Geschlecht interessiert. Charlotte Wiesinger war eine attraktive Frau Mitte dreißig und trotz ihrer geringen Körpergröße von 1,58m ein wahres Energiebündel, das schnell die Geduld verlor und gern entsprechend aufbrausend reagierte, wenn ihr etwas nicht in den Kram passte. Und das kam gar nicht so selten vor. Vielleicht war es gerade dieses gegensätzliche Temperament, was Knud so anziehend fand. Außerdem war sie blitzgescheit. Nachdem sie sich daran gewöhnt hatte, dass die Uhren auf Eiderstedt anders tickten als in der Elbmetropole, kam sie sogar mit Torge Trulsen klar, selbst wenn dieser sich mit wahrer Inbrunst regelmäßig in ihre Ermittlungen einmischte. Immerhin landete er dabei nicht nur Glückstreffer, sondern trieb das eine oder andere Mal die Aufklärung ihrer Mordfälle voran.

Da sich die beiden unterschiedlichen Kommissare prächtig ergänzten und absolut auf der gleichen Wellenlänge funkten, hätten sie auch zusammen glücklich werden können, aber das ließ Charlotte einfach nicht zu. Zu tief saß ihre Enttäuschung mit ihrem Exverlobten. Auf mehr als eine stetig wachsende Freundschaft konnte sie sich bei aller Zuneigung für den Kollegen nicht einlassen, Knud hingegen wäre für mehr bereit gewesen, auch wenn die Angst, ihr gutes Arbeitsverhältnis zu zerstören, ihn immer wieder zögern ließ. Und natürlich wollte er sie nicht ganz verlieren, falls sie als Paar nicht harmonierten. Trotzdem schien nach nunmehr mehreren gemeinsamen Jahren die Zeit reif zu sein, den nächsten Schritt zu wagen.

Ausgerechnet als er Anfang April nach seinem ersten konkreten Vorstoß einen genauso konkreten Korb von ihr erhalten hatte, traf er bei seinem morgendlichen Strandlauf eine kesse Blondine. Fiona Jensen, die neue Gerichtsmedizinerin aus Leidenschaft nahm ihn sofort mit ihrer Unkompliziertheit ein und verursachte bei dem pragmatischen Nordfriesen ein ungeahntes Gefühlschaos, aus dem er sich in all den Monaten bis zum heutigen Tag noch nicht befreit hatte. Während Fiona immer wieder deutlich machte, einer festen Beziehung nicht abgeneigt zu sein, konnte sich Knud bislang nicht ganz auf sie einlassen, obwohl er sie wirklich gerne mochte. Vielleicht wäre das anders gewesen, wenn er nicht jeden Tag so eng mit Charlotte zusammengearbeitet hätte. Ihre Nähe machte ihm immer wieder schmerzhaft bewusst, wie viel er trotz ihrer Zurückhaltung für sie empfand.

Sein Dilemma war unübersehbar: Er mochte beide Frauen und saß damit perfekt zwischen den Stühlen. Dass sie alle drei mehr oder minder zu einem Team gehörten, verkomplizierte die Situation zusätzlich. Jedes Mal, wenn Charlotte einen Anflug von Eifersucht zeigte, keimte wieder Hoffnung in Knud und zeigte ihm gleichzeitig, wie unfair eine feste Beziehung mit Fiona wäre. Die hingegen hatte mit der Nebenbuhlerin überhaupt kein Problem, schien auf ganzer Linie unkomplizierter und offener zu sein, sich sogar auf eine lockere Verbindung einzulassen.

So sehr Knud gehofft hatte, die Zeit würde sein Problem lösen, desto unwahrscheinlicher wirkte dies nach all den Monaten, die nun bereits vergangen waren. Würde er es sich am Ende durch seine Unfähigkeit eine Entscheidung zu treffen, mit beiden Frauen verscherzen? Diese Frage drängte sich immer wieder auf. Es wurde Zeit, endlich Klarheit über seine Gefühle zu erhalten – und das am besten, bevor der nächste anspruchsvolle Mordfall seine gesamte Konzentration forderte!

Auch an diesem Mittwoch war er früh an den Strand gefahren, um seine morgendliche Laufrunde zu absolvieren. Ohnehin ein Frühaufsteher liebte er es insbesondere in der Hochsaison bei Sonnenaufgang, den Strand praktisch für sich alleine zu haben. So bekam er den Kopf frei, egal ob das Wasser in sanften Wellen heranrollte oder sich die Nordsee gerade zurückgezogen und den faszinierenden Lebensraum des Watts freigelegt hatte.

Da sich seine Gedanken einmal wieder im Kreis drehten, war er alles andere als traurig über den Anruf von Torge, der eine willkommene Ablenkung darstellte.

„Moin Torge", begrüßte er seinen Freund. „Was verschafft mir die Ehre an diesem frühen Morgen? Ich wollte dich eigentlich heute Nachmittag besuchen."

„Knud!", schallte es aufgeregt aus seinem Smartphone. „Du musst sofort herkommen! Ich glaube, er ist tot! Heilige Sanddüne, was soll ich denn bloß machen?"

„Torge! Beruhige dich! Du klingst ja wie ein rasender Irrer! Als hättest du selbst einen umgebracht. Was ist denn passiert? Ich dachte, du liegst im Krankenhaus!", wunderte sich Knud.

„Ja, genau. Und ich sage dir, das ist ein wirklicher unheimlicher Ort. Nachts ..." Torges Stimme überschlug sich.

„Hey Kumpel. Atme erst mal tief durch!", versuchte Knud beruhigend auf seinen Freund einzuwirken.

„Ich meine es ernst", echauffierte sich der Hausmeister.

„Ja, ich auch", entgegnete Knud trocken.

„Okay." Torge schnaufte geräuschvoll, bevor er etwas leiser fortfuhr: „Mein Zellenkumpel hier hat das Zeitliche gesegnet."

„Dein Zellenkumpel? Torge, du schnackst in Rätseln. Worum geht es denn überhaupt? Bist du nicht mehr im Krankenhaus?", fragte Knud verblüfft.

„Doch, natürlich. Das ist ja das Problem. Er hat die ganze Nacht geschnarcht, oder die halbe, ich weiß es nicht mehr. Jedenfalls geisterten hier in der Dunkelheit diese unheimlichen Schatten durch den Raum. Ich glaube, er ist ermordet worden!", platzte der Hausmeister schließlich heraus.

„Ermordet worden? Torge, so traurig es ist, aber im Krankenhaus sterben Menschen. Natürlich nicht alle, trotzdem kommt so etwas vor. Wer hätte ihn denn ermorden sollen?"

„Ich habe keine Ahnung, aber gestern war er noch quick-lebendig. An einem gebrochenen Bein stirbt man doch nicht!", widersprach Torge vehement.

„Nein, eher an einem gebrochenen Herzen", murmelte Knud leicht frustriert.

„Was?"

„Nichts. Schon gut."

„Kommst du her?", wollte der aufgeregte Hausmeister wissen.

„Torge. Kann es sein, dass die Schatten der Nacht deinem Medikamentencocktail entsprungen sind? Wie ich gehört habe, hast du eine saubere Bruchlandung hingelegt und dabei deinen Arm zerschmettert."

„Wer hat dir das erzählt?"

„Nun, ich habe da so meine Quellen. Außerdem verbreiten sich solche Nachrichten auf Eiderstedt wie ein Lauffeuer", fügte er frotzelnd hinzu.

„Ja, wer den Schaden hat, braucht für den Spott nicht zu sorgen", murrte Torge. „Aber das hier ist jetzt wirklich wichtiger. Du musst schnell herkommen, um die Leiche zu beschlagnahmen. Wenn die erst im Keller dieses Krankenhauses verschwunden ist, wird hier alles vertuscht!"

„Was haben sie dir bloß gegeben? Das ist ja die reinste Verschwörungstheorie", amüsierte sich der Kommissar.

„Das ist überhaupt nicht lustig, Knud. Ich meine es wirklich ernst. Bitte mach dich sofort auf den Weg und bring am besten Kommissarin Wiesinger mit – und die freche Gerichtsmedizinerin!" Torges Stimme wurde eindringlicher.

„Um mich gleich vor beiden lächerlich zu machen?" Knud schüttelte den Kopf, auch wenn sein Freund das nicht sehen konnte. Nur mit Mühe gelang es ihm zu verhindern, dass sich sein Gedankenkarussell umgehend wieder in Gang setzte. „Wir können nicht einfach eine Leiche aus dem Krankenhaus mitnehmen. Wie stellst du dir das vor? Sollte ich sie verhaften?"

„Knud, hör auf mich zu veräppeln. Es ist schon so schlimm genug. Wenn du mir nicht sofort versprichst, umgehend hier zu aufzutauchen, rufe ich selbst bei einer deiner Kolleginnen an. Lilly Morgenroth würde sich bestimmt nicht zweimal bitten lassen."

„Also gut. Ich springe eben unter die Dusche und dann komme ich zu dir."

„Vergiss die Dusche. Hier hat eine furchterregende Nachtschwester Dienst. Wenn die den Toten entdeckt, bringt sie ihn sofort weg. Ihre freundliche Kollegin könnte ich sicherlich überreden, auf das Eintreffen der Polizei zu warten, aber mit der Matrone will ich nicht diskutieren!", lamentierte Torge weiter.

„Okay, du bist ja völlig von der Rolle. Ich erkenne dich gar nicht wieder. Seit wann lässt du dich von einer Krankenschwester einschüchtern?"

„Wenn du sie kennen würdest, könntest du mich verstehen. Versprichst du sofort zu kommen?"

„Jo. Leg dich einfach hin. Ich bin gleich bei dir", sicherte Knud seinem Freund zu. So langsam machte er sich wirklich Sorgen. Entweder stand Torge unter extremem Medikamenteneinfluss oder war kurz davor, durchzudrehen. Vielleicht auch beides in Kombination. Er selbst konnte sich kaum vorstellen, dass es sich um einen Mord handelte. Vermutlich hatte der arme Kerl einfach Pech gehabt. Schwaches Herz oder eine Infektion. Das kam schließlich immer wieder vor.

„Auf keinen Fall. Ich halte hier Wache. Leider kann man die Türen nicht abschließen", unterbrach Torge Knuds Überlegungen.

„So schnell werden sie ihn schon nicht aus dem Zimmer holen."

„Beeil dich einfach! Moin!", beendete Torge das Gespräch, bevor der Kommissar noch etwas hinzufügen konnte.

Also eilte er seinem Freund zu Hilfe.

Als er wenig später bei dem kombinierten Krankenhaus- und Rehakomplex eintraf, musste er sich erst einmal orientieren. Für eine Gemeinde wie Sankt Peter-Ording hatte das Gebäude eine enorme Größe, was natürlich der Nachfrage an Kuraufenthalten in dem rauen Klima geschuldet war.

Knud ergatterte einen Parkplatz in der Nähe des Haupteingangs. Beim Betreten der Lobby fühlte er sich plötzlich unwohl. Auch wenn er meist in salopper Kleidung unterwegs war, legte er stets Wert auf eine gepflegte Erscheinung. Jetzt an einem öffentlichen Ort in Trainingsklamotten und leicht verschwitzt aufzutauchen, entsprach ganz und gar nicht seiner Natur. Aber nun gab es kein Zurück mehr. Er hatte Torge versprochen, so schnell wie möglich zu kommen und der Freund schien auch wirklich dringend seine Hilfe zu brauchen. Umgekehrt wäre der Hausmeister ebenfalls sofort zur Stelle gewesen. Nach wie vor sagte Torge ohnehin nur ungern nein, wenn ihm ein Anliegen angetragen wurde.

Trotzdem steigerte der prüfende Blick der Empfangsdame Knuds Unwohlsein, als sie ihn etwas ungnädig begrüßte: „Moin. Haben Sie sich verlaufen? Die Rehaabteilung befindet sich im Ostflügel. Folgen Sie den grünen Pfeilen."

„Äh. Moin. Nein, ich bin kein Rehapatient. Ich möchte einen Freund besuchen", stammelte Knud verlegen.

Sein Gegenüber zog die Augenbrauen in die Höhe. „Tatsächlich?", fragte sie mit einem sarkastischen Unterton. „Sie hätten sich ruhig die Zeit nehmen können, um sich etwas Anständiges anzuziehen. Die Besuchszeit beginnt erst um zehn."

„Es handelt sich um einen Notfall", gab Knud wenig geistreich zurück, was die Augenbrauen noch ein wenig höher wandern ließ.

„Ein Notfall? Ich kann Ihnen versichern, dass wir hier die fähigsten Ärzte haben. Ihr Freund befindet sich in den besten Händen. Alles andere hat sicherlich Zeit. Wenn er hier Patient ist, sollten Sie ihn nicht unnötig belasten. Bedenken Sie das, falls Sie später wiederkommen. Guten Tag!", verabschiedete sie Knud. Ihr Tonfall duldete keinen Widerspruch.

Vielleicht hatte Torge recht. Auf jeden Fall schien hier die Freundlichkeit nicht an erster Stelle zu stehen. Dann musste er eben improvisieren. Knud begab sich außer Hörweite und zückte sein Mobiltelefon. Hoffentlich wusste sein Kumpel in der Aufregung seine Zimmernummer, dann würde der Kommissar ihn schon finden.

Zehn Minuten später betrat er den Raum. Torge stürzte sofort auf ihn zu, als er ihn bemerkte.

„Endlich! Das hat ja ewig gedauert!", begrüßte er den Kommissar. „Schicke Klamotten", fügte er schließlich lästerlich hinzu.

„Fang du auch noch an!", verwarnte ihn Knud. „Ich bin lediglich so gekleidet, weil du es nicht abwarten konntest, mich zu sehen", fügte er dann aber grienend hinzu. „Bist du dir wirklich sicher, dass er tot ist? Sonst hättest du längst Hilfe holen müssen."

„Guck ihn dir an. Bei Licht betrachtet ist es eindeutig. Am besten untersuchst du ihn eben auf Spuren möglicher Fremdeinwirkung", schlug Torge vor.

Knud zog eine Grimasse. „Wo ziehst du mich bloß wieder hinein? Wir sollten endlich einen Arzt rufen!"

„Auf die paar Minuten kommt es jetzt nicht mehr an. Tot ist er ohnehin. Wirklich ein Jammer, war ein netter Kerl. Auf Urlaub in der *Weißen Düne*."

„Ist nicht dein Ernst!", entfuhr es dem Kommissar. „Wahrscheinlich hat Charlotte doch recht und es liegt an deinem Karma."

„Nun sabbel kein dumm Tüch, sondern untersuch den Leichnam. Jeden Moment kann hier jemand reinkommen." Torge wurde ungeduldig.

„Ich bin kein Mediziner ..."

„Ach, du hast genug Erfahrung, um ihn auf gewisse Indizien zu prüfen. Wenn du etwas findest, kannst du ihn in die Rechtsmedizin in Husum bringen lassen. Dann wird hier wenigstens nichts vertuscht."

„Wie kommst du überhaupt darauf?", fragte Knud, während er sich über den Toten beugte.

„Bauchgefühl", antwortete Torge knapp.

„Aha. Na, wenn das so ist. Auf jeden Fall sollten die Angehörigen bald informiert werden. War er verheiratet?", wechselte Knud das Thema.

„Verwitwet. Ich kann ja mal in sein Portemonnaie schauen, ob er einen Notfallkontakt angegeben hat." Die Idee schien dem Hausmeister neue Energie zu verleihen.

„Das ist ebenfalls Sache des Krankenhauses. Du kannst nicht einfach in seinen Sachen kramen", ermahnte Knud seinen Freund.

„Ach, das merkt doch keiner. Außerdem will ich ja nur helfen", widersprach Torge.

„Auch du musst irgendwann lernen, bestimmte Grenzen zu akzeptieren."

„Rolf Brunner wird nichts dagegen haben", ignorierte der Hausmeister den erneuten Einwand und zog die Schublade des Nachtkästchens auf. „Mach du deine Arbeit und ich übernehme das hier."

Einen Moment schwiegen beide und konzentrierten sich auf ihre Aufgaben.

„Und wie sieht es aus?", fragte Torge schließlich.

„Er ist auf jeden Fall tot", bemerkte Knud trocken.

„Ja, und?"

„Auf den flüchtigen Blick kann ich keine Anzeichen von Fremdeinwirkung entdecken. Das müsste die Gerichtsmedizin prüfen."

„Hier gibt es ebenfalls nichts Spannendes. Wenn die Meldeadresse stimmt, hat Rolf Brunner in Lüneburg gewohnt, also gar nicht so weit weg", teilte Torge dem Kommissar mit. „Das bringt uns für den Moment nicht weiter."

„Hatte er Kinder?"

„Das weiß ich nicht. Wir haben uns ja gestern erst kennengelernt und waren beide noch ziemlich groggy. Für eine ausführliche Plauderei fehlte uns die Kraft", gab Torge zu.

„Na, das hat sich ja offensichtlich wieder geändert. Kaum gibt es einen Toten, ist dein Ermittlerinstinkt geweckt. Dieses Mal scheint es sich aber wirklich um ein natürliches Ableben zu handeln. Am besten legst du dich also hin und ruhst dich weiter aus. Wie ich dich kenne, kannst du es gar nicht abwarten, wieder in die *Weiße Düne* zurückzukehren." Knud zwinkerte ihm zu.

„Natürlich!", entfuhr es Torge. „Das ist überhaupt die Idee!"

Knud schaute ihn verständnislos an.

„Die *Weiße Düne*! Rolf Brunner hatte bei uns einen Bungalow gemietet. Da er aufgrund eines Unfalles hier eingeliefert wurde, sind alle seine Sachen bestimmt noch dort." Aufregung erfasste seinen Kumpel.

„Und?", fragte Knud vorsichtig, konnte sich allerdings denken, worauf Torge hinauswollte.

„Der Mann hat gerne fotografiert. Vielleicht finden sich auf der Speicherkarte Hinweise auf ein Tatmotiv. Oder du findest etwas anderes in dem Ferienhaus, was interessant sein könnte." Torge war in seinem Element.

„Es gibt überhaupt keine Hinweise, dass es sich bei Brunners Tod um Mord handelt, Torge", protestierte Knud.

„Ja, wenn du nicht suchst, wirst du auch nichts finden." Der Hausmeister ließ sich nicht beirren. „Ich würde es ja selbst erledigen – eigentlich sogar viel lieber – aber ich habe Annegret versprochen hierzubleiben, bis die Ärzte die Ursache für meinen Schwindel herausgefunden haben."

„Das war leichtsinnig", bemerkte der Kommissar trocken.

„Wie meinst du das?" Torge schien irritiert.

„Na ja. Schwindel kann viele Ursachen haben. Möglicherweise dauern die Untersuchungen wirklich lange. Da wird die nächste Mordermittlung wohl ohne dich stattfinden", frotzelte Knud.

Torge griff nach einer Packung Papiertaschentücher und warf sie dem Freund an den Kopf.

„Erschwerend kommt ein tätlicher Angriff auf ein Mitglied der hiesigen Polizei hinzu. Wenn du hier herauskommst, muss ich dich leider in Gewahrsam nehmen", erklärte Knud seufzend.

„Nun lenk nicht ab. Fährst du zur *Weißen Düne*, um den Bungalow zu durchsuchen?", fragte Torge ungeduldig. „Immerhin müssen ja mögliche Angehörige informiert werden. Vielleicht findest du dort einen Hinweis."

„Wir werden sehen", gab Knud lediglich eine ausweichende Antwort. „Sag mal, hast du eigentlich keine Angst hierzubleiben, wenn ein potenzieller Mörder auf dieser Station sein Unwesen treibt? Vielleicht war es die unheimliche Nachtschwester. Ein Todesengel, der die armen Patienten mit Knochenbrüchen von ihrem Leiden erlöst."

Torge riss die Augen auf. Er wirkte dermaßen erschrocken, dass Knud ein herzhaftes Lachen nicht mehr unterdrücken konnte.

„Vielleicht sollte ich den Bungalow von Rolf Brunner übernehmen und mich dort weiter erholen", presste Torge schließlich hervor.

„Genau, ganz ohne Hintergedanken. Und die Ärzte kommen dann extra in die Ferienanlage, um dich weiter zu untersuchen."

„Wenn die Matrone dort nicht auftaucht, bin ich schon zufrieden. Aber mal ehrlich: Glaubst du, ich schwebe ebenfalls in Gefahr?" Torge schien sich plötzlich ernsthaft Sorgen zu machen.

„Eigentlich sollte das nur ein Scherz sein, alter Kumpel. Ich bin nach wie vor davon überzeugt, dass wir es hier nicht mit einem Mordfall zu tun haben. Und jetzt sollten wir endlich die Krankenschwester über das Ableben dieses Mannes informieren."

Charlie in St. Peter-Ording

Mittwoch, den 27. Juli

Charlotte Wiesingers Leben hatte sich verändert, seit die flotte neue Gerichtsmedizinerin in Nordfriesland erschienen war. Manchmal fragte sie sich unwillkürlich, ob sie selbst deren Erscheinen in St. Peter-Ording und vor allem in Knuds Leben heraufbeschworen hatte. Sein Werben um Charlie war stets zurückhaltend, aber trotzdem spürbar gewesen. Trotzdem brachte die sonst so toughe Kommissarin nicht den Mut auf, sich auf mehr als eine freundschaftliche Verbindung einzulassen.

Selbst die Frage, wie sie wohl auf eine Nebenbuhlerin reagieren würde, hatte nichts an ihrem Verhalten geändert, obwohl sie sich eingestehen musste, dass ihr diese Vorstellung absolut nicht gefiel. Mit dem Auftauchen von Fiona Jensen, die quasi wie ein Wirbelwind in ihrer aller Leben gestürmt war und zu keinem Thema ein Blatt vor den Mund nahm, wurde es mit jedem Tag realistischer, Knud an eine andere zu verlieren.

Somit gab es immer wieder Momente, in denen sie sich den manchmal etwas kaltherzig wirkenden Ansgar Johannsen zurückwünschte. Eine Tatsache, die sie selbst zum Lächeln brachte, weil sie mit dem nordfriesischen Casanova eigentlich nie richtig warm geworden war. So änderten sich die Zeiten. Auch in Bezug auf Knud fühlte sie sich immer wieder unsicher, was weder ihrem Naturell entsprach, noch Zufriedenheit auslöste. Eigentlich hatte sie gedacht, hier in der Küstengemeinde endgültig angekommen zu sein, aber nun gab es Augenblicke, die sie an allem zweifeln ließen.

An diesem Morgen war sie mit Kopfschmerzen aufgewacht. Obwohl Charlie wusste, wie gut es ihr tat, konnte sie sich nicht zu einem morgendlichen Ausflug an den Strand aufraffen. Stattdessen nahm sie sich Zeit für ein ausführliches Frühstück mit Milchcafé und dem Lesen der örtlichen Zeitung. Vielleicht sollte sie sich einfach mal ein paar Tage freinehmen und Anna in Hamburg besuchen. Ihre langjährige Freundin hatte immer ein offenes Ohr für ihre Problemchen und es würde bestimmt Spaß machen, die Metropole an der Elbe wie in den guten alten Zeiten gemeinsam zu erkunden. Gerade war es durch den Regen ein wenig kühler geworden – eigentlich optimal für einen Aufenthalt in der Stadt. Vielleicht sollte sie nachher mal mit Fiete darüber schnacken. Da es gerade ruhig war, würde der Revierleiter ihren spontanen Plänen sicherlich zustimmen.

Das Revier betrat sie mit einer Stunde Verspätung, was äußerst selten vorkam. Ihr schlechtes Gewissen wurde umgehend von dem nagenden Gefühl der Eifersucht abgelöst, als sie zwar Lilly und Fiete antraf, Knud jedoch mit Abwesenheit glänzte. Dabei war er in der Regel als Erster da und bereitete für das

ganze Team den Kaffee. Jedes Mal, wenn er morgens nicht auftauchte, fragte sie sich unmittelbar, ob er wohl die Nacht bei
Fiona Jensen verbracht hatte, auch wenn es dafür eigentlich
keine eindeutigen Anzeichen gab. Irgendwie war alles kompliziert geworden. Genau das hatte sie mit ihrem zögerlichen Verhalten vermeiden wollen! Aber trotz ihrer Vorsicht war sie in
einen Teufelskreis geraten, aus dem sie keinen Ausweg wusste. Selbst ein Ausflug nach Hamburg war im Grunde lediglich
eine Flucht. Nach der Rückkehr wäre sie am gleichen Punkt wie
zuvor, so viel war sicher.

Wenn sie zurückkehrte. Aber was war die Alternative? Wollte sie wirklich wieder in der Elbmetropole leben und arbeiten?
Wieder bei null anfangen? Die Aussicht war nicht wirklich
verlockend.

„Moin Charlotte", wurde sie trotz der Verspätung freundlich
von Fiete begrüßt. „Ich dachte schon, du hättest uns vergessen."

„Moin Fiete." Ihr lag eine Notlüge auf der Zunge, sie schluckte sie aber herunter. Es war nicht nötig, irgendwelche Döntjes
zu erzählen. „Ich habe mich beim Frühstück vertrödelt", gab sie
stattdessen ehrlich zu. „Gibt es was Neues?"

„Nein, außer, dass Knud heute ebenfalls zu spät ist. Ich dachte schon, Ihr habt euch gemeinsam vertrödelt", legte Lilly den
Finger in die Wunde, was ihr einen strafenden Blick von Charlie
einbrachte. „Schon gut", ruderte die junge Kollegin sofort zurück. „Aber ich schnalle euer Problem einfach nicht."

„Lass Charlotte in Ruhe", wies Fiete Lilly zurecht. „Diese
Sticheleien helfen ihr nicht weiter. Nein, hier ist alles ruhig. Sag
mir nicht, du sehnst dich nach einer Leiche. Davon hatten wir in
letzter Zeit wirklich genug. So langsam habe ich es lieber etwas
gemütlicher", verkündete er den Kolleginnen, obwohl sie das
ohnehin bereits wussten. Fiete hätte längst in den Ruhestand

gehen können, wollte aber weiterhin etwas Nützlicheres tun, als nur zu Hause untätig herumzusitzen.

Charlie hätte gern nachgefragt, ob Knud sich gar nicht gemeldet hatte, aber Lilly war schon neugierig genug und die Spitzen zerrten an ihren Nerven.

„Moin!", wurde das Team einen Moment später von einem strahlenden Knud begrüßt. „Ja, ich bin zu spät, aber es ist nicht das, wonach es aussieht. Ich war heute Morgen schon bei unserem Hilfssheriff im Krankenhaus", antwortete er auf die fragenden Gesichter.

„Trulsen liegt im Krankenhaus? Was fehlt ihm denn?", fragte Charlie ehrlich besorgt.

„Er ist von einer Leiter gestürzt und hat sich den Arm gebrochen", erklärte er. „Aber das ist nicht alles. Ich erzähle es euch gleich. Erst einmal brauche ich einen Pott Kaffee."

„Ist ja eine ungewöhnliche Uhrzeit für einen Krankenbesuch. Erstaunlich, dass sie dich überhaupt zu ihm gelassen haben", bemerkte Lilly scharfsinnig.

„Tja, es war genau genommen kein üblicher Besuch, sondern eigentlich eher ein Einsatz. In der letzten Nacht ist Torges Bettnachbar gestorben ..."

„Das glaub ich jetzt nicht", entfuhr es Charlie.

„Ja, spontan ging es mir ebenso", bestätigte Knud grinsend.

„Und hast du Trulsen gleich verhaftet?", fragte sie scherzhaft.

„Wenn das unsere Probleme lösen würde, wäre ich sogar dazu bereit. Aber mal ernsthaft. Torge ist total von der Rolle. Er meint, in der letzten Nacht beobachtet zu haben, wie jemand durch das Zimmer geschlichen ist."

„Und vermutet jetzt einen Mord", ergänzte Charlie.

„So ist es." Knud schien eher amüsiert als verärgert.

„Lass mich raten: Es gibt keine Anzeichen auf Fremdeinwirkung, aber Trulsen ist sich seiner Sache sicher und erwartet unsere sofortige Aufnahme umfassender Ermittlungen."

„Ich hätte es nicht besser zusammenfassen können", schmunzelte Knud und nahm einen Schluck aus seinem Becher.

„Aber das willst du doch jetzt nicht ernsthaft in Angriff nehmen, oder?"

Knud wiegte seinen Kopf. „Der Tote war Gast in der *Weißen Düne*."

„Klar, wo sonst? Ist trotzdem nicht gerade ein Mordmotiv!" Charlie fragte sich spontan, ob sie lachen oder weinen sollte.

„Wir könnten schauen, ob wir in seinen Sachen einen Hinweis auf Angehörige finden, die ja ohnehin informiert werden müssen", warf Knud ein.

„Das ist nun wirklich Aufgabe des Krankenhauses. Trulsens Verhalten scheint auf dich abzufärben. Mit welcher Berechtigung sollten wir in dem Ferienhaus des Toten herumstöbern?" Ärger regte sich in Charlie. Oder ging es darum, aus Prinzip zu widersprechen? In letzter Zeit war sie nicht selten auf Krawall gebürstet, wenn Knud irgendwelche Vorschläge unterbreitete.

„Torge hat schon häufig einen guten Riecher bewiesen." Knud ließ sich durch ihren Gefühlsausbruch nicht beirren.

„Ja, das ist richtig", gab Charlie versöhnlich zu. Es brachte sie nicht weiter, die Harmonie des Teams komplett zu untergraben, weil sie selbst unzufrieden war. „Aber dieses Mal hört es sich für mich doch eher so an, als hätte er unter ärztlich verordneten Drogen gestanden und sich ein kriminelles Szenario ausgemalt, nur weil eine Krankenschwester einen nächtlichen Kontrollgang unternommen hat."

„Bei der es sich um einen echten Drachen handeln soll", fügte Knud grinsend hinzu. „Kommt nicht oft vor, dass Torge dermaßen eingeschüchtert ist. Aber zurück zum Thema: Ein nächtlicher Kontrollgang ist eine Möglichkeit. Stellt sich trotzdem die Frage, warum jemand nach einer Operation am Bein in der Folgenacht das Zeitliche segnet."

„Dafür kann es viele Gründe geben. Wir wissen ja nichts von der Vorerkrankung des Mannes."

„Ja, eben. Könnte interessant sein, etwas mehr darüber herauszufinden", antwortete Knud entspannt. „Sieh es als Unterstützung der Angehörigen an, falls Torge sich täuscht. Andernfalls decken wir vielleicht einen Mord auf, der sonst komplett im Verborgenen geschehen wäre."

„Das ist aber mehr als vage." Charlie war nicht überzeugt. „Und einfach den Bungalow betreten, ist nicht rechtskonform."

„Ja, da stimme ich dir zu. Ich könnte einen Beschluss beantragen – wegen eines Anfangsverdachts. Wenn ich den bekomme, begleitest du mich dann in die Ferienanlage? Ich lade dich auch im Anschluss auf einen extra großen Kaffee ein. Du weißt, wie herrlich die Terrassen der *Weißen Düne* gelegen sind. Blick über die Dünen bis zu den Pfahlbauten ...!"

„Umzingelt von Familien mit quengelnden Kindern ..."

„Ich liebe deine positive Einstellung! Alternativ gibt es den Kaffee eben zum Mitnehmen. Dann beschließen wir den Tag stattdessen mit einem gemeinsamen Strandspaziergang, das haben wir schon lange nicht mehr gemacht. Ist ideal für ein Brainstorming, falls es tatsächlich einen neuen Fall gibt." Knud gab nicht so leicht auf, das gefiel ihr irgendwie.

Also reagierte sie mit einem Lächeln. „Na gut. Wenn du mit dieser dünnen Story den Richter zum Ausstellen eines Durchsuchungsbeschlusses bringst, bin ich dabei. Aber auch nur, weil wir sonst nichts Wichtiges zu erledigen haben", fügte sie hinzu, woraufhin Knud zufrieden nickte.

Tatsächlich tauchte Knud am frühen Nachmittag neben Charlies Schreibtisch auf und wedelte triumphierend mit einem Blatt Papier.

„Wir hätten wieder wetten sollen", griente er von einem Ohr bis zum anderen, was beinahe eine Provokation darstellte. Doch Charlie kannte den Kollegen gut genug, um zu wissen, dass es so überhaupt nicht gemeint war.

„Da habe ich ja Glück, mich auf so etwas nicht schon wieder eingelassen zu haben", entgegnete sie trocken.

„Aber du kommst mit, oder?", fragte Knud. Es schien ihm wirklich wichtig zu sein.

„Versprochen ist versprochen. Also, dann mal los. Ist bestimmt interessanter als dieser Papierkram hier", gab sich Charlie geschlagen.

An der Rezeption der *Weißen Düne* bekamen sie den Schlüssel zu dem Domizil von Rolf Brunner ausgehändigt. Charlie war nun doch gespannt, was sie in dem Ferienhaus erwartete, auch wenn sie einem möglichen Mordfall nach wie vor skeptisch gegenüberstand. Glaubte Knud wirklich daran oder wollte er einfach mit ihr zusammen eine Ermittlung aufnehmen? Vielleicht war es ein wenig von beidem.

Der kleine Bungalow wies eine unspektakuläre Lage ohne besonderen Blick auf und gehörte damit zu der preiswerteren Kategorie. Klarissa, die Mitarbeiterin hinter dem Empfangstresen hatte ihnen außerdem mitgeteilt, dass Rolf Brunner insgesamt zwei Wochen gebucht hatte, von denen erst vier Tage vergangen waren. Ganz offensichtlich schien er auf Ordnung sehr viel Wert zu legen. Dazu war er allerdings mit recht überschaubarem Gepäck unterwegs. Auf der Speicherkarte der Kamera fanden sie die üblichen Urlaubsmotive: Pfahlbauten, Strand mit Muscheln und Wellen, außerdem etliche Ansichten verschiedener Plätze in der *Weißen Düne*. Insgesamt war er bislang hauptsächlich in der Ferienanlage und in Sankt Peter unterwegs gewesen, was nach den wenigen Tagen seines Aufenthalts nachvollziehbar war.

Den erhofften Hinweis auf einen Notfallkontakt fanden die Kommissare nicht. Charlie spürte leichte Enttäuschung. Scheinbar hatte sie sich von Knud bereits ein wenig anstecken lassen, aber was genau hätten sie hier finden sollen? Ausgang der Einlieferung in das Krankenhaus war ein Unfall gewesen. Außer Trulsens Ahnung und vermeintlicher Beobachtung wies nichts auf ein Kapitalverbrechen hin.

„Und nun?", fragte sie den Kollegen, der einen ebenso geknickten Eindruck machte. „Ich glaube, wir verschwenden hier nur unsere Zeit."

„Hhm, wie es aussieht, hast du recht. Da habe ich mich wohl von Torges Ängsten mitreißen lassen. Na ja, es war einen Versuch wert. Dann steht jetzt wohl Kaffee auf dem Programm. Immerhin ist die Sonne wieder hinter den Wolken hervorgekommen. Gönnen wir uns eine kleine Auszeit, Überstunden haben wir ja reichlich auf unserem Konto."

Charlie nickte zustimmend. „Gegen einen Kaffee habe ich nie etwas einzuwenden. Und wenn er dann noch auf deine Kosten geht ..."

Gerade als sie sich zum Gehen entschlossen, betrat eine Frau den Bungalow. Nachdem sie die beiden Kommissare entdeckt hatte, warf sie ihnen einen fragenden Blick zu.

„Oh, guten Tag! Ich hatte nicht damit gerechnet, hier jemanden anzutreffen. Das ist doch das Ferienhaus von Rolf Brunner oder bin ich falsch?"

Charlie reagierte als Erste. „Nein, nein. Sie sind absolut richtig."

„Und darf ich fragen, wer Sie sind und was Sie in dem Bungalow meines Vaters machen?"

Charlie schätzte die Frau auf Mitte dreißig. Sie war komplett in schwarz gekleidet und hatte einen ernsten Gesichtsausdruck. Vielleicht ließ sie das auch älter erscheinen, als sie wirklich war. Offensichtlich war sie bereits über den Todesfall informiert worden, wirkte aber darüber hinaus sehr gefasst.

„Natürlich, aber bitte erschrecken Sie nicht. Ich bin Kommissarin Charlotte Wiesinger und das ist mein Kollege Knud Petersen." Knud nickte zum Gruß.

„Polizei?", fragte Rolf Brunners Tochter ungläubig. „Das müssen Sie mir erklären."

Charlie zögerte. Sollte sie der Frau von Trulsens Vermutung berichten, obwohl es nach der ergebnislosen Durchsuchung des Bungalows eher unwahrscheinlich schien, dass da überhaupt etwas dran war? Der Schock über den Tod des Vaters sollte nicht durch eine Räuberpistole verstärkt werden.

Während sie noch überlegte, übernahm Knud. „Bitte entschuldigen Sie, das klingt jetzt sehr dramatisch, aber wir haben lediglich nach einem Hinweis auf einen Angehörigen gesucht. Mein Freund war der Bettnachbar ihres Vaters. Ihm hat er von seinem Urlaub hier in der *Weißen Düne* erzählt."

„Aber das Krankenhaus hat mich bereits angerufen. Mein Vater war offensichtlich dazu in der Lage, meinen Namen und meine Rufnummer anzugeben. Verschweigen Sie mir etwas?"

„Frau ..."

„Brunner. Miriam Brunner. Ich bin verheiratet, habe aber meinen Namen behalten", erklärte sie automatisch, weil sie es vermutlich häufig tat. „Entschuldigen Sie, dass ich mich gar nicht vorgestellt habe, aber ich bin ziemlich schockiert über den

Tod meines Vaters. Gestern informierte man mich über seinen Unfall und die anschließende Operation. Er schien alles bestens überstanden zu haben. Als dann heute Morgen der zweite Anruf folgte, habe ich mich sofort ins Auto gesetzt und bin hierhergefahren. Besteht der Verdacht einer verpfuschten OP?", beendete sie schließlich ihren Redeschwall.

„Halten Sie das für möglich?", fragte Charlie vorsichtig nach. „Anders gefragt: Wissen Sie, in welchem gesundheitlichen Zustand sich Ihr Vater befand?"

„Er war erst Ende fünfzig. Natürlich gab es da schon mal was. Er hatte häufig Schmerzen in den Knien, durfte nicht mehr wie früher Tennis spielen. Dadurch hat er in den letzten Jahren etwas Gewicht zugelegt, aber insgesamt war er eher gesund, würde ich sagen." Miriam Brunner wirkte konzentriert.

Der Aspekt einer verpfuschten Operation war neu und schien überlegenswert zu sein. Hatte es vielleicht eine Sepsis gegeben? Konnte die so schnell zum Tod führen? Charlie wusste es nicht, nahm sich aber vor, diese Sachverhalte am Abend zu recherchieren. Vorerst nickte sie.

„Haben Sie um eine Obduktion gebeten?", fragte sie.

„Nein, ich war zu betroffen und habe über diese Dinge gar nicht nachgedacht. Sie vermuten also, etwas ging nicht mit rechten Dingen zu? Verstehe ich das richtig?"

„Wir sind tatsächlich nur einem Bauchgefühl gefolgt", antwortete Knud entwaffnend ehrlich, was Charlie sowohl übertrieben als auch unprofessionell empfand. Hoffentlich fügte er nicht auch noch hinzu, dass es sich dabei um Torge Trulsens Bauch gehandelt hatte! „Wir wollten einfach so schnell wie möglich mit Ihnen sprechen, deshalb sind wir hierhergekommen."

Das schien Miriam Brunner zu genügen. „Okay. Dann fahre ich jetzt zurück ins Krankenhaus und bitte darum, den Körper meines Vaters zu obduzieren. Ach, wie schrecklich das alles ist. Können Sie mich vielleicht begleiten? Ich glaube, ich komme langsam ans Limit meiner Kräfte."

Fenja in St. Peter-Ording

Mittwoch, den 27. Juli

Seit ihrer Schulzeit hatte Fenja Pape davon geträumt, Journalistin zu werden. Bereits mit zwölf Jahren fing sie an, für die Schülerzeitung ihres Gymnasiums zu schreiben. Um herauszufinden, welche Themen sie am meisten interessierten und was ihr darüber hinaus am besten lag, experimentierte sie in allen Ressorts. Eine Taktik, die sie während ihres Journalismusstudiums in zahlreichen Praktika fortsetzte. Während es in ihrer Heimatstadt Lübeck eine überschaubare Anzahl von spannenden Events und Geschehnissen gegeben hatte, bot Hamburg ihr eine unendliche Bandbreite von Stoffen, über die sie mit nicht endender Begeisterung ihre zahlreichen Artikel verfasste. Auch Berlin wäre eine Option für die Zeit der Ausbildung gewesen, doch Fenja hatte es zeit ihres Lebens ans Wasser gezogen und damit war die Hansestadt an der Elbe ihr Favorit gewesen. Außerdem konnte sie binnen ein oder eineinhalb Stunden irgendwo an der Küste sein, was zu ihren größten Privatvergnügen gehörte.

Aufgrund ihrer Leidenschaft fürs Schreiben schloss sie nicht nur ihr Studium mit besten Noten ab, sondern hatte sich bereits während dieser Zeit zahlreiche Kontakte aufgebaut, die es ihr ermöglichten, im Anschluss als freie Journalistin zu arbeiten. Damit war sie in der Lage, sich die Themen auszusuchen, die sie recherchieren und über die sie berichten wollte.

Obwohl sie sich ebenfalls für Mode und Reisen interessierte, hatte es sich über die Jahre herauskristallisiert, dass ihr Herz für die investigative Berichterstattung schlug. Sie wollte ihre Zeit nicht mit den immer gleichen Banalitäten vergeuden. Letztlich war es völlig egal, welche Farbe gerade die Mode bestimmte oder wie man in dem nächsten Frühjahr am besten seine überflüssigen Pfunde des Winters loswerden konnte. Fenja Pape träumte von Größerem. Sie wollte Missstände aufdecken und damit die Welt ein kleines bisschen verbessern. Dabei war die Palette von Themen groß. Es wurde ihr nie langweilig.

Fenja war ein geselliger Mensch, der gerne mit Freunden unterwegs war, Partys feierte oder mit einem Zug durch die Kneipen und Bars die Nacht zum Tag machte. Genauso sehr schätzte sie allerdings ihre Freiräume und liebte es, sich in ihrer kleinen Wohnung zu verkriechen und nächtelang zu recherchieren, bevor sie zu ihren scharfsinnigen Interviews aufbrach. Ihre besondere Empathie und diese sorgfältige Vorbereitung führten in der Regel dazu, dass sich ihre Gesprächspartner öffneten. Nicht selten waren sie am Ende der Befragung selbst überrascht, wie viel sie der kecken jungen Frau mit dem frechen roten Kurzhaarschnitt anvertraut hatten.

Im letzten Jahr war sie durch einen Zufall auf ein brisantes Thema aus der Medizinwelt gestoßen. Dabei hatte sie es anfangs gar nicht wirklich ernst genommen, als ein Freund ihres Großvaters ihr bei einem geselligen Abend seine Geschichte erzählte. Im Gegenteil. Vielmehr vermutete sie, der über Achtzigjährige wollte sich ein wenig wichtigtun und bauschte dabei seine Erfahrungen zu einer explosiven Story auf, die es im Grunde gar nicht gab. Rückblickend schämte sie sich, als sie sich an ihre Zweifel erinnerte, die sie empfunden hatte, während sie seinen Erlebnissen lauschte. Dafür war es einfach schon zu oft vorgekommen, dass ihr Märchen aufgetischt wurden. Wenn Menschen von ihrem Interesse an spektakulären Geschichten hörten, waren viele nur allzu bereit, es mit dem Wahrheitsgehalt ihrer Berichte nicht mehr so genau zu nehmen. Obwohl sie wirklich schon haarsträubende Storys recherchiert hatte, war sie bei den Ausführungen von Karl Anders erst einmal skeptisch gewesen. Vielleicht war es seinem Alter geschuldet, obwohl er sehr klar wirkte.

Als er sie ein paar Wochen nach dem geselligen Beisammensein noch einmal anrief und ihr seine sorgfältig gesammelten Unterlagen zur Prüfung anbot, hatte sie einem Treffen zugestimmt. Seitdem ließ das Thema sie nicht mehr los. Sie plante eine große Enthüllungsstory und war mit dem Sammeln weiterer Fälle und Informationen ein erhebliches Stück vorangekommen. Trotzdem befürchtete sie, bisher keine schlagenden Beweise gefunden zu haben, die eine nachhaltige Änderung einer scheinbar gängigen Praxis bewirken würden – denn immerhin ging es um die Ehre der Götter in Weiß. Selbst in ihrer bislang kurzen Karriere war ihr klar geworden, wie groß die Loyalität der Ärzte untereinander war. Keine Krähe hackte der anderen ein Auge aus. Sie brauchte etwas Stichhaltigeres!

Zum unzähligen Mal studierte sie Karls Bericht, um einen Ansatzpunkt zu finden, wie sie diese unlautere Abrechnungspraxis bei zahlreichen Privatpatienten torpedieren könnte.

Während eines Kurzurlaubs in St. Peter-Ording hatte der betagte Karl einen Schwächeanfall erlitten, der mit Schmerzen im unteren Bauch und Rücken verbunden war. Da ihn das zum einen beunruhigte und er zum anderen nicht die wenigen kostbaren Tage leidend in der Ferienwohnung verbringen wollte, war er zusammen mit seiner Begleiterin am gleichen Abend zum Krankenhaus gefahren, um sich untersuchen zu lassen. Diese Entscheidung hatte ihm möglicherweise das Leben gerettet. Mithilfe eines Ultraschalls wurde ein Bauchaortenaneurysma diagnostiziert, was den beiden alten Leutchen naturgemäß einen riesigen Schrecken eingejagt hatte. Ängstlich lauschten sie dem diensthabenden Arzt, der eine umgehende Operation empfahl. Immerhin bestand ein erhöhtes Risiko der Ruptur der Gefäßwand. Was wiederum einen tödlichen Verlauf nehmen könnte. Angesichts der bedrohlichen Lage konnte Karl kaum noch einen klaren Gedanken fassen. Seiner gleichaltrigen Lebensgefährtin erging es nicht besser, ihre Aufregung war nach seiner Einschätzung sogar größer als seine eigene gewesen. Sich in sein Schicksal fügend blieb er im Krankenhaus, während Inga in das Feriendomizil zurückkehrte und dort alleine bange Stunden verbrachte.

Doch auch Karl machte in dieser Nacht kaum ein Auge zu. Er schwankte zwischen großer Angst, nicht einmal den nächsten Morgen erleben zu dürfen und dem Bedürfnis, sich eine zweite Meinung einzuholen, weil ihm die bevorstehende Operation ebenfalls eine Heidenangst einflößte. Stand es wirklich so schlimm um ihn oder sah der Arzt es viel zu dramatisch? Karl war Beamter gewesen und damit ein Sicherheitsmensch. Ein derartiger Eingriff barg schließlich ein erhebliches Risiko, insbesondere in seinem Alter. Das sollte normalerweise gut überlegt werden und nicht mal eben so Holter di Polter durchgeführt werden. Konnte er sich darauf verlassen, richtig beraten worden zu sein? War es wirklich so ernst oder war sein Privatpatientenstatus ausschlaggebend für die unmittelbare Operationsempfehlung gewesen?

So sehr er sich den Kopf zermarterte, er kam zu keinem Ergebnis. Schließlich drehten sich seine Gedanken nur noch im Kreis. Nachts wirkte jedes Problem ja ohnehin bedrohlicher, so erging es auch Karl. Außerdem konnte er nichts unternehmen, sondern lediglich voller Ungeduld auf die Morgendämmerung warten, die ihm allerdings auch keine neuen Erkenntnisse bescherte – außer, dass der Schlafmangel ihn zusätzlich schwächte.

Noch bevor Inga eintraf, hatte ihm der Chefarzt einen Wust von Papieren vorgelegt, die er in der Kürze der Zeit nicht gründlich durchlesen konnte. Auf seine Frage an eine Schwester, ob die Operation denn wirklich so eilig durchgeführt werden musste, war er relativ barsch abgekanzelt worden. Er könne sich glücklich schätzen, überhaupt einen so raschen Termin ergattert zu haben, immerhin sei der Prof. Dr. Jahve ein gefragter Operateur. Es würde sich bestimmt ein anderer Patient finden, der gerne diesen Zeitslot übernehmen würde.

Zeitslot! Karl kam sich vor wie ein Werbespot zur besten Sendezeit.

Also überflog er in großer Nervosität die Papiere: Einwilligung in die Operation, Aufklärungsbogen über die Risiken der Narkose, des Eingriffs als solches, Fragebogen zu möglichen Allergien und Arzneiunverträglichkeiten und so fort. Am Ende wusste er kaum noch, wie er hieß. Als Inga endlich sein Krankenzimmer betrat, war die Schwester bereits mit dem Stapel Papier abgerauscht, obwohl er es sehr begrüßt hätte, wenn sie einen kritischen Blick darauf geworfen hätte. Dafür war es dann zu spät gewesen, was Karl ein zusätzlich ungutes Gefühl bescherte. Insgesamt hatte er sich allerdings zu schwach und eingeschüchtert gefühlt, um das Krankenhaus ohne die Operation zu verlassen. Außerdem waren die angstschürenden Behauptungen auf fruchtbaren Boden gefallen. Wenn er der Empfehlung der Ärzte vertrauen konnte, bestand für ihn tatsächlich akute Lebensgefahr und er genoss sein Leben zu sehr, um es leichtsinnig aufs Spiel zu setzen.

Die Erleichterung über die gelungene Operation dauerte genau so lange, bis Karl die Ablehnung von seiner Krankenversicherung erhielt, eine Rechnung des Chefarztes zu übernehmen, die er direkt auf das Konto des Mediziners überwiesen hatte, was ihm gleich etwas seltsam vorgekommen war. Nach Aussage seiner Krankenversicherung handelte es sich dabei um nicht versicherte Privatleistungen. Diese sogenannten Wahlleistungen umfassten immerhin einen Betrag von mehreren tausend Euro. Angeblich hatte er dafür unterschrieben, was ihm allerdings nicht bewusst war. Er erinnerte sich nicht an jedes einzelne Formular aus dem Stapel Papier, den man ihm kurz vor der OP vorgelegt hatte. Niemand hatte ihn auf zusätzliche Leistungen hingewiesen, auf die er hätte verzichten können. Nach seinem Verständnis waren alle Maßnahmen notwendig gewesen, um sein Leben zu retten. Immerhin handelte es sich ja um einen anspruchsvollen Eingriff. Da hatte er sich nicht gewundert, dass der Chefarzt selbst ihn übernahm. Das war ja nicht sein ausdrücklicher Wunsch gewesen und außerdem schien es keine Alternativen gegeben zu haben. Einen Teil der Kosten nun selbst tragen zu müssen, sah er nicht ein, immerhin war er ja gut versichert, wofür er stattliche monatliche Beiträge bezahlte. Karl fing an, für sein Recht zu kämpfen, schilderte der Krankenversicherung die besondere Situation, appellierte an das Verständnis des Arztes und suchte schließlich sogar einen Anwalt auf. Ohne Ergebnis. Er blieb auf den Kosten sitzen.

All das schilderte er der jungen ambitionierten Journalistin, die daraufhin ihre Recherche begann. Handelte es sich bei Karls Geschichte um einen Einzelfall oder war das die gängige Praxis? Und war es legal, einem verängstigten Patienten so ein Formular vorzulegen, das ihm nicht weiter erklärt wurde? Karl schien trotz seines Alters absolut klar in seinem Denken und seinem Erinnerungsvermögen zu sein. Trotzdem musste sie weitere Fälle dieser Art finden, um ein Muster abzuleiten. Vielleicht hatte er einfach ein wichtiges Detail übersehen.

Erst wenn sie Patienten fand, denen Gleiches widerfahren war, konnte sie daraus eine These formulieren. Fiel das bereits unter Abrechnungsbetrug oder füllten die Ärzte auf diese Weise legal ihre Taschen beziehungsweise Konten? Allemal schien es sich um ein brisantes Thema zu handeln, das vor einer möglichen Veröffentlichung hieb- und stichfest recherchiert sowie mit Fakten untermauert sein musste. Sonst hatte sie schneller eine Verleumdungsklage am Hals, als Karl sich in seinem Ärger vorstellen konnte. Wie konnte sie mit anderen ähnlich Geschädigten ins Gespräch kommen? Da es sich um Krankenhauspatienten handelte, gestaltete sich die Kontaktaufnahme schwierig. Schließlich konnte sie schlecht auf den Fluren herumlungern, um Menschen zu treffen, denen Ähnliches widerfahren war. Das würde schnell zu einem Hausverbot oder etwas noch Schlimmerem führen. Nein, es musste eine Möglichkeit geben, quasi undercover zu ermitteln.

Und dann kam Fenja auf eine Idee, die sie selbst für ziemlich genial hielt. Genau genommen fragte sie sich, warum sie nicht eher darauf gekommen war. Die ganze Zeit hatte sie überlegt, wie sie sich unauffällig am Ort des Geschehens aufhalten konnte. Immerhin war es ja schlecht möglich, sich einfach ins Krankenhaus einliefern lassen. Sie musste aber unbedingt einen Weg finden, direkt vor Ort recherchieren zu können! Die Lösung war am Ende simpel: Fenja konnte für einen Kuraufenthalt einchecken!

Da es sich um einen kombinierten Krankenhaus- und Rehakomplex handelte, lag diese Vorgehensweise eigentlich auf der Hand. Also hatte sie sich um eine Kur in St. Peter-Ording bemüht. Es stellte sich zwar als nicht so einfach wie gedacht heraus, weil die Plätze in der Regel neun Monate im Voraus ausgebucht waren, aber die Idee war geboren und sie wollte sie unbedingt in die Tat umsetzen. Fenja fasste sich in Geduld, denn sie war sich sicher, dass es sich auszahlen würde, die Wartezeit in Kauf zu nehmen. Eine prophylaktische Kur zur Erhaltung ihrer Arbeitskraft war ein probates Mittel, um in dieser kombinierten Krankenhaus- und Rehaeinrichtung undercover mit Patienten und vielleicht sogar mit einigen Mitarbeitern ins Gespräch zu kommen. Dabei musste sie natürlich vorsichtig vorgehen. Nicht auszudenken, wenn sie dabei auf jemanden traf, der in die unfairen Abrechnungsmethoden involviert war!

Und dann war es endlich soweit gewesen. Aufgeregt hatte Fenja ihren Koffer vom Boden geholt, sich zwischenzeitlich nicht entscheiden können, was sie mitnehmen wollte, wieder aus- und andere Sachen eingepackt. Würde sie jetzt endlich stichhaltige Fakten für ihre Theorie sammeln können? Vor lauter Ungeduld schlief sie in den letzten Nächten vor der Abreise schlecht und kam ziemlich gerädert in der Küstengemeinde an. Immerhin sah sie entsprechend aus. Niemand zweifelte an, dass die junge Frau wirklich eine kräftigende Kur benötigte.

Nun war sie bereits zehn Tage vor Ort, hatte aber leider bis zum heutigen Mittwoch noch nichts Bahnbrechendes herausbekommen. Ihr Plan, bei den Rehaanwendungen auf Patienten mit ähnlichen Behandlungsverläufen zu treffen, war bislang nicht aufgegangen. Obwohl sie mit zahlreichen Mitstreitern ins Gespräch gekommen war und sich mit großer Geduld bei ihrem frühen Auftauchen vor den Räumlichkeiten der jeweiligen Gruppenveranstaltungen alle möglichen Krankengeschichten anhörte, war bislang nicht ein annähernd vergleichbarer Bericht dabei gewesen. Alle Kurteilnehmer hatten einen anderen Hintergrund, mit seltsamen Abrechnungsmethoden war keiner von ihnen in Berührung gekommen. Am besten konnte man beim Nordic Walking schnacken, außerdem handelte es sich um eine Anwendung, die eigentlich für niemanden zu anstrengend war. Auf diese Weise lernte sie zwar die Kiefernwälder von St. Peter-Ording kennen und schätzen, aber ihrem Ziel kam sie nicht einen Schritt näher.

So langsam fing Fenja an zu zweifeln, auf dem richtigen Weg zu sein. Neben der Langeweile stieg die Ungeduld. Sie musste ihre Strategie ändern!

Am besten hörte sie sich direkt im Krankenhaus um. Da sie ihren Anwendungskalender möglichst schlank gehalten hatte, blieb ihr zwischendurch genug Zeit, um dort die Fühler auszustrecken.

Charlie in St. Peter-Ording

Mittwoch, den 27. Juli

Einen Moment lang spürte Charlie Widerwillen. Die Bitte von Miriam Brunner, sie jetzt ins Krankenhaus zu begleiten, hätte nicht ungelegener kommen können. Inzwischen freute sie sich auf die kleine Auszeit mit Knud. Nur selten hatten sie in den letzten Monaten private Zeit zusammen verbracht; etwas, was die Kommissarin vermisste.

Allerdings verbarg sich hinter ihrem oftmals burschikosen Auftreten ein weicher Kern, der in dieser Situation verhinderte, die trauernde Tochter mit ihrem Anliegen allein zu lassen. Außerdem war der Tag noch jung und es würde vermutlich nicht lange dauern. Danach konnten sie ihren Strandspaziergang wie geplant in die Tat umsetzen. Da Trulsen in der gleichen Klinik untergebracht war, bot es sich zusätzlich an, ihn kurz zu besuchen, um ihn erneut zu den Vorkommnissen der letzten Nacht zu befragen. Bislang schloss Charlie ein Verbrechen aus, aber der Hausmeister war ein guter Beobachter, vielleicht konnte er etwas Konkretes beitragen, was sie ihre Meinung ändern ließ.

„Natürlich begleiten wir Sie ins Krankenhaus", beantwortete sie die Frage und warf Knud einen Blick zu, der daraufhin bestätigend nickte.

„Danke." Ein schwaches Lächeln huschte über Miriam Brunners Gesicht. „Kann ich bei Ihnen mitfahren? Ich nehme mir für den Rückweg dann ein Taxi."

Die kurze Fahrt verbrachten sie schweigend. Obwohl Charlie ihr gerne weitere Fragen zum Hintergrund des Toten gestellt hätte, gab sie Miriam Brunner Zeit, sich auf die bevorstehende Konfrontation vorzubereiten. Schließlich ergriff diese selbst das Wort: „Ich habe mich vorhin nicht getraut, darum zu bitten, meinen Vater zu sehen, weil ich ihn so in Erinnerung behalten wollte, wie ich ihn erlebt habe. Wissen Sie, die letzten Jahre waren sehr belastend für ihn. Nach der schweren Erkrankung meiner Mutter hat er sie mehr als ein Jahr lang rührend gepflegt und in dieser Zeit nur das Notwendigste gearbeitet, um seinen kleinen Handwerksbetrieb am Laufen zu halten. Obwohl es absehbar war, hat ihr Tod ihn in ein tiefes Loch gerissen. Die Arbeit diente ihm als Trost und Ablenkung. Außerdem gab es zahlreiche Aufträge, die er immer wieder verschoben hatte. Erst vor Kurzem, knapp zwei Jahre später, entschloss er sich, wieder mehr am Leben teilzunehmen. Deshalb buchte er diesen Urlaub – nicht sehr weit weg, aber immerhin mal ein Tapetenwechsel. Ich hatte mich sehr über diese Entwicklung gefreut. Wie kann dieser Beinbruch nur zu seinem Tod geführt haben? Das verstehe ich einfach nicht!"

Charlie hätte der Frau am liebsten die Hand gedrückt, hielt sich aber zurück. Trotzdem hallten die Worte in ihrem Kopf wider. War an Trulsens Vermutung doch etwas dran? Auch wenn der Instinkt der Ermittlerin geweckt war, blieb sie nach wie vor skeptisch. Wahrscheinlicher schien ihr die Theorie der verpfuschten Operation oder eine Infektion. Das schien in medizinischen Einrichtungen ohnehin ein großes Problem zu sein. Dann sollte eine Obduktion allerdings extern durchgeführt werden, sonst war die Gefahr einer Verschleierung der wahren Umstände groß.

„Ich werde mir den Leichnam meines Vaters jetzt doch anschauen", unterbrach Miriam Brunner ihre Gedanken, ohne den Sinneswandel weiter zu erklären. „Kann ich es einfach verlangen, ihn zu sehen?"

„Sicher. Das dürfte kein Problem sein", antwortete Charlie.

„Ich habe bisher nie einen Toten gesehen. Dass es sich dabei um meinen eigenen Vater handelt, ist bestimmt schockierend", sinnierte sie.

„Hhm, ja. Ich habe mich nach all den Jahren nicht daran gewöhnt. Und natürlich ist es schlimmer, wenn man persönlich betroffen ist." Die Worte klangen in den Ohren der Kommissarin leer, aber Miriam Brunner schienen sie Trost zu spenden.

Die diensthabende Krankenschwester der Abteilung, in der Rolf Brunner seine letzte Nacht verbracht hatte, versprach, sich um das Anliegen seiner Tochter zu kümmern.

„Ich muss in der Pathologie nachfragen. Wollen Sie in den Wartebereich oder in die Cafeteria gehen? Ich weiß nicht, wie lange es dauert. Sie können mir Ihre Handynummer geben, dann melde ich mich bei Ihnen", schlug sie vor.

Einen Moment schien Miriam Brunner verunsichert. „Nein, ich kann jetzt nicht so viele Leute um mich herum ertragen.

Ich warte lieber hier. Wie lange wird es denn ungefähr dauern?", fragte sie trotzdem noch einmal nach.

„Kann ich nicht genau sagen. Dort vorne ist der Bereich für Besucher. Ich kümmere mich sofort darum", versicherte die Krankenschwester, bevor sie davoneilte.

„Ich hasse Krankenhäuser!", brach es aus Miriam Brunner heraus. „Seit der Erkrankung meiner Mutter kann ich allein den Geruch nur schwer ertragen. Das war wohl auch der Hauptgrund, warum ich gestern so schnell wie möglich wieder gegangen bin. Also gut, da muss ich jetzt durch!", fügte sie sich in ihr Schicksal.

„Kommen Sie eine Weile ohne uns aus? Wir würden gerne eben nach unserem Bekannten schauen", erklärte die Kommissarin.

„Ja, kein Problem. Ich muss mich ohnehin mental auf diesen Anblick vorbereiten", stimmte Miriam Brunner hinzu. „Versprechen Sie, zurückzukommen? Vielleicht brauche ich Ihre Unterstützung für die weiteren Schritte. Was muss ich denn eigentlich tun, wenn ich meinen Vater nicht hier obduzieren lassen möchte? Kann ich selbst bestimmen, dass er in die Gerichtsmedizin der Polizei überführt wird?"

„Ich kümmere mich darum", mischte sich Knud in die Unterhaltung ein. „Ich werde dem Richter den Fall vortragen. Er kann das dann verfügen."

„Dankeschön. Ich bin sehr froh, mit diesem ganzen Schlamassel nicht allein dazustehen. Gut, ich warte dort vorne."

„Willst du Torge wirklich einen Besuch abstatten?", fragte Knud schmunzelnd, als sich Miriam Brunner entfernt hatte.

„Klar, warum denn nicht? Natürlich interessiere ich mich dafür, wie es ihm geht", antwortete sie lächelnd.

„Du meinst wohl, wann er uns wieder auf die Nerven gehen wird", fügte er amüsiert hinzu.

„Ja, so kann man es auch ausdrücken. Ich will ihn aber außerdem zu der letzten Nacht befragen. Können die Medikamente, die er bekommen hat, wirklich Halluzinationen auslösen?", wollte Charlie wissen.

„Na ja, ich glaube schon, dass es sowas gibt", antwortete Knud lapidar.

„Sicherlich gibt es sowas. Aber sind Trulsen entsprechende Substanzen verabreicht worden?"

„Das weiß ich nicht. Bisher bin ich jedenfalls nicht von einem Kapitalverbrechen ausgegangen. Die Theorie eines Mörders, der sich nachts in ein Krankenzimmer schleicht, ist doch eher unwahrscheinlich."

„Vor allem, wenn es sich dabei ausgerechnet um Torge Trulsens Krankenzimmer handelt", stimmte Charlie grinsend zu. „Angenommen wir haben es tatsächlich mit einem Mordfall zu tun, dann stellt sich die Frage nach einem Motiv. Wir sollten Miriam Brunner weiter zu dem Umfeld ihres Vaters befragen."

„Das klingt so, als würdest du Torges Verdacht folgen", bemerkte der Kommissar. „Das halte ich alles für extrem unwahrscheinlich. Immerhin war es ein Unfall, der zu der Operation von Rolf Brunner geführt hat. Selbst wenn es Konflikte in seinem Umfeld gab, wer sollte so schnell davon wissen."

„Immerhin wurde die Tochter informiert", gab Charlie zu bedenken.

„Miriam Brunner? Du hältst sie für verdächtig, ihren Vater getötet zu haben? Sie wirkte eher wie ein hilfloses Nervenbündel", widersprach Knud.

„Vielleicht ist sie eine gute Schauspielerin." „Hhm. Kann man nicht wissen, aber auf mich wirkte sie ehrlich schockiert. Es scheint für sie schon schwer genug zu sein, mit dem plötzlichen Tod ihres Vaters umzugehen. Da sollten wir sie nicht zusätzlich mit einer Mordtheorie oder sogar mit einem Verdachtsmoment konfrontieren."

„Ja, hast recht. Lass uns erst mal abwarten, was die Obduktion ergibt", bestätigte Charlie.

„Gut, dann schau du mal nach unserem Schwerenöter. Ich komme gleich dazu. Vorher will ich mich eben um eine Anordnung für die Überführung des Leichnams in die Rechtsmedizin kümmern. Einen Fehler bei der OP halte ich nach wie vor für wahrscheinlicher."

„Okay, dann bis gleich."

Während Knud sich eine ruhige Ecke zum Telefonieren suchte, betrat Charlie Torge Trulsens Krankenzimmer. Entgegen ihrer Annahme, ihn dort sicherlich anzutreffen, fand sie den Raum leer vor. Spontan enttäuscht überlegte die Kommissarin, ob sie ihn auf seinem Handy anrufen sollte, verwarf die Idee aber gleich wieder. Vermutlich war er in einer Untersuchung oder hatte Besuch von seiner Frau. Da er hauptsächlich zur Beobachtung bleiben musste, durfte er sich auf dem Gelände frei bewegen. Wenn die beiden gerade draußen zusammen ein bisschen die Sonne genossen, wollte sie dabei nicht stören. Ein wirklich dringliches Anliegen gab es ja nicht.

Den Moment der Ruhe genießend setzte sie sich einfach auf einer der Besucherstühle und beschloss auf Knud zu warten. Lange würde er für seinen Anruf sicherlich nicht brauchen. Vielleicht tauchte Trulsen ja sogar in der Zwischenzeit wieder auf.

Als sich die Tür öffnete, trat allerdings lediglich Knud ein.

„Gute Nachrichten", teilte er ihr gut gelaunt mit. „Der Richter wird die Anordnung faxen. Ich glaube, ich habe bei ihm einen besonderen Nerv getroffen. Er hat sofort zugestimmt, als ich den Verdacht einer vermasselten OP erwähnte. Also habe ich auch gleich Fiona informiert, damit der Leichnam umgehend abgeholt wird."

Charlies Freude über die Zustimmung des Richters bekam sofort einen Dämpfer, als Knud den Namen der Gerichtsmedizinerin erwähnte. Das war natürlich Quatsch, weil sie ja nun mal ihre Ansprechpartnerin in diesem Bereich war. Außerdem stand es nicht einmal fest, ob sie selbst erscheinen würde. Allerdings hielt die Kommissarin es für relativ wahrscheinlich. Wenn sie es richtig einschätzte, ließ sich die forsche Blondine kaum eine Gelegenheit entgehen, Knud zu treffen. Er hingegen schien ein wenig zurückhaltender zu sein. Wie eng deren Beziehung mittlerweile war, entzog sich Charlies Kenntnis. Auch das hatte sie heute bei dem geplanten Strandspaziergang vorsichtig hinterfragen wollen. Dieser rückte damit in weitere Ferne. Trotzdem bemühte sie sich um eine positive Ausstrahlung.

„Okay. Wie du siehst, ist Trulsen aufm Swutsch. Lass uns erst mal zu Miriam Brunner zurückkehren. Vielleicht treffen wird ihn später hier an", schlug sie vor.

Die Tochter des Toten sprang aufgeregt von ihrem Stuhl, als die Kommissare in dem ansonsten verwaisten Wartebereich eintrafen.

„Oh mein Gott! Gut, dass Sie wieder da sind. Ich habe gerade eine verstörende Nachricht erhalten. Der Leichnam meines Vaters ist verschwunden. Einfach nicht auffindbar! Wie kann denn das nun wieder sein?! Irgendetwas geht hier nicht mit rechten Dingen zu! Wäre er doch nie in dieses Krankenhaus eingeliefert worden! Was soll ich jetzt bloß tun?" Erschöpft ließ sie sich wieder auf das Sitzmöbel sinken.

„Glaubst du, Trulsen hat den Leichnam in seinen alten Kombi geladen und ist damit schon unterwegs nach Husum?", raunte Charlie ihrem Kollegen zu, der sich daraufhin mühsam sein typisches Grienen verkneifen musste.

„Das wäre ihm absolut zuzutrauen", flüsterte er zurück.

„Was meinen Sie?", fragte Miriam Brunner.

„Das wird wirklich immer merkwürdiger", antwortete Charlie geistesgegenwärtig. „Versuchen Sie sich zu beruhigen. Soll ich Ihnen ein Glas Wasser holen?"

„Die Schwester hat versprochen, mir eine Flasche zu bringen. Wie geht es denn nun weiter?", fragte Miriam Brunner mit zitternder Stimme.

„Wir kümmern uns darum. Wollen Sie sich ein Taxi bestellen und zur *Weißen Düne* zurückkehren? Sobald es etwas Neues gibt, würden wir uns bei Ihnen melden."

„Ich weiß nicht. Wenn ich einfach nur herumsitze, werde ich verrückt. Eigentlich würde ich lieber hierbleiben und irgendetwas Sinnvolles tun."

„Das glaube ich Ihnen, aber im Moment können Sie hier nichts ausrichten", beschwichtigte Charlie die aufgeregte Frau. „In der Ferienanlage gibt es einen herrlichen Wellnessbereich, oder Sie lassen sich den Wind um die Nase wehen. Sie finden sogar in der Hauptsaison auf Eiderstedt einige Fleckchen, die nicht überlaufen sind", fügte sie hinzu, als Miriam Brunner protestieren wollte. „Fahren Sie einfach nach Norden. An der Küstenlinie zwischen Westerhever und Husum werden Sie die Ruhe finden, die Sie jetzt sicherlich brauchen."

Dankbar stimmte die Tochter des Toten schließlich zu. „Okay, wahrscheinlich haben Sie recht. Ein bisschen frische Luft wird mir sicherlich guttun. Ich gebe Ihnen meine Karte, dann können Sie mich erreichen, wenn es etwas Neues gibt. Vielen Dank! Das ist ja wirklich ein Albtraum!"

„Na, dann kannst du Fiona ja absagen", entfuhr es Charlie, als sie wieder alleine waren. Am liebsten hätte sie sich auf die Zunge gebissen, weil es sich natürlich so anhörte, als wäre es etwas Persönliches.

Knud stutzte prompt, verkniff sich jedoch eine Bemerkung dazu. „Wir sollten uns nicht so leicht abwimmeln lassen. Hier ist etwas ganz und gar nicht in Ordnung und ich fühle mich herausgefordert, der Angelegenheit auf den Grund zu gehen. Was immer dahintersteckt, eine Leiche verschwindet nicht so einfach aus einem Krankenhaus!"

„Es sei denn, Trulsen hat sie geklaut", wiederholte Charlie ihren Witz, um die Atmosphäre aufzulockern.

„Genau. Dann ist er endgültig fällig. Aber Scherz beiseite. Wir sollten die Rechtsmedizin trotzdem kommen lassen und uns in den Katakomben dieses Gemäuers nach der Leiche umschauen. Jetzt einen Rückzieher zu machen, halte ich für den völlig falschen Weg", blieb Knud bei seiner Meinung. „Wenn hier wirklich etwas nicht mit rechten Dingen vor sich geht, müssen wir uns darum kümmern – und zwar so bald wie möglich. Wohin soll der Leichnam denn so schnell verschwunden sein? Vielleicht ist es bisher nur eine Ankündigung dessen, was bereits geplant ist."

Dieser Aspekt war nicht von der Hand zu weisen.

„Okay, da stimme ich dir zu. Am besten fühlen wir der Krankenschwester auf den Zahn. Sie kann uns außerdem über Brunners Allgemeinzustand vor und nach der Operation Auskunft geben. Vielleicht ist sie uns gegenüber redseliger, wenn wir mit der Verfügung wedeln", schlug Charlie vor. Zum einen wollte sie ebenfalls nicht so leicht aufgeben, zum anderen war es kontraproduktiv, mit Knud in Streit zu geraten – sowohl beruflich als auch privat.

Knud nickte. „Das bringt mich auf eine weitere Idee. Lass uns auf jeden Fall auch den Arzt befragen, der die OP durchgeführt hat."

„Wozu?"

„Na ja, wie war der Patient drauf? Mental und von seinen physischen Werten? War das Risiko durch irgendwelche Faktoren erhöht? Und so weiter."

„Gute Idee. Die Krankenschwester kann uns bestimmt sagen, welchen Arzt wir dafür ansprechen müssen." Charlie war mit dem Plan zufrieden. „Ah, da ist sie ja. Komm, los geht's."

Mit wenigen Schritten waren die Kommissare bei ihr.

„Moin Charlotte Wiesinger und Knud Petersen. Wir kommen von der Ordinger Polizei", stellte Charlie sich vor.

Die Krankenschwester, deren Namensschild sie als Luisa auswies, guckte erschrocken: „Polizei? Ist was passiert?"

„Wie wir eben von Frau Brunner erfahren haben, ist der Leichnam ihres Vaters verschwunden ..."

„Oh, Sie sind aber schnell!", entfuhr es ihr. „Ja, das wurde mir in der Pathologie so gesagt."

„Kommt das häufiger vor?", fragte Charlie in scharfem Tonfall.

„Nein. Nicht das ich wüsste. Also, äh ... ich habe von so einem Fall bisher nie gehört. Worauf wollen Sie hinaus?" Es war deutlich zu sehen, wie unangenehm Luisa dieser Wortwechsel war.

„Hören Sie! Ich habe wirklich sehr viel zu tun und kann Ihnen dazu nichts sagen. Am besten sprechen Sie mit Dr. Menzel. Er ist der Diensthabende."

„Hat er Herrn Brunner operiert?", hakte Charlie nach.

„Ja."

„Können Sie uns etwas über den Allgemeinzustand des Patienten erzählen? Vor und nach der OP?", fragte Charlie weiter.

„Also, ich weiß nicht. Das sind vertrauliche Daten", stammelte Luisa. „Was will denn die Polizei damit?", wehrte sie sich gegen die Befragung.

„Können Sie uns etwas erzählen oder nicht?", erhöhte Charlie den Druck, während sich Knud aufs stumme Beobachten beschränkte.

„Es wäre mir lieber, wenn Sie mit Dr. Menzel sprechen", wiederholte Luisa schließlich. „Ich möchte mir keinen Ärger einfangen. Ich bin alleinerziehend und brauche diesen Job."

„Okay, Luisa, kein Problem", schaltete sich der Kommissar ein. Wie immer wirkte er sehr freundlich und empathisch. „Können Sie uns sagen, wo wir ihn finden?"

Der Krankenschwester war die Erleichterung anzusehen. „Ich schaue gerne für Sie nach, wann er voraussichtlich aus dem OP kommt." Sie warf einen Blick auf ihre Armbanduhr. „Ich bin gleich wieder da. Oder wollen Sie eben mitkommen? Es ist nicht weit."

Knud und Charlie nickten und folgten ihr zu dem Ärztezimmer, an dessen Rückwand ein Plan hing.

„Man kann nie genau sagen, wie lange ein Eingriff dauert, aber eigentlich müsste Dr. Menzel demnächst hier auftauchen. Wollen Sie warten?"

Die Kommissarin traf eine Entscheidung. „Warte du hier auf den Arzt und die Kollegen aus der Rechtsmedizin. Ich werde mich mal auf die Suche nach unserem Hilfssheriff machen. Vielleicht kann er ja doch etwas Nützliches beisteuern."

Torge in St. Peter-Ording

Donnerstag, den 28. Juli

Die Geschehnisse der letzten Nacht hatten Torge stärker beeinträchtigt, als er sich eingestehen mochte. Seine seute Deern wollte er damit möglichst nicht beunruhigen, auch wenn es schwierig war, ihr etwas vorzumachen. Üblicherweise las sie in ihm, wie in einem offenen Buch, was vermutlich den fast drei gemeinsam verbrachten Jahrzehnten geschuldet war. Trotzdem wurmte es ihn manchmal, dass es ihm umgekehrt nicht so gut gelang, zu erahnen, was in Annegrets hübschem Kopf vor sich ging.

Nachdem Knud ihn wieder verlassen hatte, war er den ganzen Tag unruhig durch die Flure des Krankenhauses gepilgert, weil er es alleine in seinem Zimmer nicht aushielt. Ständig musste er auf die leere Stelle starren, an der bis zum Vormittag das Bett des unglückseligen Rolf Brunner gestanden hatte. Hatte er sich die Schatten und das vermeintliche Schleichen einer Person durch den nächtlich verdunkelten Raum lediglich eingebildet oder wirklich etwas beobachtet? Normalerweise konnte er seinen Sinnen trauen, aber dieser Medikamentencocktail hatte ihn wirklich groggy gemacht.

Außerdem steckte ihm nach wie vor der Schreck des Leiterunfalls mit der anschließenden Operation in den Knochen. Die Kette von außergewöhnlichen Erlebnissen ließ selbst einen so hartgesottenen Nordfriesen, wie es Torge war, ausnahmsweise schwächeln. Hinzu kam, dass er sonst so gut wie nie irgendwelche Pillen einnahm. Wie gesagt: Was von alleine kam, das ging auch wieder von alleine. Tabletten halfen da nur selten weiter.

Fairerweise musste er zugeben, bisher von ernsten Krankheiten verschont geblieben zu sein. Nun hatte es ihn zum ersten Mal heftig erwischt und schon wurden ihm die Sinne vernebelt. Es war außerordentlich beunruhigend, sich seiner Beobachtungen nicht mehr sicher sein zu können.

In den Ärger mischte sich Furcht. Knud hatte es bestimmt lediglich als Scherz gemeint, aber was bedeutete es für ihn persönlich, wenn in dem Krankenhaus wirklich ein Todesengel sein Unwesen trieb? So etwas las man schließlich immer wieder in der Zeitung. Vielleicht wollte die Matrone als Retterin in letzter Sekunde dastehen, indem sie Rolf Brunner erst ausknockte und dann wiederbelebte. Hatte vielleicht ihr Timing nicht gepasst? War er als ihr nächstes Opfer auserkoren?

Bei diesen Gedanken kribbelte eine unangenehme Gänsehaut über seinen gesamten Körper. Sollte er seine Überlegungen doch lieber Annegret anvertrauen? Immerhin hatte er ihr versprochen, bis zur Diagnose über seinen Schwindel hierzubleiben. Eine Aussicht, die mit jeder weiteren Minute weniger verlockend erschien. Allerdings würde sie sich natürlich extrem ängstigen, wenn er ihr solche Horrorstorys erzählte. Im Grunde konnte er dann nicht mehr bleiben. Aber was bedeutete das für seine eigenen Untersuchungen? Er war mit seinem Sturz von der Leiter einigermaßen glimpflich davongekommen. So ein Risiko wollte er nicht erneut eingehen.

Oder machte er sich mit seinen Befürchtungen am Ende lächerlich? Torge fühlte sich hin- und hergerissen und außer Stande, eine Entscheidung zu treffen. Auch das war absolut nicht typisch. Normalerweise war er ein Macher, der alle Menschen in seiner Umgebung mitriss und immer noch über Kraft verfügte, wenn die anderen bereits müde wurden. Diese ungewohnte Schwäche zerrte zusätzlich an seinen Nerven, zumal er hier in diesem Krankenhaus zur Untätigkeit verdammt war.

Da Annegret erst am späten Nachmittag kommen wollte, beschloss er, die Zeit bis zu ihrem Eintreffen mit einem Kaffee sowie einem Stück Kuchen zu überbrücken. Vielleicht hellte eine Portion Zucker seine Stimmung ein wenig auf. Außerdem bestand die Chance, mit jemandem einen kleinen Schnack zu halten. Das würde ihn zumindest von den ständig wiederkehrenden Sorgen ablenken.

Die Cafeteria war ein heller freundlicher Raum, der ihn mit dem Stimmengewirr angeregter Gespräche empfing. Torge ließ den Blick über die Patienten und Besucher wandern, ein bekanntes Gesicht entdeckte er jedoch nicht. Zu seiner Freude erspähte er dafür am Tresen Franzbrötchen, ein zimthaltiges Gebäck, das in Hamburg seinen Ursprung hatte und zu seinen Lieblingsleckereien gehörte. Immerhin ein Lichtblick!

Bewaffnet mit einem Tablett wanderte er anschließend auf der Suche nach einem freien Platz durch den Raum. Dabei versuchte er ein paar Gesprächsfetzen aufzuschnappen, um danach jemanden auszusuchen, mit dem er ein wenig plaudern konnte. Überall schien es jedoch um Krankheiten zu gehen, daran wollte er sich nicht beteiligen. Also entschied er sich für einen kleinen Tisch, an dem er zwar alleine saß, der ihm aber immerhin einen schönen Ausblick in den gepflegten Außenbereich bot.

Als Annegret schließlich eintraf, fühlte er sich deutlich besser. All die Menschen um ihn herum hatten ihm ein Gefühl der Sicherheit vermittelt und die bedrohlichen Gedanken fürs Erste verscheucht. Torge entschied, seine Frau nicht unnötig zu beunruhigen, seine Befürchtungen also für sich zu behalten.

„Na, wie fühlst du dich?", fragte sie bei ihrem Eintreffen. „Obwohl du ausnahmsweise zur Untätigkeit verdammt bist, scheint deine Laune ja ganz gut zu sein."

Es funktionierte also. Sein Lächeln wirkte nicht gekünstelt. Die Freude, Annegret zu sehen, war echt und trug dazu bei, entspannt zu wirken. Wie gern wäre er jetzt einfach mit ihr nach Hause gefahren! Trotzdem nahm er sich vor, ein paar weitere Tage durchzuhalten.

„Tja, da kann man sich dran gewöhnen. Das solltest du bei der Anordnung meiner verlängerten Pause einkalkulieren. Vielleicht komme ich sehr schwer wieder in Gang, wenn ich endlich zu Hause bin", neckte er sie.

„Das könnte dir so passen!", ließ sie sich auf den lockeren Tonfall ein. „Marina Lessing wird dir in der *Weißen Düne* schon Beine machen. Und ich auch", fügte sie lächelnd hinzu. „Damit du nicht zu sehr einrostest, können wir ja ein wenig durch den Garten des Krankenhauses spazieren. Tatsächlich ist es mehr eine Parkanlage. Komm, beweg deinen Mors aus dem Bett. Darin kannst du noch die ganze Nacht herumliegen."

Innerlich zuckte Torge bei der Vorstellung zusammen, wollte sich aber nichts anmerken lassen. Also grinste er etwas schief,

während er murmelte: „Sklaventreiber!", was Annegret un-
kommentiert ließ, obwohl sie es bestimmt verstanden hatte.

Spazieren gehörte nicht zu Torges Lieblingstätigkeiten, dafür
fühlte er sich mit Mitte fünfzig einfach zu jung. An diesem Nachmittag freute er sich allerdings einfach über Annegrets Gesellschaft. Da sie nicht erwartete, dass es bei ihm sehr viel Neues
gab, unterhielt sie ihn mit kleinen Anekdoten aus der Schneide-
rei und Nachbarschaft, was ihn herrlich ablenkte.

Im Gegenzuge erzählte er ihr weder von dem Todesfall, noch
von Knuds Eintreffen nach seinem eigenen aufgeregten Anruf.
Da sie ihn ohnehin am nächsten Tag wieder besuchen würde,
konnte er es ihr auch später berichten. Er wollte erst einmal abwarten, wie er die kommende Nacht überstand und ob es danach etwas Neues gab.

Überraschenderweise wartete Charlotte Wiesinger auf ihn, als
er sein Zimmer wieder betrat. In die Freude, nun nicht allein
sein zu müssen, mischte sich sofort seine Besorgnis. Handelte es sich bei dem Ableben von Rolf Brunner doch um einen
Kriminalfall oder war er der Kommissarin etwa derart ans Herz
gewachsen, dass sie ihn im Krankenhaus besuchte? War sie allein gekommen oder in Knuds Begleitung? Aber wo steckte sein
Kumpel dann?

„Moin, Trulsen. Sie machen ja Sachen", begrüßte sie ihn mit
einem Lächeln. „Erst krachen Sie von der Leiter und dann stirbt
ihr Bettnachbar. Mit Ihnen wird es wirklich nie langweilig!"

„Da sagen Sie was", gab sich Torge entspannt. „Hoffentlich
muss ich nicht zu lange hierbleiben, sonst könnte sich das noch
ändern."

„Ach, Sie finden bestimmt auch hier eine Beschäftigung, mit
der Sie Ihren Mitmenschen das Leben schwer machen können.
Allerdings sollten Sie sich nicht in die Behandlungsmethoden

der Ärzte einmischen. Das könnte übel ausgehen!", frotzelte sie weiter.

„Wollen Sie mir etwa unterstellen, ich hätte etwas mit dem Tod von Rolf Brunner zu tun?" Torge tat entrüstet.

„Das wäre eine großartige Gelegenheit, Sie länger aus dem Verkehr zu ziehen, als es mit diesem Krankenhausaufenthalt wohl der Fall sein wird."

„Amüsieren Sie sich ruhig auf meine Kosten", gab er schmollend zurück. „Die letzte Nacht war echt nicht lustig. Da gehe ich lieber arbeiten."

„Damit meinen Sie hoffentlich die *Weiße Düne*", grinste Kommissarin Wiesinger weiter. „Aber mal ernsthaft. Können Sie mir aus der letzten Nacht irgendwelche Details berichten, die Sie Knud nicht erzählt haben? Ist Ihnen noch etwas eingefallen?"

„Sie glauben mir also, dass hier etwas Merkwürdiges vor sich geht?", fragte er hoffnungsvoll.

„Bisher ist es lediglich Stochern im Nebel, aber da nun der Leichnam von Rolf Brunner verschwunden ist ..."

„Waaaas?"

„Ach ja, das wussten Sie bislang nicht." Die Kommissarin berichtete kurz über die jüngste Entwicklung. „Selbst wenn in der letzten Nacht niemand dem Mann nach dem Leben getrachtet hat, gibt das natürlich Anlass für eine Untersuchung."

Torges Denkapparat lief auf Hochtouren. „Es könnte aber einen Zusammenhang geben", murmelte er. „Vielleicht ist Rolf Brunner etwas verabreicht worden, was nicht nachgewiesen werden soll."

„Ja, das könnte sein. Allerdings gibt es in einem Krankenhaus sicherlich andere Möglichkeiten", warf sie ein.

„Kommt drauf an, wer dahintersteckt", widersprach Torge.

„Und wie ich Sie kenne, haben Sie bereits einen Verdacht", amüsierte sich Kommissarin Wiesinger, obwohl das nun wirklich nicht lustig war!

„Wollen Sie meine Überlegungen wirklich hören oder sich nur auf meine Kosten unterhalten?", fragte der Hausmeister ein wenig beleidigt nach. So langsam wurde es ihm zu viel. Er wollte wieder ernst genommen werden!

„Ja, hauen Sie es raus. Ob wir wirklich einen Fall haben, wissen wir nicht, aber wir sammeln trotzdem alle Informationen, die sich uns bieten." Also berichtete Torge von der unheimlichen Nachtschwester und seinen Vermutungen, die er sich über den Tag ausgemalt hatte.

„Sind Sie sicher, dass sie nachts im Zimmer war?", hakte die Kommissarin gewohnt kritisch nach.

„Ich weiß es nicht mit Sicherheit", gab Torge ehrlich zu. „Heute habe ich allerdings nur ein paar gängige Schmerzmittel eingenommen. Was gestern in dem Tropf war ... keine Ahnung. In der kommenden Nacht werde ich vermutlich fitter sein. Ich habe aber auch ein bisschen Angst. Was, wenn es sich bei der Matrone um einen Todesengel handelt und ich der Nächste auf ihrer Liste bin?"

„Das wäre ein großer Verlust für die Ordinger Polizei und überhaupt für ganz Nordfriesland", bemerkte Kommissarin Wiesinger trocken.

Torge zog eine Grimasse. „Super! Sie verstehen es, mir Mut zu machen."

„Sie haben es herausgefordert", entgegnete sie lachend. „War eine Steilvorlage."

„Hhm."

„Fühlen Sie sich ernsthaft bedroht?", wechselte die Kommissarin das Thema.

„Wenn ich das nur wüsste! Jetzt am helllichten Tag mit Ihnen im Gespräch klingt es etwas lächerlich, aber im Dunkeln kommen dann die Geister. Und in der nächsten Nacht bin ich allein im Zimmer."

„Lassen Sie das Licht an", schlug sie vor. „Das vertreibt die Geister."

„Das lässt die Matrone nicht zu. Wenn sie Dienst hat, herrscht hier ein strengeres Regiment als bei der Bundeswehr!", weihte Torge die Ermittlerin ein.

„Ernsthaft? Sie dürfen kein Licht anlassen?"

„Wenn das alles wäre! Sie behandelt uns wie die kleinen Kinder und will auch nachts auf keinen Fall gestört werden."

„Na ja, dann haben Sie immerhin Ruhe vor ihr", stellte Charlotte Wiesinger fest.

„Ja, aber überlegen Sie mal. Vielleicht steckt ihre Verwicklung in kriminelle Machenschaften dahinter", tat Torge verschwörerisch, was die Kommissarin wieder zum Lachen brachte.

„Haben Sie schon immer hinter allem ein Verbrechen gewittert oder ist das erst so, seit Sie sich ständig in unsere Ermittlungen einmischen?"

Torge schmollte. Er war sich nach wie vor nicht sicher, ob sie ihn ernst nahm oder nur die Gelegenheit auskostete, ihn mal gründlich zu veräppeln.

„Aber Sie müssen zugeben, dass eine verschwundene Leiche auf Ungereimtheiten hinweist!", versuchte er, seine eigene Person aus dem Fokus der Diskussion zu nehmen. Hoffentlich erwartete ihn nicht das gleiche Schicksal!

„Können Sie mir nun konkrete Beobachtungen berichten oder ist alles im Nebel Ihres Medikamentencocktails geschehen?", fragte Charlotte Wiesinger in seine Gedanken hinein.

„Ich kann nichts beschwören, bin aber gerne bereit, weiterhin Augen und Ohren offenzuhalten", schlug Torge vor.

„Und in den Gängen herumzuschleichen, auch wenn die ... wie haben Sie die Nachtschwester genannt?"

„Matrone!"

„Auch wenn Sie sich Ärger mit der Matrone einhandeln?", schmunzelte die Kommissarin, die sich das Szenario wohl gerade bildlich vorstellte.

„Wenn es der Wahrheitsfindung dient, bin ich bereit alles zu geben", behauptete er mutig.

„Das klingt schon wesentlich besser, Trulsen! Lassen Sie sich nicht einschüchtern. Das passt nicht zu Ihnen. Knud und ich werden morgen bestimmt wieder nach Ihnen sehen. Ich erwarte dann Ihren Bericht."

Mit einem Lächeln auf den Lippen verließ Charlotte Wiesinger den Raum, womit Torge allein zurückblieb.

Fast unmittelbar rollte eine Welle der Einsamkeit über den Hausmeister hinweg, der sich in diesem Gefühlschaos selbst kaum wiedererkannte. Da hatte er ja mal wieder eine ganz schön dicke Lippe riskiert. Obwohl die späte Julisonne den Raum in ein freundliches Licht tauchte, schienen die Geister der Nacht im Hintergrund schon wieder zu lauern.

Aber er musste der Kommissarin recht geben. Es passte absolut nicht zu ihm, sich einschüchtern zu lassen. Weder von der Matrone noch von imaginären Übeltätern seiner Fantasie. Vielleicht sollte er jetzt ein kleines Nickerchen machen, damit er die Nachtschicht in wachem Zustand durchhielt. Außerdem war ein Rundgang durch die Abteilung, wenn die anderen Patienten schliefen, vielleicht gar keine schlechte Idee. Es würde Charlotte Wiesinger bestimmt beeindrucken, wenn er aus dieser Situation heraus, Informationen zu dem verschwundenen Leichnam von Rolf Brunner sammeln könnte.

Diese Vorstellung verlieh ihm neuen Optimismus. Mit ein wenig Glück hatte in der kommenden Nacht eine andere Schwester Dienst.

„Was ist denn hier los? Sie sollen nachts schlafen und nicht am Tage", wurde er jäh aus seinem Traum sowie der gerade entstandenen Hoffnung gerissen, die sofort verblasste, als er die zeternde Matrone vor sich stehen sah. „Haben Sie keinen Hunger? Ich kann das Tablett auch gleich wieder mitnehmen. Erspart mir eine Menge Arbeit. Ist ja nicht zu fassen! Hat die Kollegin Sie nicht geweckt? Alles muss man hier selber machen! Also wollen Sie das jetzt essen, oder was?"

Ärger wallte in Torge hoch. So wollte er sich einfach nicht behandeln lassen! Was bildete sich dieser Feldwebel eigentlich ein?

„Die andere Schwester dachte wohl, dass mir ein wenig Schlaf guttut und meiner Genesung förderlich ist", ging er auf Konfrontation.

„Sie sollen nachts schlafen", wiederholte die Matrone. „Dann stören Sie mich wenigstens nicht bei meiner Arbeit." Irgendwie schien sie eine schräge Auffassung von ihrem Beruf zu haben. Schließlich waren die Patienten ihre Arbeit. Eine entsprechende Bemerkung lag dem Hausmeister auf der Zunge, aber er schluckte sie herunter. Sein Plan für die kommende Nacht stand, da wollte er keine unnötige Aufmerksamkeit auf sich ziehen.

„Also was ist nun? Soll ich das Tablett mitnehmen?" Die Matrone starrte ihn an.

„Nein", antwortete Torge knapp. Am liebsten hätte er ihr den Apfel an den Kopf geworfen, der rotwangig und gleichzeitig herausfordernd vor ihm lag.

„Aber dann machen Sie hinne. Das alles hier stört den gewohnten Ablauf", herrschte sie ihn an, während sie murrend den Raum verließ.

Was für ein Herzchen!

Sein Blick wanderte von der Tür zu dem Teller, der vor ihm stand. Darauf lagen exakt die gleichen Brot-, Wurst- und Käsescheiben wie am Vortag. Der Zustand, des sich wellenden Aufschnitts ließ vermuten, dass sie sogar vom Vortag stammten. Leicht angewidert schob Torge das Tablett von sich weg. Was würde er jetzt für einen ordentlichen Schweinebraten aus Annegrets Ofen geben! Sofort knurrte ihm der Magen. Noch einmal nahm er die wenig verlockende Mahlzeit in Augenschein, konnte sich aber nicht überwinden, hineinzubeißen. Kurz entschlossen legte er den Apfel in seine Nachttischschublade und machte sich über den Joghurt her. In der Lobby des Krankenhauses hatte er einen Automaten mit Snacks gesehen. Das musste für heute Abend genügen. Wenn sie ihm morgen wieder diese unappetitliche Brotzeit vorsetzten, würde er sich eine Pizza bestellen. Oder er orderte morgen etwas bei seiner seuten Deern.

Schneller als angekündigt erschien die Matrone wieder im Türrahmen. „So, sind Sie fertig?", fragte sie in gleichbleibend unfreundlichem Ton.

„Jo. Nehmen Sie es mit. Ah, ich hätte eine Bitte. Können Sie das alles bitte entsorgen, damit ich morgen nicht den dritten Aufguss serviert bekomme? Der Zustand ist bereits jetzt desolat."

Für einen Augenblick verschlug es ihr die Sprache, doch schnell fand sie in ihre alte Form zurück. „Sie sind hier nicht in einem Luxushotel. Immerhin steht das Brot hier schon zwei Stunden herum. Ist ja bei diesen Temperaturen kein Wunder, wenn sich dann der Käse wellt. Alles Ihre eigene Schuld! Aber wenn Sie heute Nacht lieber hungern wollen ... Bitteschön, Ihre

Entscheidung." Damit riss sie das Tablett von dem rollbaren Tisch und rauschte aus dem Zimmer.

Torge wusste nicht, ob er lachen oder sich ärgern sollte. Was für eine unmögliche Person! Immerhin hatte sie durch diesen Wortwechsel offensichtlich vergessen, die Vorhänge zuzuziehen. Er hoffte sehr, sie heute nicht noch einmal zu Gesicht zu bekommen.

Um sich ein wenig abzulenken, schaltete Torge den Fernseher ein. Nach dem Nickerchen fühlte er sich wesentlich fitter. Nun musste er abwarten, bis es auf der Station ruhig wurde und die Dunkelheit sich über die Küstengemeinde senkte. Dann wollte er seine Tour durch das Krankenhaus in Angriff nehmen. Das Programm konnte ihn allerdings nicht fesseln, immer wieder schweiften seine Gedanken zu seinem Vorhaben und mit fortschreitender Zeit wurden die Zweifel wieder größer. Was sollte er nachts schon ausrichten? Sicherlich war es kontraproduktiv, selbst durch die Zimmer zu schleichen. Wenn hier wirklich etwas nicht mit rechten Dingen zuging, geriet er schlimmstenfalls selbst unter Verdacht. Damit kam er dann wohl vom Regen in die Traufe. Auch wenn die Kommissarin es bislang nur scherzhaft gemeint hatte, würde sie nicht zögern, ihn für ein paar Tage in Gewahrsam zu nehmen – allein schon, um ihm eine Lektion zu verpassen. Oder täuschte er sich? Heute Nachmittag schien sie wirklich besorgt gewesen zu sein.

Sein Gedankenkarussell und die Geräuschkulisse der Schmonzette, die Torge im Hintergrund laufen ließ, lullten ihn ein und ließen ihn erneut müde werden. Obwohl er sich dagegen wehrte, fielen ihm immer wieder die Augen zu. Langsam wurde es dunkler im Raum, der Fernseher bildete die einzige Lichtquelle. Abwechselnd zuckten mal helle und dann wieder dunkle Schatten durch seine Augenlider. Dabei erzeugten sie eine Unruhe, die ihn immer wieder aufschrecken ließ. Trotzdem war seine Erschöpfung viel zu groß, um den ursprünglichen Plan in die Tat umzusetzen. Jedes Mal, wenn er aufzustehen versuchte, sackte er kurz darauf wieder kraftlos zusammen und war froh sich erneut auf der Matratze ausstrecken zu können. Am besten gönnte er sich eine weitere Nacht der Erholung. Er konnte seine Ermittlung einfach einen Tag aufschieben. Vielleicht gab es ja nicht einmal einen Fall.

Als er das nächste Mal aus seinem Halbschlaf erwachte, war es stockdunkel im Raum. Sofort schlug sein Herz schneller. Hatte er selbst den Fernseher ausgeschaltet? Daran konnte er sich beim besten Willen nicht erinnern. Oder schaltete der sich automatisch nach ein paar Stunden aus? Das war eine plausible Erklärung, die ihn für einen Augenblick beruhigte. Die nächste Frage beschleunigte seinen Puls weiter: War die Matrone etwa durch sein Zimmer geschlichen, und hatte das Gerät abgestellt? Sofort schaute Torge in Richtung des Fensters. Die Vorhänge waren in dieser Nacht offengeblieben. Trotzdem fiel kein Licht von außen in das Zimmer. Torge wurde kalt. Allein die Vorstellung, hier ausgeliefert zu liegen und nicht einmal mitzubekommen, wie jemand das Zimmer betrat, jagte ihm einen Schauer über den Rücken. Außerdem knurrte sein Magen. Er war es einfach nicht gewohnt, Mahlzeiten auszulassen.

Sollte er jetzt zu dem Automaten in der Lobby gehen? Er war immerhin ein freier Mann. Nicht einmal die unangenehme Nachtschwester konnte ihm das verbieten. Allerdings würde ein Schokoriegel seinen Hunger vermutlich nicht stillen. Torge fühlte sich in seiner Lebensqualität beeinträchtigt. Das Hadern mit seiner Situation lenkte ihn jedoch ab und ließ die Angst wieder schwinden. Ohne etwas dagegen unternehmen zu können, schlummerte er immer wieder ein. Lag diese unendliche Müdigkeit wirklich nur an seiner Verletzung und den

Nachwirkungen seines Unfalls oder hatte ihm die Matrone vielleicht irgendwelche Schlafmittel untergeschoben? Hatte der Tee normal geschmeckt? Torge war durstig gewesen und hatte ihn deshalb sehr schnell getrunken. Dagegen sprach, dass die fiese Nachtschwester erst nach der Essensausgabe eingetroffen war. Aber hatte sie nicht im Raum gestanden, als er von seinem Nickerchen erwachte? Traum und Wirklichkeit schienen zu verschwimmen. Nicht einmal seiner eigenen Erinnerung konnte der Hausmeister trauen. Es wurde Zeit, dass er wieder zu seiner alten Form fand!

Knud in St. Peter-Ording

Donnerstag, den 28. Juli

Knud schaute ihr hinterher, als sie den Raum verließ, um Torge einen kurzen Besuch abzustatten. Allein das war verkehrte Welt. Irgendwie hatten sie die Rollen getauscht. Charlotte hatte sich in den letzten Monaten verändert, war immer wieder auf Distanz zu ihm gegangen und schien manchmal nachdenklich, was eigentlich überhaupt nicht zu ihr passte. Er wusste, dass ihn eine Mitschuld an ihrer inneren Unruhe traf, obwohl er gerade das vermeiden wollte. Klang paradox, aber es entsprach den Tatsachen. Am liebsten wäre es ihm gewesen, wenn sie jetzt mit ihm zusammen auf den Arzt und die Gerichtsmedizin gewartet hätte. Allerdings war das nahende Auftauchen von Fiona vermutlich einer der Gründe, warum sie es vorzog, ihm diesen

Part allein zu überlassen, während sie selbst Torge noch einmal zu den Vorgängen der letzten Nacht befragte.

In Bezug auf das Zusammentreffen der beiden Frauen war Knud ganz froh, dass es jetzt vermutlich nicht dazu kommen würde. Fiona war frech und nahm kein Blatt vor den Mund. Dadurch brachte sie den Kommissar immer wieder in Verlegenheit. Und da er ohnehin zwischen den Stühlen saß, vermied er es möglichst, den beiden starken Frauen gemeinsam zu begegnen. Der unterschwellige Konflikt durch die Konkurrenzsituation bedrückte ihn. Auch wenn er sich zu Fiona hingezogen fühlte, war er Charlotte in großer Loyalität verbunden. Gern hätte er alles gelassen, was sie nur ansatzweise kränken könnte, auch wenn ihm genau das durch seine wachsende Beziehung zu der Gerichtsmedizinerin nicht gelang. Was für eine verzwickte Situation!

Das Eintreffen des Arztes holte Knud aus seinen Gedanken.

„Polizei?", fragte dieser ohne Begrüßung. „Was ist denn passiert, dass die Polizei mich sprechen will?"

„Moin, Kommissar Knud Petersen", stellte er sich erst einmal vor.

„Ja, entschuldigen Sie. Normalerweise bin ich nicht so unhöflich, aber wahrscheinlich ergibt es sich von selbst, weil Sie ja nach mir gefragt haben. Dr. Achim Menzel. Das Auftauchen der Polizei lässt mich glatt meine gute Kinderstube vergessen." Er reichte Knud die Hand, die dieser automatisch entgegennahm. Menzels Händedruck war fest. Er wirkte ruhig und selbstbewusst, vielleicht ein wenig erschöpft. „Ich war den ganzen Tag im OP, deshalb bin ich vielleicht nicht auf dem Laufenden, was hier auf der Station zwischenzeitlich geschehen ist. Was führt Sie also zu mir?"

Der Kommissar überlegte einen Moment, wie er das Gespräch am besten beginnen sollte. Immerhin war er eigentlich nur hergekommen, weil Miriam Brunner sie um Hilfe gebeten hatte – von Torges Mutmaßungen einmal abgesehen. Diese würde er allerdings nicht erwähnen.

„Tja, es ist merkwürdig", sagte er schließlich, indem er auf weiterführende Erklärungen verzichtete. „Haben Sie heute Morgen von dem Ableben Ihres Patienten Rolf Brunner gehört?", fragte Knud den Arzt, wobei er genau auf dessen Reaktionen achtete.

„Ja, sehr tragisch. Ich kann mir gar nicht erklären, was da schiefgelaufen ist. Der Mann war insgesamt in einer guten Verfassung – sowohl vor als auch nach der Operation. Ich werde den Angehörigen auf jeden Fall eine Autopsie empfehlen. Was ist merkwürdig?", kam er auf Knuds Aussage zurück.

„Interessant, dass Sie für eine Leichenschau sind", überging der Kommissar die Frage.

„Das ist das übliche Prozedere, wenn die Todesursache ungeklärt ist. Was finden Sie daran interessant?" Eine Falte entstand zwischen den Augen des Mediziners, vielleicht weil er darüber nachdachte. Davon abgesehen wirkte er weder nervös noch schuldbewusst. Einen Kunstfehler schien er nicht in Betracht zu ziehen.

„Der Leichnam ist verschwunden."

„Der Leichnam ist verschwunden? Wer hat das behauptet?" Zum ersten Mal seit seinem Eintreffen zeigte Dr. Menzel Emotionen.

„Die Schwester ... Luisa."

„Das halte ich für höchst unwahrscheinlich. Da hat wohl jemand nicht richtig nachgeschaut." Er schien sich wirklich über die Nachlässigkeit der Kollegen in der Pathologie zu ärgern. „Am besten klären wir das sofort. Wollen Sie mich begleiten? Deshalb sind Sie hier, oder?"

„Die Tochter des Toten bekam die Information, als sie ihren Vater noch einmal sehen wollte. Eigentlich waren wir lediglich hier, um sie zu begleiten. ... Ach, lange Geschichte, die nichts zur Sache tut. Ja, jetzt ist unser Interesse natürlich geweckt."

Dr. Menzel nickte. „Na, dann kommen Sie. Gehen wir der Angelegenheit gleich auf den Grund. In diesem Krankenhaus verschwinden keine Leichname. Das macht ja nach einer möglicherweise misslungenen Operation auch nicht gerade einen guten Eindruck."

Knud wunderte sich über die Reaktion des Arztes. Er hatte mit Zurückweisung einer möglichen Schuld gerechnet, nicht mit dieser offenen Einstellung sowie dem spontanen Angebot, ihn bei der Ermittlung zu unterstützen. Sollte er sofort mitgehen oder auf das Eintreffen der Rechtsmedizin warten? Unschlüssig warf er einen Blick auf seine Uhr, um abschätzen zu können, wann Fiona voraussichtlich erscheinen würde.

„Haben Sie etwas anderes vor?", fragte der Mediziner prompt.

Der Kommissar schüttelte den Kopf. Sollte er Menzel einweihen, dass die Gerichtsmedizin auf dem Weg war? Würde ihn das vielleicht aus der Reserve locken? Knud traf eine Entscheidung.

„Miriam Brunner hat den Wunsch einer externen Leichenschau geäußert, weil sie sich nicht erklären kann, wie ein relativ gesunder Mann mittleren Alters an einem Eingriff am Bein verstirbt. Die Kollegen aus Husum sind schon auf dem Weg hierher", antwortete er in ruhigem Tonfall.

Entgegen seiner Erwartung nickte Dr. Menzel. „Absolut verständlich. Lassen Sie uns loslegen, damit sie die Strecke nicht umsonst fahren. Können Sie sie erreichen? Dann verlieren wir keine Zeit mit Warterei. Die können ja später zu uns stoßen."

Entweder war der Arzt ein guter Schauspieler – bei dem Gedanken musste sich Knud ein Lächeln verkneifen, weil das eigentlich Charlottes Standardargument war – oder er hatte wirklich eine reine Weste und war um ehrliche Aufklärung bemüht.

„Ja, ich schicke eben eine SMS, dann können wir sofort die Suche beginnen", bestätigte Knud und folgte Dr. Menzel kurz darauf in den Keller des Gebäudes. Das Piepen seines Mobiltelefons signalisierte die Antwort von Fiona. Mit einem leichten Gefühl der Enttäuschung las er die knappe Antwort: ‚Geht klar.'

Die nächste Stunde verbrachte er zusammen mit dem Mediziner in den Katakomben des Krankenhauses. Nie hätte Knud sich diese Ausmaße vorgestellt. Jedes Mal, wenn jemand sich näherte, rechnete er mit Fionas Eintreffen, aber sie tauchte nicht auf.

„Tja, ich hätte es nicht für möglich gehalten, aber der Leichnam von Rolf Brunner ist tatsächlich verschwunden", resümierte Dr. Menzel schließlich die erfolglose Suche. „Ich versichere Ihnen, das wird ein Nachspiel haben. Ich werde auf jeden Fall alles daransetzen, um den Verantwortlichen zu finden, aber ich fürchte, mehr kann ich im Moment nicht für Sie tun."

„Okay, ich bedanke mich trotzdem für Ihren Einsatz." Knud meinte es ehrlich. Nach seinem Bauchgefühl hatte der Mediziner nichts mit dem Verschwinden des Leichnams von Rolf Brunner zu tun. Blieb die Frage offen, wer und was wirklich dahintersteckte.

Dr. Achim Menzel hatte sich mit einem freundlichen Nicken verabschiedet. Knud kehrte in die Abteilung zurück, in der er sich mit Fiona treffen wollte. Allerdings traf er lediglich zwei ihrer Mitarbeiter an, die es sich im Wartebereich mit Cola und einer großen Tüte Chips gemütlich gemacht hatten. In Knuds Enttäuschung mischte sich spontaner Ärger, für den es genau genommen keinen Grund gab.

„Moin!", begrüßte er die beiden, die er lediglich flüchtig kannte. „Wo ist denn Frau Jensen?"

Die beiden grinsten wissend. „Moin, Kommissar. Die Chefin hat uns geschickt. Wollte ihre Arbeit nicht für einen reinen Transport unterbrechen. Wir sollen aber schöne Grüße ausrichten."

„Aha." Knud fing sich wieder. Im Grunde hatte Fiona recht, außerdem war er selbst ja mit Charlotte verabredet. So gab es wenigstens keine neue Konfrontation. Trotzdem war er nach dem Telefonat davon ausgegangen, dass sie selbst kommen würde. Eigentlich ließ sie sich nie eine Gelegenheit entgehen, ihn zu treffen, auch wenn es nur für einen Augenblick war.

Ach, war das alles kompliziert!

„Wo ist denn nun der Leichnam, den wir überführen sollen?", fragte einer von ihnen und pustete Knud dabei ein paar Chipskrümel entgegen.

„Wenn ich das wüsste", entfuhr es dem Kommissar.

„Wie? Es gibt keine Leiche? Wir sind den ganzen Weg umsonst gefahren?"

„Ja, das ist allerdings nicht das größte Problem. Und immerhin haben Sie hier ja ein nettes kleines Picknick zelebriert." Erneut wallte dieser ungewohnte Ärger in Knud hoch.

„Komm Nils, mit dem Kommissar ist heute nicht gut Kirschen essen. Machen wir uns vom Acker. Moin Petersen!"

Knud blieb allein in dem Warteraum zurück und fragte sich, was er mit dem Rest des Tages anfangen sollte. Irgendwie war heute alles schiefgelaufen. Ein Gefühl des Frustes machte sich breit.

„Da bist du ja endlich! Ich wollte schon eine Vermisstenanzeige aufgeben!" Die vertraute Stimme riss ihn aus seinen Gedanken. Selten hatte Knud sich derart über das Gefrotzel seiner Kollegin gefreut.

„Also mit Trulsen bin ich lange fertig, habt Ihr die Leiche nun gefunden?"

Der Kommissar fasste kurz die Fakten und seinen Eindruck über den diensthabenden Arzt zusammen.

„Ja, dann bleiben für heute nur noch Kaffee und Strand. Der Tag ist gelaufen. Bei Trulsen bin ich mir ebenfalls nicht sicher, ob wir es nicht doch mit einem knotigen Seemannsgarn zu tun haben." Charlotte lachte.

„Trotzdem bleibt der Leichnam von Rolf Brunner verschwunden", widersprach Knud, der sich der guten Laune nicht anschließen konnte.

„Ja, die finden wir heute nicht mehr. Vielleicht taucht sie später wieder auf. Wer weiß. Was ist nun mit dem versprochenen Pott Kaffee?"

Nach kurzem Zögern ließ er sich darauf ein. Charlotte hatte recht. Mehr konnten sie heute nicht tun. Vielleicht sah es morgen bereits besser aus.

Den Abend verbrachten sie in entspannter Stimmung, wie vorher geplant. Knud nahm sich fest vor, am nächsten Morgen gleich wieder zurückzukehren, um der Sache auf den Grund zu gehen – und natürlich auch, um nach seinem Kumpel zu schauen. Richtig wohl war ihm dabei nicht, dass Torge die Nacht allein in diesem Krankenzimmer verbringen würde. Hoffentlich passierte seinem Freund nichts!

Trotz des angenehmen Abends verbrachte Knud eine unruhige Nacht. Durch seine Träume geisterten ebenfalls bedrohliche Schatten, wobei nicht nur Torge, sondern auch Charlotte in Gefahr geriet. Obwohl er nach Leibeskräften nach ihnen rief, konnten sie ihn nicht hören. Immer weiter entfernten sie sich von ihm, bis sie schließlich verschwanden. Knud suchte und suchte, fand sie jedoch nicht wieder, während die Geister ihn verhöhnten.

Schließlich wachte der Kommissar schweißgebadet auf. Er brauchte eine Weile, um sich in seinem eigenen Schlafzimmer zu orientieren. Die Sonne war noch nicht aufgegangen, aber es dämmerte bereits. Weil er befürchtete, wieder in diesen unangenehmen Traum hineingezogen zu werden, schob er langsam die Beine über die Bettkante und rieb sich die Augen. Was für eine Nacht! Am liebsten wäre er sofort zu Torge ins Krankenhaus gefahren, entschied sich dann aber für seinen obligatorischen Strandlauf am Morgen. Allerdings musste er erst einmal seinen Körper unter Kontrolle bekommen. Langsam schlich er in die Küche und brühte sich einen doppelten Espresso. Dadurch wurde sein Kreislauf wieder stabiler. Als sich gegen halb sechs die Sonne über den Horizont schob, tauchte sie den Tümlauer Koog in ein geradezu kitschig orangefarbenes Licht, das die Gespenster der Nacht endgültig vertrieb. Trotzdem konnte er Torge an diesem Morgen ein bisschen besser verstehen.

Zwei Stunden später traf er bei dem Krankenhauskomplex ein. Länger hatte er es einfach nicht mehr ausgehalten, auch wenn natürlich keine Besuchszeit war und er Gefahr lief, wieder abgewiesen zu werden. Hinter dem Empfang saß jedoch ein Mann mittleren Alters, der den Blick zwischen seiner Zeitung und einigen Monitoren hin- und herwandern ließ und von Knud keine Notiz nahm. Ohne angesprochen zu werden, schlug Knud die Richtung zu Torges Krankenzimmer ein.

Auf dem Weg hatte er beim Bäcker angehalten, um für Torge einen extragroßen Kaffee mit reichlich Zucker sowie eine Tüte mit Franzbrötchen zu kaufen. Letztere verströmten einen herrlichen Duft, so dass Knud, der nicht gefrühstückt hatte, am liebsten sofort in eins hineingebissen hätte.

Weil er sich nicht sicher war, ob sein Kumpel vielleicht einen neuen Bettnachbarn bekommen hatte, klopfte er kurz an. Da er keine Antwort erhielt, öffnete er schließlich die Tür und trat ein. Torge regte sich nicht, der zweite Platz war wie am Vortag leer. Wahrscheinlich hatte er ebenfalls wieder eine schlaflose Nacht hinter sich gebracht, es war nicht einmal ein Schnarchen zu vernehmen.

Als dieser Fakt in seinem Bewusstsein ankam, setzte Knuds Herzschlag einen Takt aus. War Torge etwa doch etwas angetan worden? Was, wenn es sich nicht um einen tiefen Schlaf, sondern das Ende seines Freundes handelte? Vor Schreck hätte er beinahe den Kaffeebecher fallengelassen. Eilig stellte er ihn zusammen mit der Tüte auf dem Besuchertisch ab und stürzte schließlich zu dem Bett.

„Torge!" Knud griff nach der Schulter des Freundes, um ihn wachzurütteln. Der sonst so pragmatische Nordfriese spürte ein leichtes Gefühl der Panik aufsteigen. Hätte er bloß nicht zugelassen, dass Torge die Nacht alleine in diesem Krankenhaus verbrachte! Warum hatte er alle Warnsignale ignoriert? Wenn jetzt das Schlimmste eingetreten war, würde er sich seine Fehleinschätzung den Rest seines Lebens nicht mehr verzeihen! Statt einen schönen Abend mit Charlotte zu verbringen, wäre es sinnvoller gewesen, hier Wache zu halten!

Und dann bewegte sich Torge. Erst blinzelte er schlaftrunken. Als er schließlich den Kommissar erkannte, riss er die Augen auf. „Ist was passiert? Knud! Nun sag schon! Gibt es einen weiteren Toten? Du guckst ja so erschrocken!"

Der Gefragte sackte in sich zusammen. Fast hätte er die Bettkante verfehlt und wäre zu Boden gestürzt, aber der Hausmeister griff geistesgegenwärtig nach seinem Arm.

„Ich dachte schon, es hätte dich ebenfalls erwischt", flüsterte Knud gleichermaßen besorgt und erleichtert.

„Ach was! Unkraut vergeht nicht. Mann, Knud! Heute bist du aber von der Rolle. Gibt es was Neues oder warum tauchst du hier so früh auf?"

„Ich habe dir Frühstück gebracht", antwortete der Kommissar pragmatisch, was Torge zum Lachen brachte.

„Na, das ist ja ein Service. Ich nehme mal an, das ist nicht der Hauptgrund deines Besuchs, aber darüber freue ich mich trotzdem sehr. Genau genommen knurrt mir schon die ganze Nacht der Magen. Kulinarisch gibt es hier reichlich Luft nach oben. Also, her damit!", forderte er seinen Freund grinsend auf, der sich mit zitternden Beinen zum Tisch begab.

„Franzbrötchen! Du bist der Beste!", freute sich Torge. „Hier, nimm auch eins. Zucker wirkt Wunder, wenn der Kreislauf schwächelt."

Das nahm Knud gerne an. Eine Weile kauten beide einträchtig, schließlich brach Torge das Schweigen.

„Und habt Ihr Rolf Brunner wiedergefunden?"

„Nein, sein Leichnam bleibt verschwunden", weihte Knud den Freund ein.

„Das ist verdächtig", sinnierte Torge.

„Ja, zumindest merkwürdig. Wie war die letzte Nacht? Ist wieder etwas Außergewöhnliches passiert? Was haben deine Beobachtungen ergeben?"

„Hhm. Knud, ich bin mir nicht mehr sicher, ob ich überhaupt etwas gesehen habe. Vielleicht ist alles nur in meinen Träumen geschehen. Ich glaube, dass ich im Moment nicht Herr meiner Sinne bin. Die ganze Angelegenheit hat mich furchtbar mitgenommen." Torge wirkte zerknirscht.

„Immerhin haben wir einen Toten, der verschwunden ist. Alles kannst du dir nicht eingebildet haben", relativierte Knud die Aussage seines Kumpels. Gleichzeitig musste er an seine eigenen Träume der letzten Nacht denken.

„Ja, das ist seltsam. Leider kann ich aber dieses Mal keine harten Fakten beitragen. Vielleicht erfahre ich etwas im Gespräch mit der netten Krankenschwester oder anderen Patienten. Ich war gestern in der Cafeteria. Das hat zwar bislang nichts gebracht, trotzdem werde ich es heute wieder versuchen." Torge berichtete anschließend von den Vorfällen der vergangenen Nacht, schien denen bei Tageslicht allerdings keine große Bedeutung beizumessen.

Ja, es gab eine verschwundene Leiche, aber hatten sie es deswegen mit Mord zu tun? Vielleicht war es einfach eine unglückselige Verkettung von Zufällen. Knud fühlte sich trotzdem herausgefordert, die Zusammenhänge aufzuklären. Bis zum Abend könnte er immer noch entscheiden, ob Torge Polizeischutz brauchte. Am helllichten Tage würde ihm bestimmt nichts passieren.

Fenja in St. Peter-Ording

Donnerstag, den 28. Juli

Ihr Plan, sich direkt im Bereich des Krankenhauses umzuschauen, gab Fenja neue Motivation und versetzte sie gleichzeitig in Aufregung. Es war ein merkwürdiges Gefühl, sich in den Gängen der einzelnen Stationen aufzuhalten. Anfangs hatte sie ständig den Eindruck, jeder würde ihr ansehen, dass sie hier eigentlich gar nicht hingehörte, aber mit der Zeit fühlte sie sich sicherer. Egal, zu welcher Uhrzeit sie kam, meist herrschte bei dem Personal Hektik. Niemand schien ihre Anwesenheit zur Kenntnis zu nehmen, jedenfalls sprach keiner sie an, was sie hier wollte. Sie hatte sich für eine bequeme, sehr leger sitzende Sommerhose und einen leichten Pulli entschieden. Nach ihrem eigenen Empfinden sah sie sowohl wie eine Besucherin als auch wie eine Patientin aus, die bereits aufstehen durfte. Vermutlich wirkte sie auf die Schwestern genauso, die Ärzte schienen auf den Gängen ohnehin niemanden wahrzunehmen. Ihre Tarnung war also perfekt, trotzdem hatte sie in den ersten beiden Tagen ihrer neuen Strategie nichts herausgefunden.

Ging sie es so falsch an? Oder gab es einfach nichts herauszufinden? Der Frust über den ungewohnten Misserfolg drohte übermächtig zu werden. Dabei hatte sie diesen Rechercheausflug so sorgfältig vorbereitet. Sie konnte sich einfach nicht vorstellen, dass es sich bei dem Thema um eine Ente handelte. Zwischenzeitlich hatte sie sogar überlegt, ob sie die Kur abbrechen sollte. Vielleicht verschwendete sie hier einfach nur ihre Zeit. Aber aufgeben gehörte normalerweise nicht zu Fenjas Wortschatz. Und sie war davon überzeugt, hinter diesem brisanten Thema wirklich harte Fakten finden zu können! Immerhin gab es die Erfahrung von Karl Anders. Sie musste weitere Fälle ähnlicher Natur ausgraben, auch wenn es sich schwierig gestaltete.

Eigentlich war es ja nachvollziehbar, nicht an jeder Ecke damit konfrontiert zu werden. Wer gab schon gerne zu, wichtige Papiere nicht richtig gelesen zu haben, oder schlimmer: dabei kräftig über den Tisch gezogen worden zu sein? Sie musste sich in Geduld fassen und solange sie in der Klinik weilte, alle Möglichkeiten ausschöpfen, irgendetwas zu diesem Thema herauszubekommen. Am liebsten hätte sie die Krankenschwestern dazu befragt. Die waren vermutlich die beste Informationsquelle, insbesondere, wenn etwas nicht mit rechten Dingen zuging. Davor scheute sie allerdings zurück. Was, wenn sie auf eine traf, die irgendwie in die Machenschaften involviert war? Bisher hatte Fenja nicht herausbekommen, ob die Ärzte sich von ihren Mitarbeiterinnen dabei assistieren ließen. Sie musste also vorsichtig vorgehen, sonst würde ihre Tarnung auffliegen!

Es war bereits Nachmittag und Fenja verspürte Hunger. Erst jetzt wurde ihr bewusst, das Mittagessen wieder verpasst zu haben. Kurz überlegte sie, ob sie die Anlage einfach mal verlassen sollte. Vielleicht gab ein Spaziergang am Strand oder das Flanieren durch die Haupteinkaufsstraße ihr neue Ideen, wie sie etwas Zielführendes herausfinden konnte. Auf halbem Weg kehrte sie jedoch um, als sie von fröhlichem Kindergeschrei und eisschleckenden Touristenhorden geradezu umzingelt wurde.

Nein, das war jetzt nicht die richtige Tageszeit, um Inspiration für ihre Mission zu schöpfen. Lieber verschob sie ihren Bummel in die Abendstunden, wenn die Familien sich in ihre Quartiere zurückzogen. Vielleicht sollte sie es einfach erneut in der Cafeteria des Krankenhauses versuchen. Dort war sie in den letzten Tagen bereits mehrmals gewesen. Neben einer kleinen Stärkung bestand an diesem Ort auf jeden Fall die Chance, nicht nur auf Patienten, sondern auch auf Angehörige zu treffen. Viele von ihnen legten dort eine Pause ein, um Kraft zu tanken und möglicherweise während einer Plauderei ihr Herz auszuschütten oder ein wenig Zuspruch von einem Fremden zu bekommen. Dies barg für Fenja eine vielversprechende Möglichkeit, an Informationen zu kommen. Sie durfte einfach nicht den Glauben daran verlieren, sonst würde sie ihre gesamte Motivation einbüßen. Noch hatte sie nicht genug handfeste Fakten, um mit ihren Rechercheergebnissen an die Öffentlichkeit zu gehen. Und tief in ihrem Herzen war sie sicher, dass diese Story sie ganz groß herausbringen konnte! Sie musste also dranbleiben.

Aber erst einmal wollte sie sich einen großen Becher starken Tee und eins dieser herrlichen Franzbrötchen gönnen, die sie erst seit ihrem Umzug nach Hamburg kannte und zu ihrer Freude auch hier entdeckt hatte. Sicherlich eine Kalorienbombe, aber das konnte sie sich erlauben. Heute Abend würde sie mit einem Strandlauf oder einer Stunde im Fitnessbereich wieder gegenanarbeiten. Allein dieser herrliche Duft von Zimt ließ ihre Laune ein wenig steigen. Wenn sie jetzt noch einen interessanten Gesprächspartner fand, könnte das ihren Tag retten. Mit dem Tablett in der Hand scannte sie routiniert den Raum. Aufgrund der Kaffeezeit waren alle Tische besetzt, meist mit mehreren Menschen, jeweils in ein angeregtes Gespräch vertieft. Erfahrungsgemäß kam sie da nur schwer dazwischen. Besser sie setzte sich zu einer einzelnen Person, die sich über ein wenig Gesellschaft freute und einer Plauderei nicht abgeneigt war.

An einem kleinen Tisch direkt am Fenster entdeckte sie einen Mann mittleren Alters mit wilden blonden Locken, die vermutlich an diesem Tag noch keinem Kamm begegnet waren. Er war leicht untersetzt und strahlte Nachdenklichkeit aus. Vielleicht war er genau der Richtige für eine Unterhaltung nach ihrem Geschmack. Als sie sich näherte, erkannte sie, dass er ebenfalls die Hamburger Leckerei auf seinem Teller liegen hatte. Gedankenverloren rührte er jedoch in seinem Kaffee und ließ seinen Blick durch die Parkanlage des Krankenhauses wandern. Sollte sie ihn stören oder lieber in Ruhe lassen?

Während sie unschlüssig dastand und sich nicht entscheiden konnte, guckte er plötzlich in ihre Richtung. Als sich ihre Blicke trafen, zeigte er ein strahlendes Lächeln.

„Na, min Deern, was kann ich für Sie tun?", fragte er herausfordernd.

Fenja spürte die Hitze im Gesicht. Bestimmt war sie rot geworden, wie ein Teenager. Das kommt davon, wenn man die Leute anstarrt, schalt sie sich selbst.

„Äh, entschuldigen Sie. Ich wollte nicht aufdringlich sein. Ist der Platz bei Ihnen am Tisch frei?", gewann sie ihre Selbstsicherheit zurück.

„Aber sicher. In Gesellschaft einer jungen Dame schmeckt es mir am besten", antwortete er weiter lächelnd und machte dazu eine einladende Geste.

„Danke. Ich habe gesehen, dass wir die gleiche Vorliebe teilen. Na, dann: Lassen Sie es sich schmecken!" Fenja nahm dem Mann gegenüber Platz. „Ich bin Fenja. Sind Sie als Patient oder Besucher hier?"

„Leider als Patient, obwohl das nicht meine bevorzugte Rolle ist. Ich würde lieber heute als morgen nach Hause beziehungsweise wieder an die Arbeit gehen. Ich bin übrigens Torge. Wir können uns gerne duzen", antwortete er, bevor er in sein Gebäckstück biss.

„Moin Torge! Freut mich, dich kennenzulernen. Ist es ein komplizierter Bruch oder warum musst du hierbleiben?" Fenja hatte sich in den letzten Monaten viel mit medizinischen Fragen beschäftigt, so langsam wurde sie zur Expertin.

Ihr Gesprächspartner nickte anerkennend. „Das ist leider nicht alles." Wie es aussah, freute er sich, ihr seine Geschichte zu erzählen. Schnell entwickelte sich daraus eine angeregte Unterhaltung, in dessen Verlauf ihr Torge von dem Todesfall erzählte, den es am Vortag in seinem Zimmer gegeben hatte. „Und stell dir vor! Jetzt ist der Leichnam verschwunden."

Das war bei Weitem das Interessanteste, was Fenja seit ihrem Eintreffen in St. Peter-Ording gehört hatte. Vermutlich handelte es sich um ein komplett anderes Problem, aber das Interesse der investigativen Journalistin war sofort geweckt.

Bereitwillig erzählte ihr Torge alle Einzelheiten der Vorgänge, vermutlich war er genauso froh wie sie selbst, endlich jemanden zum Reden gefunden zu haben. Und wenn sie schon mit ihrer eigentlichen Mission nicht weiterkam, bahnte sich hier vielleicht gerade ein anderer spannender Fall an, über den es sich zu schreiben lohnte. Außerdem schien dieser leicht schrullige

Kerl blitzgescheit unter den wirren Locken zu sein, obwohl man ihm das auf den ersten Blick nicht ansah. Wenn sie es richtig anstellte, würde er ihr bestimmt bei ihrer Recherche behilflich sein. Fenja überlegte, ob sie ihm anvertrauen sollte, warum sie wirklich in dieser Einrichtung weilte. Während sie zögerte und das Für und Wider abwog, mischte sich ein Mann vom Nachbartisch in ihre Unterhaltung ein.

„Entschuldigen Sie! Ich wollte nicht lauschen, habe aber Ihr Gespräch mitbekommen. In meinem Zimmer hat es heute Morgen ebenfalls einen unerwarteten Todesfall gegeben. Darf ich mich zu Ihnen gesellen?"

Fenja und Torge nahmen den Fragenden gleichzeitig in Augenschein. Ganz offensichtlich handelte es sich um einen Patienten, denn eins seiner Augen war mit einem kleinen Hügel aus Mullbinden abgeklebt. Auf der spitzen Nase, die zu seinem spindeldürren Körper passte, saß seine Brille dermaßen schief, dass sie drohte, herunterzufallen. Das verbliebene gesunde Auge schaute ihnen erwartungsfroh entgegen. Fenja schätzte den Mann auf Anfang vierzig. Sie warf Torge einen kurzen Blick zu, der zuckte lediglich kurz mit den Schultern.

„Ja, gern", entschied sie.

„Danke", kam die erleichterte Antwort. „Ist echt langweilig, so allein hier herumzusitzen. Das bin ich gar nicht gewohnt. Überhaupt, so im Krankenhaus …"

Fenja fragte sich spontan, ob es eine gute Idee gewesen war, den Mann an ihren Tisch einzuladen, aber nun war es zu spät. Hoffentlich quasselte der Typ ihnen kein Ohr ab, ohne etwas Wertvolles beizutragen.

„…. am liebsten würde ich schnell wieder nach Hause fahren – gerade nach einem solchen Fall. Irgendwie ist das ja immer die Urangst, dass man ein Krankenhaus nicht mehr lebendig verlässt, aber das andere Auge soll in ein paar Tagen ebenfalls operiert werden. Bruno Gerstenberg ist übrigens mein Name und wie heißen Sie?" Er griff zu seiner Brille und versuchte sie gerade zu rücken, was allerdings misslang.

„Torge Trulsen. Mir geht es genauso", lächelte dieser.

„Fenja Pape. Was meinen Sie mit ,unerwartet verstorben'?", stellte sie eine konkrete Frage, damit ihr neuer redseliger Tischgeselle möglichst ohne Umwege zum Thema kam.

„Na ja, sie haben ihm genauso wie mir ein Auge gelasert. Das ist ja eigentlich nichts, an dem man sterben sollte!" Bruno Gerstenberg ließ ein leicht hysterisches Lachen hören. Vermutlich war er in großer Sorge, weil ihm der zweite Eingriff noch bevorstand.

„Und woran ist er gestorben?", hakte Torge nach.

„Keine Ahnung. Gestern Abend war er zwar erschöpft, hat sich aber ansonsten ganz gut gefühlt. Seine Sehkraft war auf beiden Augen stark beeinträchtigt, deshalb hatte er keine Wahl, obwohl er mir anvertraut hat, vor der OP große Angst zu haben." Wieder ruckelte er an der Brille. „Er war erleichtert, die erste Etappe überstanden zu haben, obwohl das Ergebnis natürlich noch ausstand."

„Und dann?", wollte Fenja wissen.

„Tja ich weiß nicht, was passiert ist. Heute Morgen war er tot. Das hat mir wirklich einen riesigen Schrecken eingejagt. Am liebsten hätte ich sofort meinen Koffer gepackt und wäre abgehauen, aber das ist vermutlich in meiner Situation nicht die beste Lösung. In dem Krankenzimmer habe ich es jedenfalls nicht mehr ausgehalten. Ich drücke mich schon den ganzen Tag hier in der Cafeteria herum. Es tut einfach gut, mit jemandem zu reden."

Die Journalistin fragte sich automatisch, wie vielen Personen Bruno Gerstenberg bereits seine Geschichte erzählt hatte. Er schien nach wie vor sehr aufgeregt zu sein, obwohl ja bereits etliche Stunden vergangen waren. Konnte es einen Zusammenhang mit dem ersten Todesfall geben? Sofort kamen Fenja Stichworte wie *multiresistente Keime, Vertuschung von Kunstfehlern* und *illegaler Organhandel* in den Sinn. War sie zu sehr auf eine bahnbrechende Story aus? Sie musste auf jeden Fall einen kühlen Kopf bewahren und sachlich recherchieren. Ihr war wohl bewusst, was der Misserfolg ihrer ursprünglichen Recherche mit ihr machte. Es war absolut ungewohnt, derart auf der Stelle zu treten und sie war hungrig. Zu gerne wollte sie einen Skandal aufdecken und dafür vielleicht sogar einen Preis einheimsen, dabei konnte sie leicht ihre Objektivität verlieren. Das durfte auf keinen Fall passieren. Auch wenn sie am Anfang ihrer Karriere stand, hatte sie sich bereits einen Namen gemacht. Den sollte sie nicht mit einer Story beschmutzen, die im Grunde gar keine war.

„Glauben Sie an eine Verbindung der beiden Todesfälle?", fragte Gerstenberg.

„Eher unwahrscheinlich", bemerkte Fenja. Da er sofort aus dem Zimmer geflüchtet war, schien er nicht viel mehr zu wissen. Sie beschloss, ihm alles zu entlocken, was er beitragen konnte, ihn dann aber nicht weiter in ihre Überlegungen einzubeziehen. „Wie hieß er denn?"

„Klaus Ackermann", kam die einsilbige Antwort.

„Und hat er Ihnen etwas aus seinem Leben erzählt?", bohrte sie weiter.

„Hhm, ja, er war geschieden. Deshalb hatte er keinen Besuch. Meine Frau ist ja gestern Abend gekommen, darüber habe ich mich riesig gefreut. Wir sind nur selten getrennt ..."

„Das ist wunderbar", fiel ihm Fenja mit leichter Ungeduld ins Wort. „Bleiben wir erst mal bei Klaus Ackermann."

„Ja, natürlich. Also Kinder hatte er keine. Jedenfalls habe ich es so verstanden. Er wohnte hier in der Nähe."

„Okay. Wissen Sie, wie alt er war?", fragte Fenja weiter, während Torge sich zurückhielt.

„Nicht genau. Ich schätze so Anfang oder Mitte fünfzig. War normal gebaut, nicht so dünn wie ich." Gerstenberg wiegte den Kopf, was seine Brille weiter aus dem Gleichgewicht brachte.

„Können Sie sich erinnern, wo er wohnte?", schaltete sich Torge in die Befragung ein. „Ich kenne hier auf Eiderstedt wirklich viele Leute, aber der Name Klaus Ackermann sagt mir nichts."

„Lassen Sie mich überlegen."

„Und Sie? Wohnen Sie hier in der Nähe?", übernahm Fenja wieder.

„Wie man's nimmt. Ich wohne bei Friedrichstadt, in Seeth. Kennen Sie das? Ist ein kleines Nest, in dem nicht viel los ist."

Torge nickte, wartete aber weiter auf die Beantwortung seiner Frage.

Bruno Gerstenberg starrte ihn aus seinem einen Auge an. „Möglicherweise erwähnte er Wesselburen, aber ich kann es nicht beschwören."

„Okay", beschwichtigte ihn Fenja. „Ist vielleicht gar nicht wichtig. Müssen Sie nicht zurück in Ihr Zimmer? Hört sich für mich so an, als hätten Sie vor lauter Aufregung Ihre Kontrolluntersuchung verpasst", suggerierte sie ihm schließlich. Wenn sich dieser Torge hier auf Eiderstedt bestens auskannte, sollte sie ihn vielleicht doch in ihre Recherche einweihen. Möglicherweise konnte er ihr nützlich sein. Dafür musste sie allerdings erst einmal den vereinsamten Gerstenberg loswerden.

„Dafür ist es jetzt bestimmt zu spät", antwortete dieser mit steigender Nervosität. „Hoffentlich wirkt sich das nicht negativ auf meine weitere Behandlung aus!"

„Vielleicht kommen Sie ja rechtzeitig, wenn Sie sich beeilen", schlug sie vor. „Kommt Ihre Frau Sie heute wieder besuchen?"

Das gab den Ausschlag. Bruno Gerstenberg blickte sofort zur Uhr und stand schließlich auf. „Ja, Mensch! Sie wird ärgerlich, wenn sie mich nicht auf meiner Station antrifft. Das darf ich nicht vermasseln. Würde mich freuen, wenn wir uns hier morgen wieder treffen. Alles Gute für Sie beide!" Damit rauschte er ab und wäre fast über einen Stuhl gestolpert, der ziemlich weit in den Gang ragte.

Torge grinste. „Der ist ja noch konfuser, als ich mich nach dem Todesfall in meinem Zimmer gefühlt habe."

„Die konkrete Konfrontation mit einem Leichnam ist für die meisten Menschen eine neue, erschreckende Erfahrung. Haben Sie vorher schon mal einen Toten gesehen?", fragte Fenja. Bevor sie sich dem Mann anvertraute, wollte sie über ihn ein bisschen mehr herausbekommen.

„Mehr als mir lieb ist", antwortete Torge. „Ich musste sogar bei einem verstorbenen Jugendlichen den Puls fühlen, um dann festzustellen, dass da nichts mehr war." Er erschauderte in der Erinnerung.

„War das Zufall oder haben Sie beruflich damit zu tun?", wollte sie weiter wissen.

Ein stolzes Lächeln zog über sein Gesicht. „Sowohl als auch, würde ich sagen. Eigentlich bin ich Hausmeister der Ferienanlage *Weiße Düne*, hier in St. Peter. Allerdings gehört der Kommissar Knud Petersen zu meinen engsten Freunden und da ich auf Eiderstedt so gut vernetzt bin, habe ich bereits zu einigen Kriminalfällen nützliche Hinweise und Ermittlungsergebnisse beigetragen. Manchmal bin ich der Polizei sogar um eine Nasenlänge voraus." Torge saß prompt etwas gerader auf seinem Stuhl, was Fenja unwillkürlich zum Lachen brachte.

Dieser Hausmeister schien echt in die Welt zu passen und wenn er hier so viele Leute kannte, war es vielleicht ein

Glücksfall, ihn hier in der Cafeteria getroffen zu haben. Das konnte sich zu einer Goldgrube an Informationen entwickeln.

War es eine gute Strategie, ihm zu vertrauen und ihn an ihrer Recherche zu beteiligen?

Charlie in St. Peter-Ording

Freitag, den 29. Juli

Charlie war überrascht und gleichzeitig erleichtert gewesen, als sie Knud alleine, statt in der Gesellschaft von Fiona antraf. Sie hatten schon lange keinen entspannten Abend zusammen verbracht. Ohne danach fragen zu müssen, wusste sie, dass Knud in den letzten Monaten nach Feierabend oft zu Fiona gefahren war. Über die Intensität und Tiefe ihrer Beziehung konnte sie lediglich spekulieren, denn irgendwie hatte sich nie die Gelegenheit ergeben konkret nachzufragen. Na ja, das war nur die halbe Wahrheit. Zum einen war Charlie an einem Punkt, an dem sie es gar nicht zu genau wissen wollte. Sich die beiden zusammen vorzustellen, war schmerzhaft. So lange sie sich einreden konnte, dass es sich lediglich um eine Freundschaft oder bestenfalls stürmische, aber vorübergehende Affäre handelte, konnte sie damit umgehen. Zum anderen war dadurch die private Zeit, die Charlie und Knud zusammen verbrachten, knapp bemessen. Es widerstrebte ihr einfach, sie mit dem Wälzen von Problemen zu verbringen, zumal es ja ihre eigene Schuld war. Knud hatte im April einen deutlichen Vorstoß gemacht und sie hatte ihn abgewiesen. So einfach war das und so kompliziert!

Umso mehr genoss sie es, seine Gesellschaft an so einem herrlichen Sommertag für sich alleine zu haben. Noch dazu, wo sie derzeit nicht mit einem komplizierten Fall betraut waren. Ein verschwundener Leichnam in einem Krankenhaus war zwar äußerst unschön und für die Angehörigen sicherlich verstörend. Ob dahinter allerdings ein Verbrechen stand, wagte die Kommissarin zu bezweifeln.

Den Kaffee tranken sie auf einer der sonnigen Terrassen der *Weißen Düne*, womit ihr Bedürfnis nach Trubel dann gestillt war. Da sich die Nordsee ohnehin gerade mal wieder zurückgezogen hatte und die Strände jahreszeitbedingt voll waren, parkten sie ihre Autos bei Knuds Haus im Tümlauer Koog, um von dort aus Richtung Westerheversand zu spazieren. Am Leuchtturm war es abends trotz der Hauptsaison wesentlich ruhiger. Kurz überlegte Charlie, ob sie Knud den Schlüssel zu seinem Haus zurückgeben sollte. Er lag seit der gewonnenen Wette in ihrem Auto. Allerdings hatte sie ihn bislang nie benutzt. Jetzt – wo er dabei war, sich auf Fiona einzulassen – würde sie es erst recht nicht einfach betreten, ohne sich vorher anzukündigen. Sie wollte schon danach greifen, hielt aber in der Bewegung inne. Warum eigentlich? Knud hatte sie damals damit überrumpelt, sollte er jetzt sehen, wie er aus der Situation wieder herauskam. Auch wenn es der Reaktion eines bockigen Kindes gleichkam, gab es ihr einen kleinen triumphalen Moment.

Um die selten gewordene Harmonie nicht zu gefährden, klammerten sie während des Spazierganges in stillschweigender

116

Übereinkunft alle Themen aus, die ihnen den Abend verderben könnten. Es war wunderbar, mal wieder ein wenig Leichtigkeit zu spüren.

Der Donnerstag zog sich in unspektakulärer Routine dahin. Da Knud den gesamten Keller des Krankenhauses bereits abgesucht und der freundliche Dr. Menzel ihnen außerdem bestätigt hatte, weiter an der Wiederbeschaffung des verschwundenen Toten dranzubleiben, konnten sie an dieser Stelle nicht mehr tun.

Charlie beruhigte die mittlerweile sehr aufgebrachte Miriam Brunner und diskutierte mit Lilly und Fiete, wie sie an weitere Fakten kommen konnten. Es fühlte sich unbefriedigend, aber auch nicht wie ein richtiger Fall an. Insofern war die Kommissarin in ihren Gefühlen hin- und hergerissen. Wieder verschob sie es auf den nächsten Tag, eine wirkliche Ermittlung mit der umfassenden Befragung etlicher Krankenhausmitarbeiter einzuleiten. Vielleicht würde der neue Tag weitere Informationen bringen.

Auf dem kurzen Weg zu ihrem Haus im Dorf, in dem sie seit ihrem Umzug in die Küstengemeinde wohnte, klingelte schließlich ihr Mobiltelefon. In der Befürchtung, der Revierleiter könnte sie wegen einer Lappalie zurückbeordern, wollte sie den Anrufer schon auf die Mailbox laufen lassen, kam sich dabei aber albern vor. Das war ganz und gar nicht ihr Stil.

„Wiesinger", meldete sie sich, ohne nach der Nummer zu schauen.

„Kommissarin Wiesinger, hier spricht Torge Trulsen. Können Sie zu mir ins Krankenhaus kommen? Auf einer benachbarten Station hat es einen weiteren Todesfall gegeben." Der Hausmeister klang atemlos.

„Trulsen. Moin! Muss ich mir erneut Sorgen um Ihr Karma machen? Es ist nicht normal, wie viele Menschen in Ihrer näheren

Umgebung sterben", nahm sie ihn wieder auf die Schippe, was er mit einem unzufriedenen Grunzen kommentierte. „Ernsthaft, so traurig es ist: In Krankenhäusern sterben Menschen. Deshalb kann nicht jedes Mal die Polizei anrücken."

„Ja, nach schwerwiegenden Operationen oder Vorerkrankungen, aber doch nicht wegen eines gelaserten Auges." Seine Stimme wurde eindringlich.

„Hhm, das klingt ja fast nach einer Parallele zu dem Fall von Rolf Brunner. Tod nach einem vergleichsweise harmlosen Eingriff", sinnierte die Kommissarin.

„Das ist genau das, was ich meine!" Trulsens Stimme überschlug sich fast. „Vielleicht gibt es einen Zusammenhang. Beide erfreuten sich einer guten Gesundheit und sind jetzt nach einer Routineoperation tot. Da geht vielleicht wirklich etwas nicht mit rechten Dingen zu. Ich habe die Befürchtung, dass auch dieser Tote wieder verschwindet. Können Sie den Leichnam nicht beschlagnahmen, oder so? Vielleicht bringt es wichtige Erkenntnisse, wenn er in Husum untersucht wird." Trulsen war voll in seinem Element.

„Woher wissen Sie das überhaupt alles?", fragte Charlie, während sie über das Gehörte nachdachte.

„Ist das eine ernst gemeinte Frage?"

Die Kommissarin musste lachen. Eigentlich brauchte sie diese Frage nicht zu stellen. Es war typisch Torge Trulsen, der gerade nicht ausgelastet war und mal wieder seine Nase in Angelegenheiten steckte, die ihn im Grunde nichts angingen.

„Haben Sie Knud ebenfalls benachrichtigt?", fragte sie, statt auf seine Frage einzugehen.

„Er ist nicht erreichbar", murmelte Trulsen, als ob die Aussage damit harmloser wirkte.

„Verstehe." Charlie versuchte sachlich zu klingen, auch wenn es ihr einen Stich versetzte. Mit diesem Wissen, jetzt allein in ihrem Haus zu sitzen, war ohnehin nicht verlockend, also traf sie eine Entscheidung. „Na gut, weil Sie es sind. Verhalten Sie sich unauffällig, bis ich da bin. Schaffen Sie das?"

Kurz überlegte die Kommissarin, ob sie Fiete und Lilly involvieren sollte. Der Revierleiter könnte sich um einen Beschluss für die Überführung des Leichnams nach Husum kümmern, die junge Kollegin sie bei den Arbeiten vor Ort unterstützen. Allerdings war es eigentlich überflüssig, dass Fiete deswegen seinen Feierabend verschob. Der Richter war durch den ersten Todesfall bereits informiert und würde bestimmt unbürokratisch reagieren. Lilly hatte angekündigt, sich mit einer Freundin zu treffen. Sollte es sich wirklich um einen Fall handeln, konnten sie die notwendigen Befragungen am nächsten Tag gemeinsam durchführen.

Torge erwartete sie bereits am Haupteingang, als sie das Krankenhaus erreichte. Ungeduldig trat er von einem Fuß auf den anderen, als wäre Gefahr in Verzug.

„Na, Trulsen", begrüßte sie ihn lächelnd. „Sie sehen aus, als ob Sie dringend für kleine Königstiger müssten."

„Machen Sie sich nur über mich lustig", antwortete er ernst. „Sie haben ganz schön lange gebraucht. Ich fühle mich tatsächlich wie auf Kohlen. Jede Minute birgt die Gefahr, dass auch dieser Leichnam verschwindet."

„Wenn ich Sie richtig verstanden habe, ist der Patient bereits heute Morgen gestorben. Wenn es hier ein Muster gibt, sind wir wahrscheinlich ohnehin zu spät."

„Kein Grund zu trödeln", trieb er sie weiter zur Eile an.

Statt einer Antwort lachte sie nur. Beide wussten, wie wenig es in ihrer Natur lag, Zeit zu verschwenden.

„Haben Sie den Richter bereits angerufen?", wollte Trulsen weiter wissen.

„Ja, habe ich. Er schickt uns den Beschluss per eMail. Sobald der da ist, wende ich mich direkt an die Pathologie. Nur, um keine Zeit zu verlieren", fügte sie mit einem Augenzwinkern hinzu.

Der Hausmeister überhörte die Spitze geflissentlich. „Was steckt wohl dahinter?", fragte er die Kommissarin stattdessen.

„Tja, in einem Krankenhaus kann es um alles Mögliche gehen. Dabei muss es sich nicht zwingend um einen Kriminalfall handeln. Vielleicht ist es einfach eine große Schlamperei", antwortete Charlie.

„Glauben Sie das wirklich? Also, wenn der zweite Tote jetzt ebenfalls verschwindet, ist die Sache ja wohl eindeutig." Trulsen gab sich wie gewohnt selbstbewusst.

„Wir werden sehen." Die Kommissarin checkte ihre Mails. „Ah, wir haben das Okay des Richters. Dann wollen wir mal."

„Wir? Heißt das, ich darf mitkommen?", fragte Trulsen hoffnungsfroh.

„Nein, da muss ich Sie enttäuschen. Das war bloß eine Floskel." Charlies Tonfall klang so bestimmt, wie sie es beabsichtigt hatte. „Sie halten hier die Stellung. Machen Sie aber keinen Blödsinn ohne mich. Es wird bestimmt nicht lange dauern."

„Wenn der Leichnam noch da ist", unkte Trulsen.

„Ja, davon gehe ich jetzt erst mal aus."

Die Kommissarin benötigte fast eine halbe Stunde, um sich durchzufragen und endlich Zugang zur Pathologie zu bekommen. Am längsten dauerte die Diskussion mit dem Leiter der Abteilung, der sich vehement dagegen sträubte, den Leichnam eines nach einer OP verstorbenen Patienten für die Überführung in die Rechtsmedizin in Husum freizugeben. Er war kaum größer als Charlie und starrte sie aus dunklen Augen wütend an.

„Was ist denn der Grund für eine derartige Verlegung? Unterstellen Sie uns, unser Handwerk nicht zu verstehen? Ich brauche keine offizielle Stelle, um die Todesursache herauszubekommen. Neben meiner Ausbildung verfüge ich über weitreichende Berufserfahrung." Der Pathologe, dessen Schild am Kragen seines Kittels ihn als Dr. Hugo Kleinschmidt auswies, hob seine Stimme in eine unangenehme Frequenz. Dabei reckte er sich ein wenig, vermutlich um größer zu erscheinen.

Trotz ihrer wachsenden Ungeduld musste sich Charlie ein Grinsen verkneifen. Das Aufplustern ihres Gegenübers war wirklich übertrieben. Allerdings sollte sie ihn nicht weiter verärgern, das würde ihren Arbeitstag unnötig verlängern. Obwohl sie den Widerstand als anstrengend empfand, konnte sie seine Haltung auch verstehen.

„Es geht überhaupt nicht gegen Sie persönlich", versuchte sie die Situation zu entschärfen.

„Ach nein?"

„Nein." Charlie schüttelte verstärkend den Kopf.

„Sie wollen mich wohl für dumm verkaufen!", drehte der Pathologe weiter auf. „Ich weiß genau, was hier läuft."

„Ja?", fragte die Kommissarin hoffnungsfroh. „Dann können Sie es mir vielleicht erklären. Ich weiß nämlich überhaupt nicht, was hier läuft."

Dr. Hugo Kleinschmidt verschlug es die Sprache. Verdutzt starrte er sie aus blitzenden Augen an, die sich immer weiter zu Schlitzen verengten.

Charlie hielt dem Blickkontakt stand. Ihr lag darüber hinaus so einiges auf der Zunge, was sie dem Mann am liebsten an den Kopf geworfen hätte, aber sie hielt sich zurück. Der Ball war bei ihm.

„Es geht doch um den verschwundenen Körper des Patienten aus der Orthopädie, oder?", ruderte er ein wenig zurück.

„Was wissen Sie darüber?", hakte die Kommissarin sofort nach.

„Ich weiß nichts darüber. An dem Tag hatte ich frei", verteidigte sich Kleinschmidt.

„Ist Rolf Brunner von hier verschwunden?"

„Wie meinen Sie das?", fragte er vorsichtig, obwohl die Frage ja nun eindeutig war.

„Ist er hier aus Ihrer Abteilung verschwunden oder schon vorher?" Charlies Ungeduld stieg. Sie nahm den Pathologen wieder härter ran.

Dieser fühlte sich sofort in der Defensive. „Ja, aber mich persönlich trifft daran keine Schuld, ich ..."

„Ja, habe ich verstanden. Sie hatten frei. Was ist nun mit dem Leichnam von Klaus Ackermann? Wenn der nicht ebenfalls bereits verloren gegangen ist, würde ich jetzt gerne die Rechtsmedizin beauftragen, ihn abzuholen." Sie zückte ihr Mobiltelefon und hielt es ihm entgegen. „Hier ist der Beschluss. Wäre besser, wenn Sie mit uns kooperieren!"

„Wollen Sie mir drohen?", bäumte sich der Pathologe noch einmal auf, bevor er schließlich nachgab und Charlie zu dem entsprechenden Kühlfach führte.

„Okay, danke. Ich werde jetzt den Transport organisieren und dann solange hier warten", informierte sie ihr Gegenüber.

„Wie Sie wünschen. Ist ja Ihre Zeit", antwortete er schnippisch und ließ sie daraufhin einfach stehen.

Fionas Mitarbeiter zeigten sich alles andere als begeistert, schon wieder nach St. Peter-Ording fahren zu müssen – und das, obwohl sie gerade in den Feierabend gehen wollten. Als Charlie sie von den Umständen in Kenntnis setzte, versprachen sie aber so schnell wie möglich zu kommen.

Die Kommissarin sehnte sich nach einem Ortswechsel. Für heute reichte es. Morgen könnte sie mit Lilly die Befragungen bei dem betroffenen Personal fortsetzen. Was den Leichnam von Klaus Ackermann betraf, wollte sie ohnehin erst die Obduktionsergebnisse abwarten. Allerdings würden die vermutlich frühestens am Montag vorliegen.

Der Freitagmorgen begann ruhig und entspannt in der Polizeistation von St. Peter-Ording. Da Knud einen freien Tag hatte, kümmerte sich Lilly gerade um den Kaffee für das Team, während Charlie dem Revierleiter von den Geschehnissen des Vorabends berichtete.

„Der Leichnam von Klaus Ackermann ist jetzt also zur Untersuchung in Husum?", vergewisserte sich Fiete.

„Ja, ich habe ihn persönlich übergeben. Die beiden haben mir zugesichert, die Obduktion vorzuziehen, damit wir die Ergebnisse so schnell wie möglich bekommen. Es wird wohl aber trotzdem bis nächste Woche dauern", bestätigte die Kommissarin.

„Da bin ich gespannt, was dabei herauskommt. Wie willst du jetzt weiter vorgehen?"

„Ich will mit Lilly heute erneut zum Krankenhaus fahren, mich dabei aber auf den Fall Rolf Brunner konzentrieren, bis uns weitere Ergebnisse aus der Rechtsmedizin vorliegen. Also die Mitarbeiter der Station befragen. Eben die übliche Routine", antwortete Charlie.

„Lass dir die Krankenakte aushändigen. Die kann ebenfalls nach Husum geschickt werden. Die Tochter soll uns außerdem die Kontaktdaten seines Hausarztes geben. Vielleicht weichen die Werte von dessen Bericht ab", überlegte Fiete, woraufhin sie eine Grimasse schnitt.

„Ich habe gestern versucht, sie zu beruhigen. Sie wird mit jedem Tag hysterischer", beklagte sie sich.

„Wen wundert's. Ich kann sie gut verstehen. Würdest du nicht genauso reagieren, wenn es um deinen Vater ginge?", fragte er unbedarft.

Die Kommissarin bedachte ihn mit einem langen Blick. „Kann ich die Aussage verweigern?", entgegnete sie schließlich betont ruhig.

„Ausnahmsweise", versuchte er einen Scherz, wurde aber schnell wieder ernst. „Okay, das war ein schlechtes Beispiel. Entschuldige. Versuch, die Frage theoretisch zu betrachten."

„Ja, schon gut. Ich delegiere es an Lilly. Die ist ganz heiß darauf, endlich an dem Fall beteiligt zu werden." Beide tauschten einen schmunzelnden Blick, als das jüngste Teammitglied mit großer Konzentration drei Kaffeepötte balancierend erschien.

„Redet Ihr über mich?", fragte sie prompt.

„Klar, da lassen wir keine Gelegenheit aus", parierte Fiete. „Oh, ich glaube, dein Einsatz ist gefragt. Wenn man vom Teufel schnackt. Da kommt Miriam Brunner. Du darfst die Befragung leiten, Lilly. Wir brauchen alle Informationen, die die medizinische Vorgeschichte ihres Vaters betreffen. Traust du dir das zu?", fragte er, während sie auf halbem Weg zu den zusammengestellten Tischen war.

„Klar!" Lilly nickte und straffte sich, weil der Gesichtsausdruck der eben Eingetroffenen nicht gerade als freundlich zu bezeichnen war.

„Na, dann viel Erfolg", raunte Charlie.

„Moin Frau Brunner", begrüßte die junge Kommissarin kurz darauf die heranrauschende Frau. „Es ist wunderbar, dass Sie genau in diesem Moment hier eintreffen. Wir haben gerade die weiteren Schritte im Fall des Verschwindens des ... Ihres Vaters besprochen und Sie können uns bestimmt mit einigen wertvollen Informationen weiterhelfen."

Die Aufforderung zeigte den gewünschten Effekt. Miriam Brunner hatte einige Male den Mund geöffnet, um etwas zu sagen. Vielleicht war sie zu gut erzogen, um Lilly einfach zu unterbrechen, jedenfalls schloss sie ihn jedes Mal wieder, ohne ihr ins Wort zu fallen. Stattdessen schien sie überrascht.

„Ach, wirklich? Ja, was wollen Sie denn wissen?", fragte sie ein wenig besänftigt.

„Setzen Sie sich. Wollen Sie einen Kaffee?" Lilly schien nicht von ihrem Plan abzuweichen.

„Ja, gern." Ein zögerliches Lächeln erschien auf ihren Lippen und verschwand so schnell, wie es gekommen war.

Die Kommissarinnen wechselten einen Blick. Charlie nickte Lilly kaum merklich zu, während Fiete sich erhob, um einen weiteren Becher zu holen.

„Also, Frau Brunner, mein Kollege Petersen hat bereits mit dem diensthabenden Arzt gesprochen, der gleichzeitig der Operateur Ihres Vaters war. Er hat uns zugesichert, dass dieser den Eingriff gut überstanden hatte und durchgehend stabil war. Er kann sich nicht erklären, wie es zu seinem Ableben kommen konnte."

Miriam Brunners Augen verengten sich. Sie setzte zu einer Erwiderung an, schwieg jedoch, als Lilly die Hand hob.

„Wir werden das nicht einfach so hinnehmen, sondern den Fall weiter untersuchen. Genau dafür brauchen wir jetzt Ihre Hilfe."

„Aber sein Leichnam ist nach wie vor verschwunden, oder?" Ärger schwang in ihrer Stimme mit.

„Ja, das ist sehr bedauerlich, aber ich versichere Ihnen, wir werden alles dafür tun, damit Sie Ihren Vater in würdiger Form beerdigen können", versicherte Lilly. Sie schaute Miriam Brunner direkt in die Augen, was dieser Vertrauen einflößte, das konnte

Charlie deutlich sehen. Die junge Kollegin hatte viel gelernt und war ein wertvoller Zuwachs für das kleine Team geworden.

„Okay, wie kann ich Sie unterstützen?", fragte sie schließlich.

„Um den Bericht des Krankenhauses richtig einordnen zu können, würden wir gerne mit den ambulanten Ärzten Ihres Vaters Kontakt aufnehmen."

Miriam Brunner nickte. „Sie glauben also an Unregelmäßigkeiten?"

„Das können wir zu diesem Zeitpunkt nicht sagen. Wir stehen erst am Anfang der Ermittlungen, wollen aber auf jeden Fall alles sorgfältig prüfen. Wenn wir hier fertig sind, fahren Kommissarin Wiesinger und ich wieder ins Krankenhaus, um weitere Ärzte und Pflegekräfte zu befragen. Ich verstehe, wie schwer es Ihnen fällt, aber bitte haben Sie etwas Geduld und Vertrauen in unsere Arbeit. Wir lassen Sie nicht alleine."

Lilly hatte es geschafft. Miriam Brunner war beruhigt und schrieb die Namen der behandelnden Ärzte auf einen Zettel, den die Kommissarin dann an Fiete weiterreichte.

„Ich danke Ihnen, Frau Morgenroth. Dann will ich mal wieder. Versprechen Sie, mich auf dem Laufenden zu halten?"

Als Lilly es ihr bestätigte, erhob sie sich und verließ das Revier.

„Gut gemacht", kommentierte Charlie, woraufhin Lilly wie ein Honigkuchenpferd strahlte.

Knud auf Amrum

Ein langes Wochenende Ende Juli

Mit gemischten Gefühlen packte Knud am Freitagmorgen seine Reisetasche, um mit Fiona in ein gemeinsames Wochenende zu starten. Seit ihrem Kennenlernen im April stand er immer wieder auf der Bremse, was die lebenslustige Gerichtsmedizinerin überwiegend entspannt hingenommen hatte. Natürlich wusste sie nicht, dass Knuds Zögern an seinem Gefühlschaos lag. Allerdings würde es ihn nicht wundern, wenn sie immerhin etwas von seiner Verbundenheit mit Charlotte ahnte. Diese stellte nach wie vor ein Hindernis dar, sich komplett auf Fiona einzulassen. Tief in seinem Innern hoffte er auf ein Happy End mit der Hamburgerin, auch wenn er es immer wieder verdrängte und es nicht ständig präsent war.

An Tagen, an denen er ehrlich zu sich war, hatte er ein schlechtes Gewissen, nicht nur Charlotte, sondern auch Fiona gegenüber, obwohl er mit offenen Karten spielte – zumindest was die Intensität seiner Gefühle anging. Fiona nahm es gelassen und das, was er ihr bot; ließ aber immer wieder durchblicken, wie gerne sie eine feste Beziehung mit ihm eingehen würde. Vermutlich war das der Hintergrund für die Einladung gewesen. Freudig hatte sie vor zwei Monaten mit der Buchungsbestätigung des Ferienhauses auf Amrum gewedelt: „Guck mal, es ist einfach großartig – mit eigener Sauna und einem Whirlpool unter freiem Himmel. Ich kann es immer noch nicht fassen! Mitten in der Hauptsaison für lediglich zwei Nächte! Wir kommen endlich mal raus aus dem Trott und haben Zeit nur für uns!"

Knud brachte es nicht übers Herz, ihre Begeisterung zu zerstören, auch wenn er die Aktion insgeheim als etwas übergriffig empfand. Vielleicht sollte er es einfach locker sehen. Immerhin hatte sie nicht Mallorca oder einen sommerlichen Großstadtaufenthalt gebucht. Und wenn es einen Kriminalfall gab, der seine Anwesenheit erforderte, war er ja schnell mit der täglich verkehrenden Schiffsverbindung wieder auf Eiderstedt.

Und nun war es soweit. Es gab zwar diese Vorgänge im Krankenhaus, die sie aufklären sollten, allerdings stellten die keinen Grund dar, den Kurzurlaub abzusagen. Charlotte und Lilly kümmerten sich während seiner Abwesenheit um weitere Befragungen und konnten ihm am Montag darüber berichten. Er selbst würde die Gelegenheit nutzen, um Fiona zu dem verschwundenen Leichnam zu befragen. Sie hatte selbst eine Weile in einem Krankenhaus gearbeitet und kannte die Abläufe. Sicherlich war sie in der Lage, einige wertvolle Aspekte beizutragen, was dahinterstecken könnte. Warum also nicht das Angenehme mit dem Nützlichen verbinden?

Als er sie abholte, war sie in bester Stimmung und freute sich ganz offensichtlich auf das erste gemeinsame Wochenende außerhalb der heimatlichen Gefilde.

„Moin Knud. Guck dir das Wetter an! Wenn Engel reisen, sag ich da nur. Schon die Fahrt durch das Wattenmeer wird herrlich werden. Wir können uns draußen an Deck aufhalten und sehen bestimmt ein paar Seehunde und Kegelrobben. Hast du dein Handy ausgeschaltet? Dann kann es losgehen!"

Der Kommissar runzelte die Stirn. Für die Kollegen oder auch im Notfall für seine Mutter nicht erreichbar zu sein, passte ihm nicht in den Kram. Ein paar Mal war ihre Zweisamkeit durch Anrufe gestört worden, deswegen hatte Fiona scherzhaft gefordert, sein Mobiltelefon auszuschalten, wenn sie sich trafen. Knud hatte lachend zugestimmt, es dann aber lediglich stumm geschaltet.

Da er aber die ausgelassene Atmosphäre weder mit Diskussionen belasten, noch sich rechtfertigen wollte, nickte er einfach. „Ich bin bereit", kommentierte er ausweichend. „Wir können los."

Die Fahrt nach Strucklahnungshörn verlief entspannt. Fiona plauderte munter drauflos, während Knud überwiegend schweigend zuhörte und dabei sowohl seine Gedanken als auch seine Gefühle sortierte. Auf dem großen Parkplatz am Hafen stellten sie den Wagen ab und gingen an Bord. Das Schiff schien ausgebucht zu sein. Etliche Passagiere nutzten das sonnige Wetter, um die Überfahrt draußen zu genießen. Fiona lehnte sich gegen ihn. Ihr Duft vermischte sich mit der salzigen Luft, die Knud tief in seine Lungen sog. Der leichte Wind zauste ihm durch die Haare und er spürte die Wärme der Sonne auf seiner Haut. Ein perfektes Szenario, um alle belastenden Überlegungen einfach an Land zurückzulassen und sich auf ein paar schöne Tage zu freuen. Er liebte das Wattenmeer und den Blick auf die Inseln und Halligen, an denen vorbei sie diese Fahrt führte. Als sie nach eineinhalb Stunden Amrum erreichten, fühlte er sich gelöst und bereit für die Auszeit.

Am Hafen von Wittdün liehen sie sich E-Bikes, die ihnen als Verkehrsmittel zu dem Ferienhaus dienten und mit denen sie außerdem in den kommenden drei Tagen die Insel erkunden wollten. Beide mochten den Strand, verbrachten ihre Zeit allerdings lieber aktiv, als einfach nur träge in der Sonne zu liegen. Das Domizil war tatsächlich umwerfend, modern eingerichtet und etwas abseits in Steenodde gelegen, so dass sie nicht von dem touristischen Trubel verschlungen wurden. Fiona hatte eine kleine Perle gefunden und Knud ließ sich endgültig auf ein paar schöne Tage mit der lebensbejahenden Frau ein.

Nach der kurzen Begutachtung des Hauses zog es das Paar wieder nach draußen. Um das wenige Gepäck konnten sie sich später kümmern, jetzt wollten beide die Insel erkunden und weiterhin das herrliche Wetter nutzen. Schnell waren sie sich einig, gleich am ersten Tag bis in den hohen Norden der Insel zu radeln. Die Nordspitze bot eine herrliche Aussichtsplattform an der Odde, die sich bestens dazu eignete, mit einem Fischbrötchen in der Hand eine Rast einzulegen.

„Pass auf, dass es dir nicht weggeschnappt wird", bemerkte Knud grienend, als eine besonders vorwitzige Möwe erstaunlich nahe an Fionas ausgestreckter Hand vorbeiflog.

„Du holst mir bestimmt noch eins", fiel Fiona in sein Lachen ein, ließ das neugierige Tier dabei allerdings nicht aus den Augen.

„Das muss ich mir erst überlegen. Wenn du es leichtsinnig abgibst ..."

Fiona deutete an, den nordischen Snack nach ihm zu werfen.

„... musst du selbst für Ersatz sorgen", vervollständigte Knud seinen Satz, indem er schützend die Hände vor sein Gesicht hob.

Auf dem Rückweg guckten sie sich die reetgedeckte Mühle in Nebel an, danach ließen sie den Abend in einem Restaurant am Rande des Ortes ausklingen, in dem Fiona bereits einen Tisch reserviert hatte.

Den ganzen Tag vermieden sie es, über den Job zu sprechen. Selbst der pflichtbewusste Kommissar ließ sich auf die Urlaubsstimmung ein und verschob seinen Fragenkatalog auf später. Vielleicht würde sich nach den Essen eine Gelegenheit bieten. Immerhin handelte es sich bei dem Thema, das ihn am meisten interessierte um den verschwundenen Toten – nicht gerade die perfekte Konversation für ein Candle-Light-Dinner, für das Fiona wieder einen Volltreffer gelandet hatte. Bei dem kleinen Lokal schien es sich um einen echten Geheimtipp zu handeln, der sich bei den meisten Touristen bislang nicht herumgesprochen hatte. In lauschiger Atmosphäre genossen die beiden ein Drei-Gänge-Menü nordischer Köstlichkeiten. Da passte eine Leiche nicht einmal zum Dessert.

„So, wollen wir nun endlich zu dem herrlich breiten Strand radeln?", fragte Fiona, nachdem er die Rechnung beglichen hatte. „Auch wenn der breite Strand von Ording ähnlich schön ist, kann ich es kaum erwarten, barfuß einen Spaziergang durch den sommerlich warmen Sand zu machen. Mittlerweile ist es dort bestimmt ruhiger. Bist du dabei?"

Fiona strotzte vor Energie und Lebenslust. Auch nach all den Aktivitäten des heutigen Tages war sie der Bewegung an frischer Luft offensichtlich noch nicht überdrüssig. Da ließ Knud sich gerne anstecken.

Unweit von dem Leuchtturm im südlichen Teil der Insel stellten sie die Räder ab. Obwohl es sich um den größten

Turm der Nordseeküste und gleichzeitig eins der Wahrzeichen von Amrum handelte, würdigte Fiona ihn lediglich mit einem flüchtigen Blick. Knud wäre am liebsten die zahlreichen Stufen hinaufgestiegen, um nicht nur den sagenhaften Blick über die gesamte Insel, sondern auch bis nach Sylt und Föhr sowie über das Wattenmeer zu genießen, aber leider war er lediglich vormittags geöffnet. Die Rechtsmedizinerin dagegen war auf den nahegelegenen Strand fixiert. Kaum hatten sie ihn erreicht, streifte sie ihre Leinenschuhe von den Füßen und ließ sie einfach am Rand der Dünen stehen. Fiona konnte es kaum erwarten, ihre nackten Füße tief in den herrlichen Kniepsand einzutauchen. Wie vermutet war es um diese Uhrzeit wesentlich ruhiger als am Tage. Am wolkenlosen Himmel zeigten sich die ersten Sterne und eine schmale Sichel des zunehmenden Mondes. Wieder hatte Knud den Eindruck, dass ein Gespräch über die Toten nicht zur Stimmung passte, obwohl Fiona da eigentlich ziemlich schmerzbefreit war.

„Es ist einfach herrlich, oder?", fragte sie und drehte sich mit ausgestreckten Armen übermütig um die eigene Achse. „Ah, ich könnte hier statt ein paar Tagen glatt den ganzen Sommer bleiben!" Atemlos ließ sie sich in den Sand fallen, als wäre ihr Akku nun doch langsam leer.

Knud lächelte. Diese Leichtigkeit und damit verbundene Ausgelassenheit vermisste er seit Langem. Das war etwas, was Fiona ihm kontinuierlich bieten konnte, während Charlotte immer wieder zurückzuckte und damit ihr Verhältnis komplizierte. Ach, er wollte nicht schon wieder über die Kollegin nachdenken! Das war jetzt wirklich der falsche Zeitpunkt.

„Na, wo bist du mit deinen Gedanken?", fragte ihn prompt die im Sand liegende Fiona. „Komm her, lass uns in die Sterne gucken!", forderte sie ihn auf, woraufhin er sich ebenfalls fallen ließ. „Lass mich raten! Du bist schon wieder bei der Arbeit und fragst dich, was aus deiner verschwundenen Leiche geworden ist."

Erleichterung durchflutete ihn. Immerhin kannte sie ihn nicht so gut wie ... – nicht gut genug, um seine Gedanken lesen zu können.

„Ertappt!", bestätigte er grinsend. „Jetzt, wo du davon anfängst ... auch wenn es nicht meine Leiche ist, frage ich mich tatsächlich, wie so etwas überhaupt passieren kann."

„Wie eine Leiche verschwindet?"

„Ja, aus einem Krankenhaus. Wer klaut denn einen Toten?"

„Dafür kann es viele Gründe geben", antwortete Fiona und stützte sich dabei auf die Ellenbogen auf.

„Na, da bin ich gespannt." Knud war froh, bei diesem Thema angekommen zu sein.

„Ich würde nicht gerade von Klauen sprechen, sondern eher von Verschwinden. Entweder handelt es sich um eine Verwechslung, Schlamperei oder Vertuschung", zählte sie geduldig auf.

„Wobei man eine Verwechslung auch als Schlamperei bezeichnen kann", bemerkte der Kommissar trocken.

„So ist es. Du warst doch in der Pathologie des Krankenhauses und hast dich auf die Suche nach dem Leichnam gemacht. Hast du dabei die Anzahl der Toten überprüft?"

„Ist das eine ernstgemeinte Frage?"

„Ja, klar. Möglicherweise ist einem Beerdigungsunternehmen der falsche Tote übergeben worden. Oder es sind an dem Tag Körperspenden abgeholt worden?"

„Körperspenden?" Knud war sich nicht sicher, ob er das Thema weiter vertiefen wollte.

„Ja, nun tu nicht so begriffsstutzig", echauffierte sich Fiona. „Du hast bestimmt schon von Menschen gehört, die ihre Körper der Wissenschaft überlassen, wenn sie den Löffel abgegeben haben. Meist werden die an einem bestimmten Tag in der Woche gesammelt abgeholt. War der Patient ein Körperspender? Vielleicht hatte er seine Angehörigen nicht eingeweiht."

„Das haben wir nicht überprüft", musste er zugeben.

„Aber in der Pathologie hätte es ja dokumentiert sein müssen. Die haben davon nichts erwähnt?", hakte sie noch einmal nach.

„Nein."

„Okay, dann gibt es wahrscheinlich einen anderen Grund. Außer er ist versehentlich bei den Körperspenden gelandet. Das solltest du auf jeden Fall überprüfen. Also alle Abholungen, auch die der Beerdigungsunternehmen." Fiona war in ihrem Element.

„Mache ich", versprach er. „Und wenn es sich nicht um ein Versehen handelte? Angenommen, dem behandelnden Arzt ist ein Kunstfehler unterlaufen, den er vertuschen wollte. Könnte er den Leichnam verschwinden lassen?"

„Theoretisch ist alles möglich. Allerdings bräuchte er dafür einen Komplizen in der Pathologie. Er wird ja kaum mit seinem eigenen Kombi vorfahren und die Leiche darin abtransportieren", überlegte Fiona, während sie sich wieder in den Sand sacken ließ. „Das ist dein Ressort. Kriminelle Energie gibt es natürlich überall. Glaubst du wirklich an die Vertuschung eines Kunstfehlers?"

„Bisher wissen wir so gut wie gar nichts über den Fall. Nicht einmal, ob es sich überhaupt um einen Fall handelt. Aber immerhin ist ein Toter verschwunden und die Tochter hat uns um Hilfe gebeten. Also, was fällt dir außerdem dazu ein?", wollte Knud wissen.

„Hat das Krankenhaus ein eigenes Krematorium!?", fragte sie.

„Nein. Das wäre zu offensichtlich. Da musst du dich schon etwas mehr anstrengen."

„Ich denke mal drüber nach", murmelte Fiona ein wenig schläfrig. „Vermutlich müssen wir das ja nicht heute Nacht klären, oder?"

„Nein", lächelte Knud. „Wollen wir zurückfahren, um das herrliche Ferienhaus ein wenig zu genießen? Vielleicht bei einem letzten Glas Wein für heute? Oder willst du etwa hier am Strand schlafen?"

„Um dann von einer Horde Kindern geweckt zu werden? Lieber nicht!", grinste sie. „Also gut, fahren wir zurück."

Nach einer leidenschaftlichen Nacht und einem ausgedehnten Frühstück im Bett, auf das Fiona bestanden hatte, obwohl Knud lieber auf der Terrasse gesessen hätte, zog es die beiden wieder nach draußen. Mit den E-Bikes fuhren sie nach Nebel, um sich die St. Clemens Kirche anzuschauen, die täglich geöffnet hatte. Neben dem imposanten Gebäude interessierte sich Knud für den alten Friedhof, auf dem die sogenannten erzählenden Grabsteine neben den Daten der Verstorbenen außerdem Geschichten aus deren Leben berichteten. Ergänzt wurden diese mit Bibelzitaten. Der Grabstein von Hark Olufs, ein 1708 in Süddorf geborener Seefahrer, gehörte zu den bedeutendsten Kulturdenkmälern der Insel.

Solche Details fand Knud äußerst spannend, während Fiona mehr von dem Friedhof der Namenlosen berührt worden war, den sie am Vortag gegenüber der Amrumer Windmühle besichtigt hatten. Umgeben von dichtem Buschwerk hatten dort die Gebeine von zweiunddreißig Menschen ihre letzte Ruhe gefunden. Die Leichname waren Anfang des 20. Jahrhunderts angeschwemmt worden und nie identifiziert worden.

„Lass uns lieber noch einmal zur Mühle und dem Friedhof der Unbekannten fahren", schlug Fiona vor. „Vielleicht bringt mir das eine Inspiration, womit Ihr es in eurem Fall zu tun habt."

„Nein, danke. In Anbetracht unseres kleinen Urlaubs hatten wir jetzt mehr als genug Konfrontation mit den Toten. Lass uns das Leben genießen und die Arbeit auf Montag verschieben", widersprach Knud, fest entschlossen, sich dieses Mal durchzusetzen. „Warst du schon mal am Wriakhörnsee?"

„Kannst du das dreimal hintereinander fragen, und zwar ganz schnell?", fragte sie keck.

„Das heißt wohl nein", grinste er, ohne sich auf die neckende Provokation einzulassen. Stattdessen dozierte er: „Es handelt sich dabei um einen Süßwassersee und ein wahres Vogelparadies. Wenn ich ausnahmsweise mein Handy einschalten darf, könnten wir den Dünenwanderweg nehmen und dabei bestimmt sagenhafte Aufnahmen machen."

„Dafür hättest du lieber eine richtige Kamera mitnehmen sollen", mokierte sich Fiona, nahm den Vorschlag aber gerne an.

Torge in St. Peter-Ording

In der Nacht zu Montag

Vielleicht wäre es möglich gewesen, über das Wochenende nach Hause zu fahren, wenn Torge wirklich darauf bestanden hätte. Die medizinischen Tests wurden nur zum Teil fortgesetzt, allerdings tauchte der Schwindel nach wie vor in unregelmäßigen Abständen auf. Ans Autofahren war nicht zu denken und auch sonst hätte er in seiner Reetkate wohl nicht viel machen können, außer herumzusitzen. Einzig Annegrets Kochkünste waren ein schlagendes Argument, seinen Krankenhausaufenthalt für eine Weile zu unterbrechen. Seine Frau hielt aber leider überhaupt nichts von der Idee, als er sie am Freitagnachmittag vorsichtig vortrug, also fügte er sich in sein Schicksal.

Immerhin bestand die Möglichkeit, etwas herauszubekommen, was nicht nur die Ordinger Polizei, sondern außerdem seine neue Freundin Fenja in ihrer Recherche unterstützen konnte. Das ergab zwei Fliegen mit einer Klappe und war für den Hobbyermittler Grund genug zu bleiben.

Ein weiterer Vorteil am Wochenende hier zu sein, war eindeutig die schwache Besetzung des Personals auf allen Stationen. Dieser Umstand eröffnete Torge die Möglichkeit, durch die Gänge zu stromern und mit anderen Patienten ins Gespräch zu kommen, ohne dass sich jemand dafür interessierte. Mit seiner offenen Art kam er überall leicht ins Plaudern, musste sich dabei aber leider massenhaft Krankengeschichten anhören, ohne seinem Ziel nach mehr Informationen zu den rätselhaften Todesfällen auch nur einen Schritt näher zu kommen.

Frustriert suchte er am Sonntagnachmittag die Cafeteria auf. Wieder hatte man ihm ein wenig schmackhaftes Essen vorgesetzt, von dem er sich lediglich die Hälfte reinquälte, bevor er die Reste demonstrativ auf dem Gang abstellte. Ein Stück Kuchen und ein Pott entsprechend gesüßter Kaffee würden seine Laune bestimmt erheblich verbessern. Beides konnte er draußen auf der Terrasse genießen und sich dabei die Sonne ins Gesicht scheinen lassen. Später war Torge wieder mit Fenja verabredet, aber bis dahin war es noch eine Weile hin. Annegret wollte sich heute mit einer Freundin treffen, der Tag würde sich also in die Länge ziehen.

Im Geiste ging er seine Kontakte auf Eiderstedt durch. War irgendjemand dabei, der ihn bei seinen Ermittlungen unterstützen konnte? War einer schon mal länger im Krankenhaus gewesen? Oder überhaupt in einem lebensbedrohlichen Zustand? Der Hausmeister konnte sich an einen solchen Fall in seinem Umfeld nicht erinnern. Das war eigentlich beruhigend, aber in dieser Situation nicht gerade hilfreich. Schmerzlich vermisste er seinen Kumpel Ansgar. Der hätte bestimmt wertvolle Informationen beitragen und ihm außerdem ein wenig die Zeit vertreiben können.

Mit Fenja unternahm er schließlich einen Spaziergang durch die Gartenanlage des Krankenhauses, außerdem zeigte sie ihm ihr Zimmer in dem Flügel, wo die Kurpatienten untergebracht waren. Der Raum war genauso groß wie seiner, aber lediglich für eine Person ausgelegt. Die freundliche moderne Einrichtung trug sicherlich mehr zur Stärkung des vorübergehenden Bewohners bei als seine sterile Unterbringung.

Gemeinsam überlegten sie weiter, was hinter den Todesfällen stecken könnte, warum der Leichnam verschwunden war und wie sie an weitere Informationen kommen konnten. Da die beiden Glücklosen auf unterschiedlichen Stationen gestorben waren, handelte es sich vielleicht lediglich um einen Zufall, hinter dem gar nicht mehr steckte. Trotzdem war sowohl Torge als auch Fenja skeptisch. Auch die Journalistin hatte sich in den letzten Tagen weiter umgehört, wollte aber nicht zu viel Aufsehen erregen. Dabei war die Vorsicht natürlich hinderlich, wirklich voranzukommen. Am Ende des Wochenendes war die Stimmung bei beiden betrübt.

Torge fühlte sich außerdem erschöpft. Zum einen war er den ganzen Tag an der frischen Luft auf den Beinen gewesen, zum anderen kostete der Misserfolg ihn mehr Kraft, als er sich selbst eingestehen wollte. Davon hatte er sich wirklich mehr versprochen! Dass sogar ein Rechercheprofi wie die Journalistin auf der Stelle trat, war für den ambitionierten Hobbyermittler nur ein schwacher Trost. An diesem Abend war er froh, sich einfach ins Bett legen zu können. Er hoffte auf eine ungestörte Nachtruhe, immerhin bewohnte er das Zimmer nach wie vor allein.

Die Matrone hatte er die letzten beiden Tage nicht zu Gesicht bekommen, was sein Wohlbefinden immerhin ein bisschen steigen ließ. Mit etwas Glück blieb er auch heute von ihrer Ungnade verschont. Der morgige Tag würde bestimmt besser werden!

Obwohl die späte Sonne sein Zimmer in goldenes Licht tauchte, schlummerte Torge schließlich ein. In seinen Träumen erschien ihm sein ehemaliger Zellenkumpel Rolf Brunner mit einem zugeklebten Auge. Ihn aus dem verbliebenen starr anblickend erzählte er dem Hausmeister von Kunstfehlervertuschung und wie er diesen Halunken auf die Schliche kommen wollte. So leicht ließ er sich nicht hereinlegen, da müsse man schon früher aufstehen. Er hätte sein ganzes Leben lang seinen Mann gestanden, eine Beinverletzung mache ihn nicht dermaßen verwundbar, dass er sich nicht mehr zu helfen wisse.

Erschüttert und mit einem leichten Zittern in allen Gliedern wachte Torge auf. Mittlerweile war es stockdunkel in dem Raum. Jemand hatte also wieder einmal die Vorhänge zugezogen. Das wies eindeutig auf die Rückkehr der Matrone hin, aber den Gedanken schob er schnell beiseite. Stirnrunzelnd versuchte er, sich an die Einzelheiten seines Traumes zu erinnern, als ob ihm das in wachem Zustand weitergeholfen hätte. Unzusammenhängende Bilder waberten durch seinen Kopf und verflüchtigten sich schließlich wieder. Die Dunkelheit empfand er trotzdem als unangenehm. Viel besser hatte es ihm gefallen, als in den letzten Nächten ein wenig Mondlicht in den Raum schimmerte.

Torge schwang seine Beine über die Bettkante und stand ruckartig auf. Der Schwindel erfasste ihn genauso heftig wie die Enttäuschung. Das gesamte Wochenende hatte er den Eindruck gehabt, er würde sich auf dem Weg der Besserung befinden, aber in diesem Augenblick konnte er nur mit großer Mühe das Gleichgewicht halten. Bloß jetzt nicht wieder stürzen! Mit dem verbundenen Arm stieß er gegen den Nachtschrank, was ihm einen stechenden Schmerz bescherte. Nur mit äußerster Anstrengung konnte er einen Schrei unterdrücken. Er war nicht in der Verfassung, sich die nächste Standpauke anzuhören.

Erschöpft ließ Torge sich wieder in die Kissen sinken. Seine Hilflosigkeit vergrößerte den Frust. Erneut wurde der Wunsch, einfach nach Hause zu fahren, übermächtig. Aber natürlich war das total widersinnig, denn sein Körper hatte ihm ja gerade seine Grenzen aufgezeigt.

Scheibenkleister!

Obwohl er sich hundemüde und ausgelaugt fühlte, konnte er nach den düsteren Träumen nicht wieder einschlafen. In seinem Arm pochte ein dumpfer Schmerz, außerdem umzingelten ihn unsichtbare Schatten, wenn er seine Augen schloss. Schatten, die ihm Angst einjagten, weil sie ihn stumm belauerten und er nicht einschätzen konnte, was sie von ihm wollten. Hatten sie ihn als nächstes Opfer auserkoren? Obwohl er wusste, wie spinnert diese Gedankengänge waren, konnte er nicht aus seiner Haut. Diese ungewohnte Schwäche raubte ihm nach den Geschehnissen hier im Krankenhaus den letzten Nerv. Am besten er starrte an die Decke, bis der Morgen anbrach, dann konnte ihm eigentlich nichts passieren!

Wenn er es bloß schaffen könnte, die Vorhänge aufzuschieben! Das würde sein Wohlbefinden immerhin ein kleines bisschen steigern! Sollte er es wagen und den Klingelknopf drücken, um die Nachtschwester darum zu bitten? Wie groß war die Wahrscheinlichkeit, dass die Matrone in dieser Nacht wieder Dienst hatte? Oder sollte er einfach das Licht einschalten? Aber auch das könnte sie durch den Schlitz unter der Tür sehen und ihn in barschem Ton zurechtweisen. Am liebsten hätte Torge geheult! So mies hatte er sich seit Jahren nicht gefühlt.

Der Schwindel verstärkte sich. Große schwarze Kreise drehten sich vor seinen Augen, wodurch sich sein Unwohlsein vergrößerte. Einen Augenblick schloss er sie erschöpft. Nur für einen Augenblick! Die Erleichterung war sofort spürbar. So schnell würde er schon nicht einschlafen. Vielleicht sollte er etwas trinken. Das könnte ihm sogar die Energie verleihen, den Weg zum Fenster zu schaffen. Mühsam stützte er sich auf und tastete in der Dunkelheit nach dem Wasserglas auf dem Nachtkästchen. Hoffentlich hatte er es vorhin nicht umgestoßen! Der Schmerz hatte ihn von allen Geräuschen abgelenkt.

Gierig trank er es leer, nachdem er es schließlich gefunden hatte. Aber um aufzustehen und die Vorhänge zu öffnen, fehlte ihm trotzdem die Kraft. Er ließ sich auf die Matratze sinken und horchte auf Geräusche vom Gang. Doch da war nichts zu hören. Alle im Krankenhaus schienen friedlich zu schlummern, nur Torge trug seinen Kampf mit den Dämonen aus. Immer wieder schlummerte er weg, aber seine innere Unruhe ließ ihn ebenso oft aufschrecken.

Nach wie vor war es dunkel im Raum. Trotzdem nahm er plötzlich eine Bewegung wahr. Er blinzelte und bewegte vorsichtig seinen Kopf. Bloß keine ruckartigen Bewegungen machen, dann kehrte der Schwindel bestimmt zurück. Wurde da wirklich gerade ein zweites Bett in seinen Raum geschoben? Was hatte das zu bedeuten? Mitten in der Nacht war das allemal merkwürdig! Und dann noch im Stockdunklen! Ein Schauer lief Torge über den Rücken. In diesem Krankenhaus ging es nicht mit rechten Dingen zu, das hatte er ja gleich gesagt. Wenn das nicht die Bestätigung für seine Theorie war, dann wusste er es auch nicht mehr.

Sollte er einfach selbst das Licht einschalten und nachschauen, was sich hier tat? Das Bett wurde gegen die Vorhänge geschoben, wodurch sich der Schlitz zwischen beiden Teilen öffnete und etwas Helligkeit in das Zimmer drang. Torge stockte der Atem, als er gewahr wurde, welcher Art die Gesellschaft war, die er gerade bekam. Das Bild, wie sie Rolf Brunner weggebracht hatten, war in seinem Gedächtnis eingebrannt. Dieses große Tuch, das sie über den gesamten Körper gezogen hatten – auch über das Gesicht. Genauso sah es jetzt wieder aus, so als wäre der Leichnam seines Zellenkumpels zurückgekehrt. Ein weiteres Mal in dieser Nacht musste der Hausmeister sich alle Mühe geben, einen Schrei zu unterdrücken. Beim Anblick des zugedeckten Körpers fiel es ihm noch wesentlich schwerer. Gleichzeitig fühlte er leichte Panik aufsteigen. Was zum Deibel ging hier vor?

Gerade als er gucken wollte, ob die Matrone das Bett mit der unheimlichen Fracht in sein Zimmer geschoben hatte, schlossen sich die beiden Vorhangteile wieder. Das wenige Licht wurde erneut ausgeschlossen.

Torge lauschte. Sein Herz schlug ihm bis zum Hals. Mit zitternder Hand tastete er nach dem Lichtschalter, wollte aber selbst keine Geräusche verursachen. Kam da eine Gestalt auf ihn zu oder bildete er sich das nur ein? Eine Schweißperle löste sich aus seinen Locken und lief ihm die Schläfe herunter. Auch seine Hände fühlten sich feucht an. Weiter tastete er nach dem Schalter. Endlich bekam er ihn zu fassen und drückte auf den Knopf. In Erwartung auf einen hellen Schein kniff er die Augen zusammen, aber es passierte nichts. Wieder und wieder betätigte er den Schalter, wurde dabei immer hektischer und nahm auch keine Rücksicht mehr darauf, ob er sich damit bemerkbar machte. Aber es blieb dunkel im Raum.

Dabei spürte er nahezu körperlich, wie sich jemand näherte. Schließlich konnte er sich nicht mehr beherrschen. Torge fing an, aus Leibeskräften zu schreien!

Fenja in St. Peter-Ording

In der Nacht zu Montag

Es setzte sich fort. Fenja kam einfach nicht voran! Obwohl sie jetzt an zwei interessanten Stoffen dran war, trat sie bei beiden seit Tagen auf der Stelle. Als sie die Entscheidung für die Kur hier in St. Peter-Ording getroffen hatte, fand sie die Idee absolut genial. Irgendwie war sie davon überzeugt gewesen, dadurch massenhaft Türen mit ebenso vielen dahinterliegenden Geheimnissen öffnen zu können, aber das Gegenteil war der Fall. Wieder und wieder überlegte sie, ob sie die ganze Mission einfach abbrechen sollte, konnte sich dazu aber nicht durchringen. Es steckten einfach schon zu viele Arbeitsstunden in der Vorbereitung der Story. Stunden, die ihr bei anderen Aufträgen fehlten. Ihr Konto war nahezu leergefegt. Das durfte nicht alles umsonst gewesen sein!

Trotzdem sollte sie vielleicht einfach mal eine Pause einlegen und die Schönheit der Natur genießen. Immerhin kamen jedes Jahr tausende Touristen an dieses Fleckchen Erde, das sie trotz der Nähe zu ihrer Wahlheimat nicht kannte.

Am Samstag hatte sie sich also in ihr Auto gesetzt, um auf Eiderstedt unterwegs zu sein. Am Strand war es ihr zu voll, aber einige Sehenswürdigkeiten schaute sie sich in Gesellschaft fröhlicher Familien an. Tatsächlich wurde sie von deren Lebenslust angesteckt. Schließlich fand das Leben draußen und nicht nur hinter dem Bildschirm statt! Fenja gönnte sich also einen Tag Urlaub – sowohl von ihrer Arbeit als auch von ihrer Kur – und genoss ein Fischbrötchen an dem imposanten Eidersperrwerk sowie einen Cappuccino mit Blick auf den Westerhever Leucht-turm. Als sie von dem touristischen Trubel genug hatte, unter-nahm sie eine ausgedehnte Wanderung durch das Katinger Watt. Die Schönheit der Natur half ihr, den Kopf wieder freizu-bekommen und den Abend mit einer Internetrecherche zu den aktuellen Todesfällen im Krankenhaus zu verbringen.

Da es ihr nach wie vor merkwürdig vorkam, dass die bei-den Männer nach vergleichsweise harmlosen Operationen ge-storben waren, suchte sie nach vergleichbaren Fällen in der Vergangenheit. Hilfreich wäre es gewesen, dazu Statistiken zu finden, aber, wenn überhaupt, wurden die wohl lediglich in Fach-kreisen veröffentlicht. Es musste für sie eine Möglichkeit geben, daranzukommen! Allgemeine Geschichten zu Dramen nach verpfuschten Eingriffen, die relativ junge Menschen mit gutem Allgemeinzustand aus dem Leben rissen, gab es etliche. Fenja hatte allerdings nicht den Eindruck, dass sie das weiterbrachte. Insgesamt war und blieb die ganze Sache unbefriedigend und frustrierend.

Einziger Lichtblick in diesen Tagen war der drollige Patient von der Orthopädie: Torge Trulsen. Es war zu einer angenehmen

Gewohnheit geworden, sich mit ihm am Nachmittag auf einen Kaffee und einen Schnack zu treffen. Er kannte die Gegend hier wie seine Westentasche und wurde nicht müde, sie mit amüsanten Anekdoten zu unterhalten. Sie konnte sich gut vorstellen, wie er die örtlichen Kommissare mit seiner Einmischung in deren Ermittlungen zur Weißglut brachte. Da hätte sie gerne einmal Mäuschen gespielt. Wenn aus der gesamten Recherche in dem vermeintlichen Medizinskandal nichts herauskäme, könnte sie vielleicht eine Reportage über ihn produzieren. Da war er bestimmt dabei. Immerhin würde das ihrem Ausflug an die Nordseeküste einen Sinn verleihen.

Aber noch war sie nicht bereit, aufzugeben. Das lag einfach nicht in ihrer Natur! Ein bisschen hatte sie außerdem darauf gehofft, dass Torge etwas herausbekommen würde, wozu ihr der Zugang vielleicht schwerer fiel. In seiner schrulligen Art, und jederzeit einem nordfriesischen Schnack auf den Lippen, schien er allseits beliebt. Selten traf Fenja ihn alleine an. Meist war er in ein Gespräch vertieft. Deshalb hatte sie in den letzten Tagen immer wieder überlegt, ob sie ihn in ihre bisherigen Erkenntnisse zu den seltsamen Abrechnungsmethoden mancher Ärzte einweihen sollten, es aber immer wieder verschoben. Noch konnte sie nicht einschätzen, ob damit wirklich Abrechnungsbetrug verbunden war, was natürlich komplett illegal und damit erheblich brisanter war.

Der Hausmeister schien echt ein netter Kerl zu sein und das Herz auf dem rechten Fleck zu haben. Anderseits war er aber eine kleine Plaudertasche. Es wäre am Ende komplett kontraproduktiv, wenn ihre mühsam gesammelten Fakten an die falschen Ohren gerieten. Dafür gab es hier einfach zu viele Menschen auf kleinstem Raum. Sie behielt es also für sich, versuchte ihn allerdings auf subtile Art und Weise zu befragen. Bei seinen zahlreichen Kontakten gab es vielleicht einen ähnlichen Fall, dessen Details sie weiterbrachten. Diese Hoffnung hatte sich allerdings bislang auch nicht erfüllt.

Am Sonntagabend stieg der Frustlevel weiter an. Wieder saß sie nach Stunden am Laptop allein in ihrem Zimmer, das zwar schön eingerichtet, aber eben kein Zuhause war. Erschöpft klappte sie den Bildschirm herunter und rieb sich die brennenden Augen. Zeit für eine Pause. Sie sollte einfach eins dieser netten kleinen Lokale im Ortsteil Dorf aufsuchen, dort einen Salat oder eine Suppe essen und mit einem Glas Rotwein für die nötige Bettschwere sorgen. Nach einer ausgeruhten Nacht sah die Welt meist freundlicher aus. Auch wenn sie damit ihre eiserne Regel brach, keinen Alkohol während einer wichtigen Recherche zu trinken; eine kleine Ausnahme würde bestimmt nicht schaden! Immerhin war Sonntag und sie hatte schon wieder etliche Wochenenden durchgearbeitet.

Am Ende des Abends hatte sich Fenja zu drei Gläsern Wein hinreißen lassen – in der Gesellschaft eines optisch recht attraktiven, ansonsten aber leicht unterbelichteten Urlaubers. Für diesen Abend war er eine willkommene Ablenkung und recht unterhaltsam gewesen. Ihr Kurschatten, wie sie ihn selbstironisch nannte, war nach einem heftigen Streit mit seiner Verlobten aus der gemeinsamen Ferienwohnung geflüchtet, um sich mit etlichen Gläsern Friesengeist abzureagieren. In dieser Stimmung waren sie aufeinandergetroffen. Am fortgeschrittenen Abend ließ er durchblicken, einem vorehelichen Seitensprung nicht abgeneigt zu sein. Das war für Fenja der ideale Zeitpunkt, um sich vom Acker zu machen.

Der ungewohnte Alkohol zeigte noch deutlichere Wirkung, als sie das Restaurant verließ. Die frische Luft tat auf der anderen Seite aber auch gut. In leichtem Schlingerkurs erreichte sie ihr Zimmer in der Reha und fiel, so wie sie war, in voller Klamotte ins Bett.

Irgendein Geräusch weckte Fenja auf. In ihrem Zimmer war es dunkel. Mit letzter Energie hatte sie bei ihrer Rückkehr von dem Zug durch die Gemeinde die Jalousien heruntergelassen, damit sie in ihrem – nach diesem feuchtfröhlichen Ausflug sehr notwendigen – Schönheitsschlaf nicht gestört wurde. Ob ihr persönlicher Reha-Kalender einen frühen Termin am nächsten Morgen für sie bereithielt, wusste sie nicht mehr, aber das war letzten Endes auch egal. Schließlich war ihr gesamter Kuraufenthalt lediglich ein Fake. Auf jeden Fall wollte sie ausschlafen, sie fühlte sich so erledigt wie schon lange nicht mehr. Das musste an der Überarbeitung der letzten Wochen liegen! Jetzt beim Aufwachen mitten in der Nacht spürte sie bereits den Kopfschmerz in der linken Schläfe pochen. Am besten nahm sie gleich zwei Tabletten, sonst konnte der sich zu einer heftigen Migräne entwickeln, die sie mindestens zwei Tage außer Gefecht setzte. Ärgerlich! Auch wenn es ein ganz lustiger Abend gewesen war, das war es nicht wert.

Genau in dem Moment, in dem Fenja sich erheben wollte, spürte sie den Widerstand. Gleichzeitig verschwand das minimale Restlicht im Raum, außerdem blieb ihr die Luft weg. Der Kopfschmerz explodierte sofort in ihrem Schädel und nahm ihr jede Möglichkeit klar zu denken. Das Atmen fiel ihr immer schwerer. Etwas drückte auf ihr Gesicht, was ein aufsteigendes Panikgefühl auslöste. Mit beiden Händen versuchte sie sich von dem Druck zu befreien, fühlte sich aber zusehends kraftloser. Sie kämpfte dagegen an. Wie lange, konnte sie nicht einschätzen. Es fühlte sich wie eine Ewigkeit an, vermutlich waren es nicht einmal Minuten. Aber schließlich konnte sie nicht mehr. Ihre Arme schienen ihr einfach nicht mehr zu gehorchen. Bleischwer sanken sie herunter und blieben nutzlos neben ihr liegen. Mehr und mehr verlor sie die Kontrolle über ihren gesamten Körper. Hatte ihr der liebeskranke Trottel etwas in den Wein geschüttet?

Mindestens einmal war sie zur Toilette gegangen und hatte ihr Glas natürlich auf dem Tisch stehen gelassen. Sie bekam keine Luft mehr und konnte damit auch immer schlechter denken. Aber was geschah hier gerade mit ihr?

Fenja versuchte zu schreien, hörte aber lediglich ein dumpfes Stöhnen. Kam das aus ihrer eigenen Kehle? Eine unendliche Müdigkeit erfasste sie. Sie wollte nur noch schlafen! Nichts mehr von diesem Druck spüren, ihren Schädel ausschalten. Und den brüllenden Kopfschmerz hinter sich lassen! Während sie schließlich jeden Widerstand aufgab und weiter vor sich hindämmerte, bemerkte sie, wie der Druck auf ihrem Gesicht plötzlich wieder nachließ. Es fiel ihr schwer zu atmen, aber immerhin ließ die Panik, völlig die Kontrolle verloren zu haben, wieder nach. Reglos lag sie auf dem Bett. Wie aus weiter Ferne drangen schließlich ein paar Geräusche an ihre Ohren.

Schnelle Schritte schienen sich zu nähern oder täuschte sie sich? Fenja fühlte sich benommen. Ob sie ihren Sinnen trauen konnte, war fraglich. Vielleicht handelte es sich lediglich um eine Wunschvorstellung, dass in dieser bedrohlichen Situation plötzlich aus dem Nichts ein Retter auftauchte, der sie befreite – aus was auch immer. Fenja hatte keine Ahnung, was hier gerade passiert war. Das Atmen fiel ihr nach wie vor schwer. Etwas lag auf ihrem Gesicht und hinderte sie daran, tief Luft zu holen. Sie versuchte einen Arm zu heben, um es loszuwerden, aber so sehr sie sich anstrengte, es fehlte ihr die Kraft.

Plötzlich verschwand das störende Etwas aus ihrem Gesicht, es wurde hell und luftig.

„Fenja", hörte sie eine vertraute und gleichzeitig sehr besorgt klingende Stimme. „Heilige Sanddüne! Ist alles in Ordnung mit dir?"

Wenn sie das bloß selbst wüsste! Langsam öffnete sie die Augen. Die grelle Deckenbeleuchtung verschlimmerte den

Schmerz ihrer hämmernden Kopfschmerzen. Sie blinzelte. Vor ihr stand Torge. In einer Hand hielt er ein dickes Kopfkissen. Sein Blick hätte sorgenvoller nicht sein können. Sie versuchte zu sprechen, krächzte aber lediglich ein paar unverständliche Laute.

Der Hausmeister ließ das Kissen fallen und beugte sich über sie.

„Wasser", hauchte sie.

Er nickte zum Zeichen des Verständnisses und schaute sich dann im Raum um, damit er ihren Wunsch erfüllen konnte.

Fenja versuchte sich aufzurichten, sackte aber gleich wieder in sich zusammen. Erst gestützt von Torge konnte sie schließlich in kleinen Schlucken trinken. Sehr langsam kehrten die Lebensgeister zurück.

„Was ist denn passiert?", flüsterte sie schließlich. „Und was machst du eigentlich mitten in der Nacht hier? Es ist doch mitten in der Nacht, oder?"

„Ja, das ist eine lange Geschichte. Im Moment mache ich mir viel mehr Sorgen um dich und was hier gerade geschehen ist", antwortete Torge atemlos.

„Ich weiß es nicht." Fenja räusperte sich. Ihre Stimme wollte ihr noch nicht wieder ganz gehorchen. Dafür kehrte die Kraft in ihre Glieder zurück. „Gib mir bitte mal das Kissen", forderte sie ihren nächtlichen Besucher auf. Nachdem Torge es ihr gereicht hatte, stopfte sie es sich in den Rücken und konnte dadurch aufrecht sitzen. „Es muss jemand hier im Zimmer gewesen sein. Bist du einer Person begegnet?", fragte sie hoffnungsvoll.

Der Hobbyermittler deutete auf die Terrassentür. „Ich bin mir sicher, dass ich den Eindringling verscheucht habe und er den Raum dort verlassen hat."

„Hast du ihn gesehen?", fragte sie mit bebender Stimme. Erst langsam tropften die Ausmaße des gerade Erlebten in ihr Bewusstsein. War es das, was sie vermutete? War sie um Haaresbreite einem Mordanschlag entgangen? Ihre Gedanken fingen an zu rasen. Plötzlich wurde ihr kalt und sie fing am ganzen Leib an zu zittern.

Torge schüttelte den Kopf. „Ich habe nichts gesehen, vielleicht war ein Klappen der Tür zu hören, aber das könnte ich mir auch eingebildet haben." Er nahm die Wolldecke von dem Lesesessel und breitete sie über Fenja aus. „Was weißt du von dem ... Übergriff?"

Stockend berichte Fenja ihrem neuen Freund das gerade Erlebte, das dadurch noch bedrohlicher wirkte. Hatte Torge Trulsen ihr mit seinem Auftauchen gerade das Leben gerettet? Die Vorstellung, wie knapp sie möglicherweise selbst dem Tod entronnen war, jagte ihr den nächsten Schauer über den Rücken.

„Nun erzähl du", forderte sie ihn schließlich auf. „Warum bist du mitten in der Nacht zu mir gekommen?"

Das Gesicht des Hausmeisters verschattete sich, während er von seinen Träumen berichtete. „Es war so realistisch", bemerkte er nun etwas verlegen. „Ich glaube, ich habe wie am Spieß geschrien. Jedenfalls kam die Matrone in mein Zimmer gestürzt, als würde ich gerade abgestochen werden. 'Tschuldigung, makabrer Vergleich. Auf jeden Fall knipste die das Licht an. So wie du eben war ich erst total geblendet und erkannte sie nur an ihren barschen Worten und stampfenden Schritten. Als ich wieder was sehen konnte, blickte ich in ihre funkelnden Augen. Mann, hat die mich wütend angestarrt!" Jetzt im Nachhinein musste Torge darüber lachen.

Fenja blieb jedoch ernst. „Und was ist mit der Leiche im Bett? Handelt es sich echt um Rolf Brunner? Hast du deinen Freund von der Polizei informiert?" Die Fragen sprudelten nur so aus ihr heraus.

Wieder wurde der Hausmeister verlegen. „Nee, ich sag doch. Es schien alles so wirklich, aber es war tatsächlich nur ein Traum."

„Da war gar kein Toter in dem Bett?", fragte sie ungläubig.

„Da war nicht einmal ein Bett", gab Torge etwas kleinlaut zu, was bei der Journalistin ein hysterisches Kichern auslöste.

Wahrscheinlich waren es die Nerven. So plötzlich, wie ein kleines Bisschen Kraft durch Torges Auftauchen in ihren Körper geflossen war, so schnell verschwand sie nun wieder. Fenja fühlte sich total ausgelaugt, wollte am liebsten schlafen. Allerdings hatte sie genau davor – außerdem alleine in diesem Zimmer – eine Heidenangst. Was, wenn der Täter zurückkehrte, um sein Werk zu vollenden? Am liebsten wäre sie jetzt aufgestanden, aber dafür fehlte ihr die Energie.

War sie jemandem zu nahegekommen? Die ganze Zeit war sie extrem vorsichtig gewesen, um keine Aufmerksamkeit auf sich und ihre Recherche zu ziehen. War das misslungen? Stand dieser nächtliche Übergriff in Zusammenhang mit ihrer Arbeit oder war das einfach ein seltsamer Zufall? Gab es überhaupt Zufälle? Sie musste unbedingt so schnell wie möglich wieder fit werden, um Antworten auf diese Fragen zu finden!

Konnte der Hausmeister ihr dabei nützlich sein? Darüber musste sie erst einmal nachdenken.

Als sich ihre Blicke trafen, bemerkte sie, wie er sie gleichermaßen besorgt und erwartungsfroh anstarrte.

„Hast du der Matrone von deinem Traum erzählt? Sie war bestimmt wütend über den falschen Alarm", setzte Fenja ihre Unterhaltung fort, ohne ihn in ihre Überlegungen einzuweihen.

„Nee, aber sie hat es wohl vermutet, als ich verdattert vor mich hingestottert habe, während ich auf den leeren Platz im Zimmer gestarrt habe", antwortete Torge nun mit einem Grinsen. „Sie hat mir einen Vortrag über die Anstrengung

des nächtlichen Arbeitens gehalten und ist schließlich kopf-
schüttelnd abgerauscht."

„Und warum bist du hierhergekommen?", wiederholte Fenja
ihre Frage.

„Ganz ehrlich? Ich habe es alleine in dem Zimmer nicht mehr
ausgehalten. Nachdem sie weg war, habe ich mich angezogen
und bin losmarschiert. Allerdings war ich so aufgeregt, dass ich
echt Mühe hatte, den Weg zu finden. Ich konnte ja schlecht jemanden fragen. Eine Weile bin ich durch die Gänge geirrt. Wenn
ich nicht so viel Zeit vertrödelt hätte, wäre ich vielleicht rechtzeitig gekommen, um deinen Angreifer zu stellen." Torge wirkte
zerknirscht.

„Quatsch!", protestierte die Journalistin. „Du bist genau im
richtigen Moment gekommen. Der Täter muss das Öffnen der
Tür gehört haben. Seine Sinne waren bestimmt geschärft, der
wollte schließlich nicht ertappt werden."

„Und handelt es sich sicher um einen Mann?", fragte der
Hobbyermittler.

„Hhm", überlegte Fenja. „Das ist eine gute Frage. Aufgrund der
ausgeübten Kraft bin ich automatisch davon ausgegangen, aber
es gibt natürlich genauso körperlich starke Frauen."

„So wie die Matrone", grinste Torge.

„Ja, so wie die Matrone", wiederholte Fenja langsam. „Sag mal,
Torge. Kannst du einschätzen, wie viel Zeit vergangen war, seit
sie dich verlassen hat?"

„Du glaubst, sie war hier und hat dir das Kissen ins Gesicht
gedrückt?" Seine Augen wurden immer größer.

„Ich weiß gar nicht, was ich denken soll. Warum ich? Wer
trachtet mir nach dem Leben und warum?"

Der Hausmeister überlegte. „Angenommen, sie hat mit den
beiden Todesfällen etwas zu tun ..."

Fenja unterbrach ihn. „Ja, aber warum überfällt sie mich? Hier im Reha-Komplex – ziemlich weit entfernt von den beiden Stationen? Das ergibt überhaupt keinen Sinn. Ich kenne sie nur aus deinen Erzählungen, habe sie bisher weder gesehen noch gesprochen. Du wirst ihr ja kaum von unseren heimlichen Nachforschungen berichtet haben. Oder hast du ihr gegenüber meinen Namen erwähnt?" Fenja warf ihrem Besucher einen prüfenden Blick zu.

„Ach, was!" Torge schüttelte bekräftigend den Kopf. „Ich schnacke doch nicht mit der über unsere Ermittlungen! Wo denkst du hin?"

„Konnte ich mir eigentlich auch nicht vorstellen", ruderte sie zurück. „Also, was soll sie hier? Mein Zimmer befindet sich in einem völlig anderen Bereich des Gebäudes. Ich habe mit dem Krankenhausbetrieb überhaupt nichts zu tun. Da kann es keinen Zusammenhang geben!"

„Auf den ersten Blick sieht es nicht so aus, aber manchmal trügt der erste Eindruck. Wir sollten nichts ausschließen, auch wenn es noch so unwahrscheinlich scheint. Das habe ich in den letzten Jahren bei meiner Zusammenarbeit mit der Polizei gelernt." Stolz klang in seiner Stimme.

„Also gut. Wie gehen wir jetzt weiter vor?", fragte sie.

„Wir sollten auf jeden Fall die Kommissare informieren. Irgendetwas stimmt hier in diesem Laden nicht. Auch wenn ich nur geträumt habe. Deine Situation war real und wirklich ernst. Der Täter könnte zurückkehren. Du schwebst in Lebensgefahr und solltest abreisen."

„Auf keinen Fall!" Die Journalistin in ihr sträubte sich vehement gegen den Vorschlag. Sie fühlte sich bestätigt, mit ihrer Recherche auf dem richtigen Weg zu sein, und wollte die Kontrolle über das Thema jetzt nicht abgeben. Gleichzeitig verfestigte sich der Gedanke und wirkte dadurch bedrohlicher. Konnte das wirklich sein? War sie jemandem zu nahegekommen, so dass er sie aus dem Weg räumen wollte? Das erhöhte die Brisanz der Story erheblich.

„Was?", fragte Torge im gleichen Augenblick. „Du guckst gerade, als hättest du ebenfalls einen Geist gesehen."

Fenjas Gedanken rasten. Sollte sie ihren Retter einweihen? Oder mit ihrem Verdacht zur Polizei gehen? Aber dafür hatte sie einfach überhaupt nichts Konkretes in der Hand. Vage Vermutungen und möglicherweise falsche Beschuldigungen entsprachen weder ihrem Stil noch ihrem Kodex. Außerdem war die Geschichte dann wahrscheinlich tot. Keine große Enthüllung, die Arbeit der letzten Monate umsonst. Das konnte sie sich weder leisten, noch machte es sie zufrieden. Im Grunde war der nächtliche Übergriff ja der Beweis dafür, auf dem richtigen Weg zu sein. Vielleicht steckte hinter der Geschichte sogar mehr als nur die Bereicherung durch Wahlleistungen – was allem Anschein nach zwar eine Sauerei, aber trotzdem legale Praxis war. Wahrscheinlich ging es in diesem Fall um mehr. Ihre Gedanken drehten sich im Kreis.

Obwohl die körperliche Attacke sie schwächte, kribbelte plötzlich die Aufregung durch ihren gesamten Körper. Die Gewissheit nahm zu, etwas ganz Großem auf der Spur zu sein. Sie musste endlich Fakten schaffen. Da sie wohl nicht mehr so ganz undercover unterwegs war, konnte sie jetzt offensiver vorgehen. Handelte es sich hier um Abrechnungsbetrug im großen Stil oder warum wollte man sie aus dem Verkehr ziehen? Ihre Gewissheit wurde immer größer, dass sie bisher nur die Spitze des vielzitierten Eisberges sah. Sie musste das Risiko eingehen und ihre Chance nutzen!

Charlie in St. Peter-Ording

Montag, den 1. August

Als Charlie am Montagmorgen fast zeitgleich mit Lilly auf dem Revier eintraf, waren ihre männlichen Kollegen bereits da. Knud bereitete wie gewohnt den Kaffee für das gesamte Team zu. Fiete starrte auf seinen Bildschirm und murmelte lediglich ein knappes „Moin, ich bin gleich bei euch."

Gab es etwas Neues zu den beiden Todesfällen im Krankenhaus? Die seltsamen Vorgänge waren der Kommissarin das ganze Wochenende nicht aus dem Kopf gegangen. Was konnte bloß dahinterstecken? Insbesondere der verschwundene Leichnam gab Rätsel auf.

„Hast du etwa schon erste Obduktionsergebnisse?", fragte sie neugierig. Das könnte ihnen vielleicht einen Ansatzpunkt geben.

„Nein, noch nicht. Im Moment bin ich auf der Suche nach Angehörigen von Klaus Ackermann", antwortete der Revierleiter, ohne seinen Blick von dem Monitor zu nehmen. „Wir setzen uns gleich zu einer Besprechung zusammen. Gib mir ein paar Minuten."

„Moin, werte Kolleginnen. Hier kommt der Muntermacher des Montagmorgens – stark und schwarz", griente Knud von einem Ohr zum anderen. Seine gute Laune war nicht zu übersehen, ganz offensichtlich hatte er ein großartiges Wochenende gehabt.

Charlie fühlte einen Stich, lächelte ihn jedoch weg. „Na, das nenn ich mal eine anständige Begrüßung! Moin Knud. Schön, dass du wieder da bist", rutschte ihr die freudige Bemerkung heraus.

Prompt stutzte er. „Klingt so, als wäre ich mehrere Wochen weggewesen. Vielleicht sollte ich häufiger mal einen Tag freinehmen, wenn ich danach so begeistert begrüßt werde."

Die scherzhaft gemeinte Antwort trieb Charlie die Hitze ins Gesicht. Die Verlegenheit schwächte ihre Schlagfertigkeit, aber Lilly kam zur Hilfe.

„Bild dir bloß nichts ein, Knud. Wir sind einfach froh, uns nicht selbst den Kaffee kochen zu müssen", frotzelte sie, was das Grienen auf seinem Gesicht weiter verstärkte.

„Schön, dass Ihr alle in so ausgelassener Stimmung seid", schaltete sich Fiete ein. „Da wir heute mal wieder vollzählig sind, möchte ich die Vorfälle in dem Krankenhaus durchsprechen. Wir wissen zwar nicht, ob es sich um einen Fall für uns handelt, aber ich möchte da keine Nachlässigkeit begehen. Derartige Skandale sind schon zu oft vertuscht worden ..."

„Was für Skandale?", unterbrach Lilly den erfahrenen Kollegen.

„Als Hintergrund für die seltsamen Vorgänge sind mehrere Ansätze denkbar", gab Fiete zurück. „Genau die will ich mit euch zusammentragen. Wenn es Unregelmäßigkeiten oder sogar kriminelle Machenschaften gibt, werden wir diese aufdecken. Immerhin haben wir einen verschwundenen Leichnam."

„Dabei kann es sich aber einfach um eine Schlamperei handeln", warf Lilly ein.

„Ja, oder eine Verwechslung", kommentierte Knud.

„Wunderbar. Ich sehe, Ihr habt euch bereits Gedanken gemacht", freute sich der Revierleiter. „Knud, übernimmst du wieder die Protokollierung unserer Ideen am Whiteboard? Lasst uns strukturiert vorgehen und daraufhin die weiteren Schritte planen."

„Macht es Sinn, damit zu beginnen, bevor wir die Obduktionsergebnisse von Klaus Ackermann haben?", fragte Charlie. „Vielleicht ist es einfach eine Häufung unglückseliger Umstände."

„Möglich, aber unwahrscheinlich." Fiete ließ sich nicht beirren. „Außerdem möchte ich Klarheit haben. In unserer Gemeinde soll es keine Vertuschungen geben. Wenn wir am Ende feststellen, dass es lediglich Pech war, ist das ebenfalls ein befriedigendes Ermittlungsergebnis. Fangen wir einfach an. Der Bericht aus der Rechtsmedizin wird bestimmt in Kürze eintreffen. Ich habe da ein wenig Druck gemacht. Lasst uns einfach zusammentragen, welche kriminellen Szenarien hinter den Vorfällen stecken könnten: Motive, Verdächtige, Gelegenheiten. Wir müssen mit etlichen Mitarbeitern des Krankenhauses sprechen. Insbesondere bei den Ärzten rechne ich mit einer Mauer aus Schweigen. Wir sollten uns also gut vorbereiten."

„Geht es dir lediglich um den verschwundenen Leichnam oder auch um einen möglicherweise kriminellen Hintergrund bei den Todesfällen?", fragte Knud.

„Sowohl als auch."

„Dann schlage ich vor, wir beginnen mit dem nicht auffindbaren Toten. Ich habe am Wochenende mit Fiona darüber gesprochen." Knud warf ihr einen kurzen Blick zu, dem Charlie standhielt. Sie hoffte, dabei keinerlei Emotionen zu zeigen. „Sie hat ein paar Aspekte angesprochen, die wir als Basis nutzen könnten."

„Nur zu", forderte Fiete ihn zum Weiterreden auf.

„Okay. Es sind natürlich nicht alles neue Ideen, aber sie steckt ja in den Abläufen eines Krankenhauses tiefer drin." Knud wirkte nun doch ein wenig verlegen. „Von einer möglichen Verwechslung sind wir ja gleich am Tag des Verschwindens ausgegangen. Daraufhin habe ich, zusammen mit dem freundlichen Dr. Menzel, den gesamten Keller abgesucht."

„So weit, so gut", unterbrach Charlie mit leichter Ungeduld, aber Fiete brachte sie mit einer Geste zum Schweigen.

„Was wir nicht überprüft haben, ist, ob die Anzahl der Leichname stimmt." „Verstehe ich nicht", gab Lilly zu.

„Es klingt etwas makaber, aber natürlich wird über den Bestand der Toten Buch geführt. Zu- und Abgänge werden protokolliert", erklärte Knud.

„Klar!", bemerkte Lilly. „Ich begreife trotzdem nicht, worauf du hinauswillst."

„Wir sind von einer Verwechslung ausgegangen, haben aber nicht überprüft, ob jemand den Leichnam hat verschwinden lassen." Knud wirkte zerknirscht.

„Echt? Okay. Das war eigentlich mein erster Gedanke. Wenn jemand Dreck am Stecken hat – also jemand mit entsprechendem Einfluss im Krankenhaus – dann lässt er den Körper verschwinden. Das liegt doch auf der Hand." Lilly guckte Knud herausfordernd an.

„Ja, im Grunde hast du recht. Ich war davon ausgegangen, so etwas sei über das Vertauschen einfacher. Also zum Beispiel einem Beerdigungsunternehmer einfach die Leiche von Rolf Brunner mitzugeben, insbesondere, wenn sie sofort eingeäschert werden soll", fügte er hinzu, als er Lillys verständnislosen Gesichtsausdruck sah.

Diese schüttelte den Kopf. „Aber das ist total unlogisch. Wenn er schon weg war, warum habt Ihr dann alles abgesucht? Nach deiner Theorie konntet Ihr ihn doch gar nicht finden!"

„Nur, wenn er noch nicht abgeholt, sondern in ein anderes Fach gelegt wurde, das einen früheren Abholtermin hatte", versuchte Knud, den anderen seine Gedankengänge zu erklären.

„Ah, okay. Ja, das wäre natürlich eine Möglichkeit. Bisschen um drei Ecken gedacht, aber denkbar. Sind denn an dem Tag Leichen abgeholt worden?", wollte sie weiter wissen.

„Ja, nach Aussage des Mitarbeiters in der Pathologie passiert das mehrmals pro Woche. Ist ja auch nachvollziehbar." Knud nickte verstärkend.

„Ich kapiere trotzdem nicht, wie uns das weiterbringt", bemerkte Charlie unzufrieden.

„Wir müssen erneut in die Pathologie und die Zu- und Abgänge genau überprüfen. Außerdem hat Fiona den Aspekt der Körperspenden ins Spiel gebracht. Üblicherweise werden die nach ihrer Aussage in den meisten Krankenhäusern ein- bis zweimal pro Woche abgeholt. Wenn das genau an dem Tag von Brunners Verschwinden geschehen ist, könnte sein Leichnam dabei gewesen sein."

„Obwohl er möglicherweise obduziert werden sollte?", fragte Lilly erstaunt.

„Ja. Dabei kann es sich um ein Versehen gehandelt haben oder um Vorsatz, wenn es bei dem Leichnam etwas zu vertuschen gab", stellte Knud fest.

„Wir wissen ja nicht einmal, ob er ein Körperspender war", bemerkte Charlie. „Bei seinen Sachen war kein Ausweis oder so. Vielleicht hat er bei seiner Einlieferung eine entsprechende Verfügung unterschrieben."

„Das ist extrem unwahrscheinlich. Bei einem Beinbruch geht man ja nun nicht davon aus, die OP nicht zu überleben, selbst wenn es ein anspruchsvoller Eingriff war", protestierte Lilly. Sie schien von der ganzen Diskussion nicht sehr viel zu halten.

„Also gut", bereitete Fiete dem Wortwechsel ein Ende. „Knud, du fährst später erneut zum Krankenhaus und überprüfst diese Punkte. Wir brauchen Klarheit, was an diesem Tag dort passierte und wo der Leichnam abgeblieben ist. Im Zweifel musst du die Tochter befragen, ob Brunner ein Körperspender war. Stell das aber bitte hintenan. Es erscheint mir eher unwahrscheinlich und hört sich in ihren Ohren bestimmt entsetzlich an. Vielleicht können wir ihr das ersparen. Solche Fakten müssen ja in irgendeiner Form dokumentiert sein und der Pathologie vorliegen. Ich kann mir eher vorstellen, dass Brunner seinen Körper gar nicht der Wissenschaft überlassen wollte, aber trotzdem dort gelandet ist. Wenn es sich bei den Todesfällen um Kapitalverbrechen handelt, wäre es eine elegante Lösung, die Leiche loszuwerden, wenn ich es mal so salopp ausdrücken darf. Allerdings gibt es da noch Etliches zu hinterfragen, bevor wir davon ausgehen können. Wenden wir uns den möglichen Szenarien zu, warum die beiden Männer überhaupt sterben mussten." Fiete griff im Anschluss seiner langen Rede nach seinem Kaffeebecher und nahm einen großen Schluck.

„Ich halte es nicht für sehr wahrscheinlich, dass wir es mit Mord zu tun haben", mokierte sich Charlie. „Wollen wir nicht erst den Obduktionsbericht abwarten? Vielleicht können wir uns die Arbeit sparen."

„Charlotte! Was ist los mit dir?", fragte Fiete, obwohl er sich den Grund ihrer Unzufriedenheit eigentlich denken konnte. „Was ist mit deiner Ermittlerehre passiert? Bislang konnte ich dich nie davon abhalten, tiefer zu graben. Nach meiner Auffassung besteht hier ein Anfangsverdacht auf Unregelmäßigkeiten. Wie vorhin gesagt: Ich will der Sache auf den Grund gehen. Wir dulden keine Vertuschungen. Und da wir ohnehin im Moment keinen wichtigeren Fall zu bearbeiten haben, steht meine Strategie fest. Ist das akzeptabel für dich?"

Der Kommissarin lag eine flapsige Bemerkung auf der Zunge, aber sie schluckte sie herunter. Fiete hatte im Grunde recht und außerdem war er der Chef des Reviers. Also nickte sie einfach.

„Okay, danke! Eins möchte ich vorausschicken, bevor wir ins Brainstorming einsteigen und uns überlegen, womit wir es genau zu tun haben könnten. Wenn es sich wirklich um einen medizinischen Skandal handeln sollte, müssen wir mit Gegenwind oder sogar mit Repressalien rechnen. Davon dürfen wir uns nicht beeindrucken lassen. Im Gegenteil! Es sollte uns anspornen. Wir lassen uns außerdem nicht von den Göttern in Weiß einschüchtern." Fiete wirkte bestimmt und selbstsicher.

„Meinst du damit Kunstfehler?", hakte Lilly nach.

„Das wäre in meinen Augen eine realistische Möglichkeit. Notier das mal, Knud", forderte er seinen Kollegen auf.

„Wenn ich das richtig verstehe, meinst du damit zwei missratene Operationen auf benachbarten Stationen, also von zwei verschiedenen Operateuren an zwei aufeinanderfolgenden Tagen", resümierte Lilly das Geschehen. Ihr skeptischer Ausdruck verriet, was sie von dieser Theorie hielt. „Die im Anschluss durch seltsame Todesfälle vertuscht werden sollten", ergänzte Charlie.

„Na ja, die Todesursache kann ja eine Folge des misslungenen Eingriffs sein", gab Fiete zu bedenken. „Allerdings klingt es in dieser Zusammenfassung zugegebenermaßen eher abwegig. Habt Ihr bessere Vorschläge?"

„Ob die nun gerade besser sind, sei dahingestellt, aber ich kann gerne meine Gedanken zu Protokoll geben", sagte Lilly.

„Wir sind ganz Ohr", ermunterte Fiete die junge Kollegin.

„Also gut: Ich könnte mir vorstellen, dass dort ein Todesengel sein Unwesen treibt. Eine Schwester oder ein Pfleger verabreicht den Patienten ein Medikament, das ihren Zustand verschlechtert und rettet sie dann in letzter Minute. Dieses Vorgehen ist nicht neu, aber könnte auch hier in St. Peter-Ording so passiert sein." Sie guckte erwartungsfroh in die Runde. „Was haltet Ihr von diesem Ansatz?"

„Das ging mir ebenfalls durch den Kopf. Bei näherer Betrachtung ist aber ein derartiges Szenario genauso wenig schlüssig, weil sich die beiden Todesfälle auf unterschiedlichen Stationen ereignet haben. Das Personal ist ja meist nicht stationsübergreifend tätig", widersprach Charlie der Theorie.

„Ja, das müsste man prüfen. Vielleicht gab es einen Engpass und eine Schwester oder ein Pfleger hat ausgeholfen", überlegte Lilly.

„Das wäre aber sehr offensichtlich. So blöd kann eigentlich niemand sein. Der Verdacht fällt doch automatisch auf diese Person."

„Nur wenn es schiefgeht", gab die Jüngere zu bedenken.

„Gut, angenommen du hast recht: Die Rettungsaktion schlug fehl. Um die Sache zu vertuschen, lässt die Pflegekraft die Leiche aus der Pathologie verschwinden und probiert es dann einen Tag später auf einer anderen Station aus. Das klingt in meinen Ohren abwegiger als die beiden verpfuschten Operationen." Charlie schüttelte bekräftigend mit dem Kopf. „Nein, da muss es um etwas anderes gehen. Ich habe leider keine zündende Idee, aber an diese Theorien glaube ich nicht."

„Wie sieht es denn in der Nachtschicht aus? Der Personalmangel im Gesundheitswesen vergrößert sich ständig. Kann es vielleicht sein, dass die Stationen dann quasi zusammengelegt werden? Nur, was die Betreuung angeht. Die Todesfälle sind auf der Orthopädie und Augenheilkunde passiert. Das sind eigentlich Routineoperationen, die vermutlich einen kleineren Nachsorgeaufwand haben als beispielsweise die Herzchirurgie." Wieder guckte Lilly in die Gesichter der Kollegen. „Okay, Begeisterung sieht anders aus. War nur so ein Gedanke. Liegt Trulsen nicht gerade auf einer dieser Stationen?", fragte sie schließlich.

„Ja, er hat sich den Arm gebrochen", bestätigte Knud.

„Und? Hat er bisher nichts herausbekommen?", grinste Lilly.

„Ja, das wär's noch. Wir gehen zu Torge Trulsen und gestehen ihm ein, überhaupt keine Ahnung zu haben und bitten ihn gleichzeitig um Hilfe", bemerkte Charlie trocken. „Dann wächst er sofort um zwanzig Zentimeter und legt uns seine Lohnsteuerkarte auf den Tisch."

„Man müsste es eben subtiler angehen", bemerkte Lilly. „Immerhin ist er mal wieder mittenmang."

„Ja, es ist allerdings erstaunlich, wie er das immer wieder hinkriegt", bestätigte Charlie mit leichter Ironie in der Stimme.

„Ich finde, wir sollten das uns zunutze machen. Knud, du fährst doch nachher sowieso zum Krankenhaus. Als sein bester Kumpel besuchst ihn bestimmt, wenn du ohnehin da bist. Du könntest ihn wenigstens fragen, ob er was beobachtet hat." Die junge Kommissarin ließ sich so leicht nicht von ihrer Idee abbringen.

„Leider hat er gerade selbst zugegeben, sich im Moment nicht so ganz auf seine Sinne verlassen zu können", erklärte Knud, bevor er Lilly einweihte, was bisher im Krankenhaus vorgefallen war.

„Ja, aber jetzt bekommt er ja bestimmt weniger harte Drogen. Ein Versuch ist es allemal wert", drängte sie weiter.

Knud nickte schließlich. „Ich schnacke sowieso mit ihm. Du kennst ihn doch. Wenn er wirklich etwas herausfindet, kann er es ohnehin nicht lange für sich behalten. Dann werden wir es schon erfahren."

„Ist das alles?", schaltete sich Fiete wieder ein. „Habt Ihr sonst keine Ideen, womit wir es zu tun haben?"

„Es muss im Zusammenhang mit dem Krankenhaus stehen. Rolf Brunner ist aufgrund eines Unfalls eingeliefert worden – also ein Ereignis, das überhaupt nicht vorhersehbar war. Außerdem befand er sich in recht gutem Allgemeinzustand, wenn auch ziemlich urlaubsreif. Daran stirbt man schließlich nicht", zählte Charlie auf.

„Worauf willst du hinaus?", fragte Fiete.

„Ich glaube nicht, dass es etwas Persönliches ist."

„Du meinst das Motiv?"

„Ja, genau. Die einzige Tochter wohnt in Lüneburg, war also weit weg. Es wirkte auf mich außerdem nicht so, als würden die beiden in tiefgreifende Konflikte verwickelt sein. Sie schien sich in den letzten Monaten oder sogar Jahren Sorgen um ihn gemacht zu haben. Das klang alles nicht nach Mordmotiv. Lange Rede, kurzer Sinn: Wir finden den Täter sicher nicht in Brunners persönlichem Umfeld."

Alle nickten.

„Gleiches gilt wahrscheinlich ebenso für Klaus Ackermann. Auch er war alleinstehend, hatte nicht einmal Kinder. Meine Suche nach Angehörigen war bislang erfolglos, ich bleibe aber dran", informierte der Revierleiter die Kollegen. „Trotzdem ist das ein merkwürdiger Fall. Es gibt überhaupt keinen Ansatzpunkt, worum es überhaupt geht."

„Vielleicht ist es wirklich keine Straftat, sondern einfach nur Pech und Schlamperei", wiederholte Charlie ihre Skepsis. „Guck doch mal, ob der Bericht aus der Rechtsmedizin mittlerweile eingetroffen ist, Fiete."

„Ja, mach ich. Wenn der uns aber ein Kapitalverbrechen bestätigt, müssen wir alle befragen, die irgendwie Kontakt mit den
Toten hatten." Fiete stand auf und ging zu seinem Arbeitsplatz.
„Tatsächlich", freute er sich. „Er ist gerade eingetroffen. Wartet
einen Moment, ich überfliege ihn eben."

„Schick ihn zum Drucker", bat Charlie. „Jetzt bin ich wirklich
gespannt."

Torge in St. Peter-Ording

Montag, den 1. August

Nun sag schon", forderte Torge seine neue Freundin auf, der er vielleicht gerade das Leben gerettet hatte. Er brannte darauf, mehr von ihr zu erfahren. Was steckte hinter diesem Anschlag? Doch ganz bestimmt nicht die beiden Todesfälle der letzten Tage! Hier musste es um etwas anderes gehen. Es kribbelte in seiner Spürnase, dieses Gefühl kannte er mittlerweile gut genug, um darauf vertrauen zu können.

Aber Fenja sah ihn lediglich schweigend an. Hinter ihrer Stirn ratterte es, das konnte er förmlich sehen. Nun gut, wenn sie etwas Zeit brauchte, wollte er ihr die geben. Torge starrte in die Dunkelheit vor dem Fenster. Bevor der neue Tag anbrach, waren sie ohnehin zur Untätigkeit verdammt. Den Täter hatte er knapp verpasst, da konnte selbst Knud im Moment nichts ausrichten.

Plötzlich kam dem Hausmeister ein anderer Gedanke: Ob der Unbekannte bei seinem Übergriff auf die Journalistin wohl Spuren hinterlassen hatte? DNA oder so? Vielleicht sollte er Fenja doch dazu überreden, jetzt als Erstes die Polizei zu informieren, bevor sie diese allesamt vernichteten. Verstohlen guckte er zu dem Kissen in ihrem Rücken. Es wäre besser gewesen, es zur Seite zu legen, aber daran hatte er in seiner Aufregung nicht gedacht.

Scheibenkleister! Das würde Ärger mit der strengen Charlotte Wiesinger geben!

„Wir sollten wirklich die Polizei anrufen", wechselte er noch einmal zu diesem Thema zurück. „Ich kenne die hiesigen Kommissare wirklich gut. Die machen einen super Job und werden deine Informationen vertraulich behandeln."

Damit drang er zu ihr durch und erhielt ihre Aufmerksamkeit. „Was meinst du damit?", fragte sie vorsichtig.

„Min Deern, ich wohne zwar auf dem platten Land, aber ich bin trotzdem nicht auf den Kopf gefallen! Ich nehme mal an, dass du dich nicht in dieser Einrichtung aufhältst, weil du in deinem zarten Alter unbedingt eine stärkende Kur benötigst", mutmaßte der Hobbyermittler.

Fenja zog kurz ihre Stirn kraus, dann atmete sie einmal tief ein und aus. Sie schien zu überlegen, ob sie ihm vertrauen konnte, während sie ihn mit einem undefinierbaren Gesichtsausdruck betrachtete.

Torge war sich ziemlich sicher, mit seiner Annahme ins Schwarze getroffen zu haben. Sie sahen sich seit ein paar Tagen regelmäßig, aber bisher hatte sie den Inhalt ihrer Recherche für sich behalten. Vertraute sie ihm nicht? Vielleicht war sie im Netz unterwegs gewesen, um ihn zu googeln. Dann hatte sie bestimmt die Interviews gefunden, die er Christiansen in verschiedenen Fällen gegeben hatte. Vielleicht befürchtete sie, ihr

Geheimnis sei bei ihm nicht sicher. Aber immerhin war er in dieser Nacht als Retter in der Not aufgetaucht. Nicht auszudenken, wie es ausgegangen wäre, wenn er nicht diesen fürchterlichen Traum gehabt hätte!

„Gibt es hier einen Wasserkocher?", fragte er so unvermittelt, dass sie ihn irritiert anguckte.

„Besitzt du in diesem Zimmer einen Wasserkocher?", wiederholte er seine Frage. „Und ein bisschen löslichen Kaffee? Ich glaube, wir könnten eine Portion Koffein gebrauchen, damit wir den Tag durchstehen."

„Ja, dahinten in der Ecke", antwortete sie automatisch und zeigte in die entsprechende Richtung. „Gute Idee."

Eine Weile später rührten beide in ihren Pötten. Fenja saß nach wie vor im Bett und schien zu überlegen, wie sie jetzt weiter vorgehen sollte. Torge ließ ihr Zeit. Direkt nach dem Übergriff hatten sie die Polizei ohnehin nicht angerufen, der Rüffel war ihm wohl sicher. Jetzt wollte er abwarten, was sie zu sagen hatte. Danach konnte er – wenn nötig – seine Überredungskünste anwenden. Bei Annegret war er damit meistens erfolgreich. Die junge Journalistin schien dagegen sehr konkrete Vorstellungen zu haben. Die zentrale Frage war wohl, wie tief der Schock des nächtlichen Überfalls saß. Er pustete in seine Tasse, um sich nicht gleich beim ersten Schluck die Zunge zu verbrennen. Währenddessen schien Fenja eine Entscheidung zu treffen.

„Ich will heute nicht zur Polizei", teilte sie Torge mit, wobei sie so viel Nachdruck in ihre Stimme legte, wie es ihr kräftemäßig möglich war. „Ja, deine Vermutung ist richtig. Meine Kur ist lediglich ein Vorwand. Ich bin an einer heißen Story dran, allerdings hier vor Ort bislang nicht so erfolgreich, wie ich es mir ausgemalt hatte."

„Na, wenn ich mir die Geschehnisse der Nacht anschaue, scheinst du näher dran zu sein, als dir selbst bewusst ist", antwortete der Hausmeister pragmatisch, was Fenja ein Lächeln entlockte.

„Ja, vielleicht sehe ich den Wald vor lauter Bäumen nicht. Die Polizei kann mir jetzt aber nicht weiterhelfen."

„Das sehe ich anders. Dein Leben ist in Gefahr!", wiederholte Torge.

„Ach, das steht doch gar nicht fest. Vielleicht war ich nicht persönlich gemeint."

„Das glaubst du ja wohl selber nicht! Also, ich sehe vielleicht wie ein Landei aus, aber du solltest mich nicht unterschätzen. Entweder weihst du mich jetzt ein oder ich rufe meinen Kumpel Knud Petersen an." Torge wurde lauter.

„Schschsch. Es ist hier ziemlich hellhörig. Wenn du weiter so brüllst, steht hier gleich jemand auf der Matte", wies Fenja ihn zurecht.

„Schon gut. Ich meine es trotzdem ernst. Du brauchst Personenschutz und Unterstützung von Profis. Das war wirklich knapp und ich bin felsenfest davon überzeugt, dass es sich nicht um eine Verwechslung handelt." Er hatte seine Stimme gesenkt, guckte sie dafür aber umso intensiver an.

„Das kannst du doch übernehmen", kam die überraschende Antwort.

„Wie bitte?"

„Du wirst mein Bodyguard. Hast du nicht behauptet, so etwas wie ein inoffizielles Mitglied der Polizei zu sein? Na, dann zeig mal, was du kannst!", forderte sie ihn heraus. Es war ihr anzusehen, wie sehr sie sich über ihre List freute.

Torge fühlte sich hin- und hergerissen. Ganz offensichtlich hatte sie ihn gut beobachtet und nun an seinem wunden Punkt erwischt. Auf der einen Seite fühlte er sich geschmeichelt, auf der anderen Seite wusste er ganz genau, was eigentlich seine Pflicht gewesen wäre. Das bedeutete natürlich auch, den Fall abzugeben und in seinem Krankenzimmer zu versauern – eine Vorstellung, die alles andere als verlockend war.

„Wenn du ablehnst, kann ich dich nicht in meine Recherche einweihen. Und mit der Polizei werde ich ebenfalls nicht kooperieren." Sie guckte ihn herausfordernd an.

„Und wie genau stellst du dir das vor?", fragte er vorsichtig.

„Ich habe einen Plan", antwortete sie verschwörerisch. „Gib mir zwei Tage Zeit, um etwas auszuprobieren. Wenn ich bis dahin nichts erreicht habe, informieren wir deine Kommissare."

„Das könnte dann bereits zu spät sein", intervenierte Torge. „Du bist nun über zwei Wochen hier. Was sollte sich jetzt plötzlich verändern?"

„Ich sage doch: Ich habe einen Plan. Ich weihe dich ein, wenn du mich unterstützt und für achtundvierzig Stunden von einem Anruf bei der Polizei absiehst."

„Das sind zwei weitere Nächte. Was, wenn ich dich nicht schützen kann?", fragte er beunruhigt.

„Hast du mehr Angst um mich oder um deine eigene Haut?" Sie blinzelte ihn keck an, schien das schockierende Erlebnis bereits verdaut zu haben. Das war wohl der Unbedarftheit ihrer Jugend zuzuschreiben.

„Tja, ich will meine Annegret nicht zur Witwe machen", gab er freimütig zu.

„Das wirst du nicht. Wir werden einfach unterwegs sein. Statt hier zu hocken, drehen wir den Spieß um und verfolgen den Täter." „Ich dachte, du weißt nicht, wer es ist!", rief Torge überrascht aus und schlug sich daraufhin mit der flachen Hand auf den Mund.

„Bist du nun dabei oder nicht?", fragte sie lauernd.

Nach kurzer Überlegung schob er alle Bedenken beiseite und nickte zögernd. So ganz überzeugt war er nicht, aber natürlich war es reizvoll, dabei zu sein. Außerdem hatte er die junge Frau in sein Herz geschlossen und wollte sie in dieser Situation nicht im Stich lassen. Jedenfalls hätte es sich so angefühlt.

„Nicht gerade euphorisch, aber ich werte das mal als Zustimmung. Versprichst du mir, es für dich zu behalten und insbesondere nicht damit zur Polizei zu gehen?", forderte sie eine explizite Bestätigung.

„Großes Indianerehrenwort!", scherzte er – hauptsächlich, um sich selbst Mut zu machen.

„Also gut. Ich habe eine Idee. Gestern Abend war ich im Dorf unterwegs." In knappen Sätzen fasste sie das zufällige Treffen mit ihrem Kurschatten zusammen.

Torge staunte nicht schlecht, als sie ihn in einige Einzelheiten einweihte. So etwas hätte er ihr gar nicht zugetraut. Sie wirkte zwar frech, aber auch zurückhaltend, was das andere Geschlecht betraf.

„Ich kann mir mittlerweile gut vorstellen, dass unsere Begegnung gar nicht so zufällig war ..."

„Du glaubst, er wurde auf dich angesetzt?"

„Ja. Gestern ist es mir nicht aufgefallen, aber im Nachhinein waren sowohl seine Geschichte als auch sein Verhalten ziemlich dick aufgetragen. Vielleicht hätte ich es bemerkt, wenn ich nicht bereits das erste Glas intus gehabt hätte. Wahrscheinlich hat er darauf gewartet und ist zum richtigen Zeitpunkt gegen meinen Tisch gestoßen. Etwas tollpatschig und natürlich rein zufällig", führte sie weiter aus.

„Möglich, aber was nützt uns das jetzt?" Torge verstand nicht, worauf sie hinauswollte.

„Wenn es wirklich eingefädelt war, um mich vorab zu schwächen, werden sie es vielleicht wieder versuchen." Fenja schien begeistert von ihrer Idee.

„Du willst sie provozieren, dir noch einmal etwas ins Glas zu schütten? Und wenn es dich dieses Mal vollständig ausknockt?"

Der frisch ernannte Bodyguard war spontan besorgt. Das schien ihm ein riskanter Plan zu sein. Was, wenn er nicht rechtzeitig kam, um sie wieder zu retten?

„Trink einen Schluck Kaffee", forderte sie ihn auf. „Du bist noch nicht ganz wach." „Und du bist ganz schön frech!"

„War ich schon immer. Frechheit siegt, auch in diesem Fall. Also, hör zu: Natürlich werde ich vorsichtig sein und nichts trinken, was ich nicht unter Beobachtung hatte. Außerdem wirst du mich ja begleiten!" Fenja schien sich über ihn zu amüsieren.

„Was? Wie soll das denn funktionieren?"

„Torge! Reiß dich zusammen! Du bleibst natürlich in Deckung. Aus gebührlichem Abstand beobachtest du, was passiert und kannst gegebenenfalls einen kleinen Beweisfilm drehen – für die Polizei", fügte sie verschmitzt hinzu.

Obwohl er sich leicht manipuliert fühlte, gefiel ihm diese Vorstellung. „Und wie soll es dann weitergehen, wenn du ihn wirklich triffst?"

„Tja, das weiß ich noch nicht. An der Stelle muss ich improvisieren. Am effektivsten wäre es vermutlich, den Lockvogel zu spielen und hier auf die Rückkehr des Täters zu warten."

Torge erschrak. „Wenn das schiefgeht, bleibt kein Auge trocken."

„Ja, ich halte es ebenfalls für zu gefährlich. Vielleicht kann ich aber bei dem Typen etwas über seinen Auftraggeber herausbekommen", antwortete Fenja.

„Du gehst also nicht davon aus, dass es nur eine Person gibt, die dir schließlich gefolgt ist?" Torge war überrascht.

„Nein."

Es gab also Einiges, was sie weiterhin vor ihm verheimlichte, über das sie auch jetzt nicht zu reden bereit war. Kurz fühlte Torge sich ein wenig gekränkt, aber diese Empfindung schüttelte er schnell wieder ab. Er musste eben nach und nach ihr

Vertrauen gewinnen. Das war ein natürliches Verhalten. Immerhin kannten sie sich erst ein paar Tage.

„Wie willst du das schaffen?"

„Weibliche Reize", gab sie pragmatisch zurück, was bei Torge ein unerwünschtes Kopfkino einschaltete.

„Wenn er seinem Auftraggeber loyal verbunden ist, enttarnst du dich. Das kann voll nach hinten losgehen. Und außerdem: Weibliche Reize!", echote er entrüstet. „Ist das die Sache wert?"

„Wenn ich erfolgreich bin, wird das ein echter Knaller!"

„Aber doch nicht auf so eine Art und Weise. Der Preis ist nun wirklich zu hoch", intervenierte Torge weiter.

„Ich glaube, du hast da etwas falsch verstanden", grinste sie plötzlich. „Ich bleibe die ganze Zeit in Sichtweite zu dir."

„Das hört sich schon besser an, trotzdem halte ich es für gefährlich."

„No risk, no fun", formulierte sie ihr Veto salopp.

Dabei fragte er sich unvermittelt, ob sie es wirklich so locker sah.

Knud in St. Peter-Ording

Montag, den 1. August

Charlie und Fiete lasen den Obduktionsbericht als Erste, während Lilly sie erwartungsfroh und hibbelig beobachtete.

„Nun sag schon!", forderte sie die Kollegin auf. „Was war denn nun die Todesursache?"

„Das ist ja interessant", murmelte diese, bevor sie aufblickte. „Klaus Ackermann ist an einer Luftembolie gestorben."

„Einer Luftembolie?", echote Lilly. „Du meinst wohl eine Lungenembolie!"

„Nein, hier steht tatsächlich Luftembolie." Charlotte lächelte.

„Hab ich ja noch nie gehört! Und was bedeutet das?"

„Einen Moment, der Gerichtsmediziner hat etwas dazu geschrieben ..."

Der Gerichtsmediziner! Knud fragte sich automatisch, was Charlotte damit zum Ausdruck bringen wollte. War es nicht Fiona selbst gewesen, die diesen Bericht verfasst hatte? Er schob den müßigen Gedanken beiseite und konzentrierte sich auf das, was Fiete gerade erklärte.

„Bei einer Luftembolie sind Luftbläschen in die Blutbahn gelangt und zum Herzen gewandert. Bereits bei einer Größe von 0,5 bis 0,7 Millimeter können diese den Tod verursachen."

„Krass!", entfuhr es Lilly. „Und was bedeutet das für unseren Fall? Wie können diese Luftbläschen in die Blutbahn gelangen? Kann das durch eine OP passieren?"

„Nicht bei dem Eingriff, mit dem wir es hier zu tun haben. Klaus Ackermann wurde ein Auge gelasert."

„Ja, ich weiß. Aber was ist mit der Narkose?", fragte Lilly weiter.

„Laut Aussage von Fiona Jensen kann es höchstens bei Druckinfusionen wie zum Beispiel Herzkatheteruntersuchungen vorkommen, wenn bei mangelhafter Entlüftung des Schlauchsystems mehrere Milliliter Luft direkt ins Herz beziehungsweise in die Herzkranzgefäße gedrückt werden", las der Revierleiter aus dem Bericht vor.

„Ich versteh nur Bahnhof", gab Lilly unumwunden zu. „Aber ist ja auch egal. Wenn es also bei seiner OP nicht aus Versehen passiert sein kann, dann haben wir es mit Vorsatz zu tun, oder?"

„Davon müssen wir wohl ausgehen!", bestätigte Fiete.

„Und was ist mit unserer Todesengeltheorie? Kann man diese Luft über einen zentralen Zugang in die Venen drücken und den Patienten im Anschluss mit einer Gegenmaßnahme retten?", fragte sie weiter.

„Interessanter Aspekt", schaltete sich Knud in das Gespräch ein. „Dabei ist natürlich wichtig zu wissen, wie viel Zeit in einem solchen Fall nach der Manipulation für die anschließende Rettung zur Verfügung steht."

„Wenn ich das hier richtig verstehe, geht es sehr schnell und ist dann irreversibel. Ich glaube nicht an die Theorie mit unserem vermeintlichen Todesengel. Diese Menschen wollten ja Aufmerksamkeit. Dem Patienten muss es erst mal eine Weile schlechter gehen, damit die Rettung und anschließende Besserung dokumentiert wird. Das spricht in meinen Augen ebenfalls gegen das Nachtpersonal." Fiete vertiefte sich erneut in den Bericht. „Trotzdem können wir es nicht ausschließen. Der Tod ist circa um sechs Uhr morgens eingetreten. Das müsste die Phase sein, in der die Nachtschicht an den Frühdienst übergibt. Wir müssen also das Personal von beiden Schichten überprüfen."

„Okay, machen wir. Wenn es aber nicht versehentlich passiert ist, müssen wir von Vorsatz ausgehen. Und wenn überhaupt keine Wiederbelebung geplant war, handelt es sich um einen Mordanschlag", fasste Lilly zusammen.

„Ja, mehr als das. Klaus Ackermann ist tot. Wir haben es also mit Mord zu tun", bekräftigte Charlie.

Das darauffolgende Schweigen verstärkte die Worte der Kommissarin. Es gab also tatsächlich wieder ein Kapitalverbrechen in ihrer eigentlich so friedlichen Gemeinde.

„Gut, dann ermitteln wir jetzt umfangreich in dem Krankenhaus", meldete sich Fiete wieder zu Wort. „Das ist euer Part, Charlotte und Knud. Befragt alle vom Klinikpersonal, die an seiner Behandlung und Nachsorge beteiligt waren: Ärzte, Schwestern, Pfleger, mögliche Aushilfen. Außerdem müssen wir herausbekommen, wo die Leiche von Rolf Brunner abgeblieben ist und ob es einen Zusammenhang zwischen den Todesfällen gibt – auch wenn die Patienten nicht auf der gleichen Station gelegen haben. Ich werde weiter nach Angehörigen von Klaus Ackermann forschen. Lilly, ich würde mich freuen, wenn du mich dabei unterstützest, sein Umfeld unter die Lupe zu nehmen. Es klingt auf den ersten Blick unwahrscheinlich, dass sich nachts ein Externer in das Krankenhaus geschlichen hat, um Ackermann die tödliche Dosis Luft in den zentralen Venenkatheter zu drücken, aber ausgeschlossen ist das nicht. Wir wissen ja praktisch nichts über diesen Mann. Vielleicht hat jemand die Gelegenheit genutzt. Immerhin waren seine Eingriffe geplant. Sein Mörder könnte die Tat bereits länger vorbereitet haben. Das ist ein weiterer Aspekt, bei dem sich die beiden Todesfälle unterscheiden. Wir haben also viel Arbeit. Lasst uns gleich starten. Wir treffen uns entweder heute am Nachmittag oder morgen früh zur nächsten Besprechung."

„Womit wollen wir beginnen?", fragte Knud, als sie gemeinsam im Auto auf dem Weg zum Krankenhaus saßen.

„Lass uns mit der Station beginnen, auf der Klaus Ackermann gelegen hat. Bei dem Arzt können wir ohnehin nicht sicher sein, ob er jetzt für eine Befragung zur Verfügung steht. Vielleicht operiert er gerade, dann befragen wir erst das Pflegepersonal. Der Leiter der Pathologie Dr. Hugo Kleinschmidt ist ein kleiner Giftzwerg ..."

„Das war jetzt aber fies", kommentierte Knud die Bemerkung. „Stell dir vor jemand würde dich so bezeichnen."

Charlotte ließ sich von seinem Kommentar nicht provozieren. Aus den Augenwinkeln konnte er ihr Lächeln sehen.

„Bei mir wäre so eine Bezeichnung völlig daneben. Ich bin zwar kurz und du kannst mir alles Mögliche vorwerfen, aber giftig bin ich nun wirklich nicht", konterte sie gelassen. „Dieser Kleinschmidt war sofort auf Krawall gebürstet, als ich wegen des Leichnams von Ackermann im Keller war. Würde mich nicht wundern, wenn er da irgendwie mit drinsteckt. Den sollten wir uns auf jeden Fall näher betrachten. Lebenslauf, Leumund,

Stationen seiner Karriere und so weiter. Er scheint auf jeden Fall ein Problem mit seinem Selbstbewusstsein zu haben. Vielleicht ist er einer Sonderzahlung nicht abgeneigt, um sein Ego ein bisschen aufzupäppeln."

„Wir schauen ihn genau an. Immerhin trägt er die Verantwortung für die Abteilung. Auch das Verhältnis zu seinen Mitarbeitern müssen wir hinterfragen."

„Hhm, da kommt 'ne Menge Arbeit auf uns zu", sinnierte Charlotte.

„Normalerweise stört dich das nicht."

„Da gebe ich dir recht. Die Arbeit als solches stört mich auch dieses Mal nicht, eher die Tatsache überhaupt keine Anhaltspunkte zu haben. Nach meinem Gefühl stochern wir komplett im Nebel", lamentierte sie.

„Immerhin wissen wir jetzt, dass es sich um Mord handelt. Damit sind wir einen großen Schritt weiter. Dank deines schnellen Eingreifens konnte der Leichnam von Klaus Ackermann untersucht werden. Wer weiß, ob der ebenfalls verschwinden sollte. Das ist doch bereits ein Zwischenerfolg", versuchte Knud seine Kollegin zu motivieren.

Charlie schien nicht überzeugt, nickte aber. Schweigend legten sie den Rest der Strecke zurück.

Wie besprochen suchten sie zuerst die Station für Augenheilkunde auf. Der Leiter Dr. Gerd Timmermann, der ebenfalls die Operation von Klaus Ackermann durchgeführt hatte, war im Haus, allerdings gerade in einer Vorbesprechung für einen Eingriff. Also begannen Charlotte und Knud mit der Befragung einer sehr jungen Krankenschwester, die sofort eingeschüchtert wirkte, als diese sich als Kommissare der Ordinger Polizei vorstellten.

„Polizei?", fragte sie mit zitternder Stimme, während sich auf ihren Wangen hektische Flecken bildeten. „Sind Sie wegen dem toten Patienten da?"

„Wegen des toten Patienten", korrigierte Charlotte automatisch. „Ja, können wir uns einen Moment zusammensetzen? Wir haben dazu ein paar Fragen."

Die junge Frau namens Lara Marie schien von dem Vorschlag nicht begeistert zu sein. „Ich habe eigentlich überhaupt keine Zeit. Wissen Sie, wir sind hier ständig unterbesetzt und ich bin noch nicht lange dabei. Wenn mich die Stationsleitung herumsitzen sieht, bekomme ich bestimmt Ärger. Muss das wirklich sein?"

„Ja. Wir werden mit Ihrer Vorgesetzten sprechen. Das geht schon in Ordnung", wirkte Charlotte beruhigend auf die Schwester ein.

„Okay, es darf aber nicht lange dauern. Was wollen Sie denn wissen?" Lara Marie führte sie zu dem Raum des Pflegepersonals und deutete auf den Tisch und die Stühle.

„Hatten Sie an dem Donnerstag, an dem der tote Patient gefunden wurde, Dienst?", eröffnete die Kommissarin die Befragung.

„Ja."

„Frühdienst?"

„Ja."

„Wann sind Sie hier im Krankenhaus angekommen?", fragte Charlotte weiter. Die übliche Ungeduld war ihr anzusehen, auch wenn sie sich zurückhielt, jetzt bereits Druck aufzubauen.

„Ich weiß nicht genau. Die Schicht beginnt um sechs. Meistens bin ich eine Viertelstunde eher da, um mich in Ruhe umzuziehen. Während der Arbeit ist es oft hektisch, das will ich vorher nicht auch noch haben."

Dafür zeigte Charlotte Verständnis. „Nutzen Sie hier Stempelkarten?" Lara Marie nickte. „Woran ist Herr Ackermann eigentlich gestorben?", stellte sie nun selbst eine Frage.

„Dazu kommen wir später. War an diesem Morgen etwas anders als sonst?"

„Was meinen Sie damit?"

„Was geht hier vor?", unterbrach eine burschikos wirkende Frau die Unterhaltung. Sie war in den Raum gestürmt und blickte erst die Schwester und schließlich die Kommissare mit strengem Blick an.

Knud schätzte sie auf Anfang fünfzig. Die überwiegend grauen Haare trug sie straff zurückgekämmt. Ihr schmales Gesicht wurde von einer schwarzen Hornbrille dominiert, die sie blass erscheinen ließ, allerdings gleichzeitig ihre Autorität unterstrich. Knud stellte die Kommissare kurz vor, woraufhin ihr Ärger verflog.

„Ja, ehrlich gesagt, habe ich schon eher mit Ihnen gerechnet. Ich bin Anita Weiß, die Pflegeleitung dieser Station. Sie wissen also inzwischen, woran der Patient gestorben ist?" Ohne Umwege kam sie sofort zum Thema.

Charlotte bestätigte die Annahme, ohne Einzelheiten zu nennen.

„Und da Sie hier aufgetaucht sind, handelt es sich also um keine natürliche Todesursache. Wie können wir Ihnen behilflich sein?"

„Wir brauchen die Dienstpläne von Mittwoch und Donnerstag. Außerdem die Krankenakte von Klaus Ackermann. Wir müssen mit allen Mitarbeitern sprechen, die mit seiner Behandlung betraut waren", zählte die Kommissarin auf. „Außerdem wäre es nützlich, zu erfahren, ob an diesen Tagen etwas anders war, als sonst. Werden die Besucher der Station in irgendeiner Form protokolliert?"

„In der Regel melden sich Besucher unten am Empfang und fragen nach der Zimmernummer der Patienten. Eine lückenlose Erfassung der Namen gibt es allerdings nicht", antwortete Frau Weiß und bestätigte damit Knuds Eindruck. „Sie gehen also von einem Kapitalverbrechen aus?", fragte sie weiter, während die junge Schwester lediglich mit großen Augen dem Gespräch lauschte.

„Ja."

„Ein Unfall beziehungsweise Versehen ist ausgeschlossen?"

„Das halten wir für äußerst unwahrscheinlich." Charlotte wechselte einen Blick mit Knud. In ihren Augen las er die Frage, ob sie die Frau über die Todesursache informieren sollte. Knud zuckte mit den Schultern, woraufhin sich die Kommissarin wieder auf ihre Gesprächspartnerin konzentrierte.

„Sagen Sie, ist es möglich, dass nächtliche Besucher auf die Station kommen, ohne bemerkt zu werden?", wechselte Charlotte das Thema.

„Nächtliche Besucher?", echote Anita Weiß. „Sie glauben, es hat sich jemand nachts zu dem Patienten geschlichen und ihn umgebracht?"

„Wir stehen erst ganz am Anfang und ermitteln in alle Richtungen. Mit diesen Fragen wollen wir die Abläufe hier verstehen. Tatsächlich war der Todeszeitpunkt gegen sechs Uhr am Donnerstagmorgen."

„Zu der Zeit fand die Übergabebesprechung des Nachtdienstes an die Frühschicht statt", erklärte sie.

„Ja, so etwas haben wir vermutet. Die Patienten waren also relativ unbeobachtet."

„Na ja, auf dieser Station werden die Patienten in der Regel nicht engmaschig überwacht, das ist nicht notwendig. Klaus Ackermann sollte heute den zweiten Eingriff an dem anderen Auge bekommen. Dramatische Verläufe oder sogar Todesfälle haben wir auf dieser Station so gut wie nie. Umso schockierter waren wir natürlich."

„Kann sich also jemand vorher hier eingeschlichen haben, um die Zeit zu nutzen, wenn alle mit der Übergabe beschäftigt sind?", fragte Charlotte weiter.

„Klar, das ist möglich", antwortete die Leitung des Pflegepersonals.

„Wer hat alles an der Übergabebesprechung teilgenommen?", wechselte die Kommissarin das Thema.

„Das kann ich Ihnen aus dem Kopf nicht sagen. Da muss ich schauen, wer überhaupt Dienst hatte. Soll ich Ihnen eben die Pläne ausdrucken?"

„Ja, das wäre nett."

Anita Weiß nickte. Erst jetzt bemerkte sie, dass die junge Schwester immer noch am Tisch saß. „Haben Sie an dem Morgen gearbeitet?", fragte sie sie.

Lara Maria nickte.

„Wissen Sie, wer alles bei der Übergabe anwesend war?"

„Ja: Corinna hatte die Nachtschicht. Anke, Birgit und ich waren für früh eingeteilt", erinnerte sie sich.

„Gut, mit diesen Mitarbeitern werden wir zuerst sprechen, vermutlich danach mit den anderen. Wir brauchen also eine vollständige Auflistung des Personals." Charlotte war wie immer klar in ihren Anweisungen.

„Kein Problem, bekommen Sie. Ich füge den Dienstplan dieser Woche hinzu, dann sehen Sie, wann Sie wen hier antreffen können", entgegnete Anita Weiß.

„Tauschen Sie manchmal die Mitarbeiter verschiedener Stationen aus?", schaltete sich Knud wieder ein.

„Das kommt nur sehr selten vor, weil eigentlich niemand auf Personal verzichten kann. Nur im äußersten Notfall", erklärte die

Gefragte. „Haben Sie weitere Fragen an Schwester Lara Marie? Sonst müsste sie langsam mal wieder an die Arbeit gehen."

„Ja, kein Problem, wir kommen vielleicht später auf sie zurück. Gab es in der letzten Woche so einen Fall? Konkret gefragt: Hat jemand von der Orthopädie hier bei Ihnen gearbeitet – oder umgekehrt?", fragte der Kommissar weiter.

„Nein, nicht dass ich wüsste? Warum?"

„Auf der Orthopädie hat es einen Tag früher ebenfalls einen Todesfall gegeben", antwortete Knud.

„Und Sie vermuten einen Zusammenhang?" Anita Weiß schien erschrocken. „Etwa mit der gleichen Todesursache?"

„Das wissen wir leider nicht. Der Leichnam ist verschwunden. Haben Sie nichts davon gehört?" Knud reagierte erstaunt.

„Nein, ich war in der letzten Woche im Urlaub und habe heute meinen ersten Arbeitstag. Das ist ja fürchterlich!" Sie reichte den Kommissaren die angekündigten Ausdrucke. „So, das sind alle Informationen aus meinem Bereich. Bezüglich der Krankenakte sprechen Sie bitte den diensthabenden Arzt an. Ich muss jetzt in eine Besprechung. Melden Sie sich aber gerne bei mir, wenn ich Sie weiter unterstützen kann."

Als Nächstes trafen die Kommissare auf Dr. Gerd Timmermann, den leitenden Arzt. Äußerst unwillig bat er Charlotte und Knud, vor seinem Schreibtisch Platz zu nehmen. Er war groß, eher dünn als schlank und hatte dazu eine ungesunde Gesichtsfarbe. Seine Haare waren stark gegelt. Insgesamt machte er einen ungepflegten Eindruck und sah außerdem nicht gerade wie das blühende Leben aus. Insgeheim wunderte sich Knud über ein derartiges Erscheinungsbild. Es wirkte nicht gerade vertrauenserweckend in Bezug auf seine Kompetenz. Irgendwie hatte er die Vorstellung, dass ein Mediziner jedweder Fachrichtung mit einer derartigen Optik einfach nicht glaubwürdig war.

„Kommen wir gleich zur Sache", eröffnete Dr. Timmermann das Gespräch. „Ich habe wenig Zeit. Sie sind sicher wegen des verstorbenen Patienten hier. Tja, dazu kann ich Ihnen nicht viel sagen. Er war in bester Verfassung – sowohl vor als auch nach dem Eingriff. Die OP verlief absolut nach Plan, keine Auffälligkeiten während der Narkose. Alles bestens."

„Mit Ausnahme der Tatsache, dass er jetzt tot ist", ging Charlotte sofort auf Konfrontation.

„Ja, das ist in der Tat sehr bedauerlich. Da trifft mich allerdings überhaupt keine Schuld. Insofern weiß ich nicht, wie ich Ihnen weiterhelfen soll. Was war denn eigentlich die Todesursache?"

Knud bemerkte, wie sich Charlotte durch den überheblichen Gesichtsausdruck provoziert fühlte. Es wäre ihr bestimmt eine Genugtuung gewesen, ihn für diesen Todesfall zur Verantwortung zu ziehen, trotzdem schien es dem Kommissar eher unwahrscheinlich, dass er damit etwas zu tun hatte. Ob sie es genauso sah, konnte er nicht einschätzen.

„Er verstarb an einer Luftembolie", weihte sie ihn ein, vermutlich um seine Reaktion darauf zu testen.

Dr. Timmermann reagierte erstaunt. „Eine Luftembolie?" Nachdem er sich von seiner Überraschung erholt hatte, nahm er wieder seinen arroganten Gesichtsausdruck an. „Was soll ich damit zu tun haben?"

„Wir benötigen seine vollständige Krankenakte", forderte Knud, um das Gespräch auf der sachlichen Ebene zu halten.

„Kein Problem. Haben Sie eine entsprechende Verfügung?", fragte Timmermann in gleichbleibender Überheblichkeit.

„Ja, haben wir." Knud faltete mit provozierender Langsamkeit das Papier auseinander und reichte es dem Mediziner über den Tisch.

Einen Moment schien dieser verunsichert, studierte es schließlich überaus gründlich, bevor er langsam nickte. „Ich lasse Ihnen die Akte von meiner Sekretärin kopieren. Kann ich sonst noch etwas für Sie tun?"

„Wo waren Sie Donnerstagmorgen so gegen sechs Uhr?", fragte Charlotte.

Mit dieser Frage wollte sie sein Selbstbewusstsein prüfen, da war Knud sich sicher. Trug der Mediziner lediglich eine Maske oder war er wirklich so stabil? Knud beobachtete ihn genau und konnte immerhin sehen, wie dieser leicht zusammenzuckte.

„Donnerstagmorgen?", wiederholte er, vielleicht um Zeit zu gewinnen. „Sie glauben ja wohl nicht ernsthaft, ich hätte mit dem Tod dieses Patienten etwas zu schaffen?" Sein bisher so ungesund blass wirkendes Gesicht bekam etwas Farbe. Immerhin war er wohl nicht ganz so selbstsicher, wie er wirken wollte.

„Wir glauben nicht, wir sammeln Fakten", antwortete Charlotte gelassen. „Dabei stellen wir diese Fragen allen, die in die Behandlung von Klaus Ackermann involviert waren. Betrachten Sie es als Routine. Trotzdem brauche ich eine Antwort von Ihnen."

Die Kommissarin guckte ihm direkt in die Augen. Eine Weile hielt er dem Blickkontakt stand. Schließlich starrte er auf seine Schreibtischplatte und zupfte nervös an seinem Ohrläppchen. Ganz offensichtlich kam er mit Druck nicht besonders gut klar, übte ihn vermutlich lieber selbst auf Untergebene aus.

„Ich war hier in meinem Büro, habe die Dokumentationen der OPs vom Vortag vervollständigt. In der Hektik des Tages fehlt dazu meistens die Zeit, also komme ich morgens hierher, um die Ruhe der frühen Stunden dafür zu nutzen." Plötzlich wurde er redseliger.

„Verständlich", kommentierte Charlotte seine Ausführung, wohl um der Befragung die Schärfe zu nehmen. „Wann sind Sie hier am Donnerstag eingetroffen?" Timmermanns Mimik spiegelte seine Gefühle wider. Er war sowohl misstrauisch als auch verärgert über die Art der Fragen, hielt sich aber zurück. „Es muss so um halb sechs gewesen sein. Das ist meine übliche Zeit."

„Sie fangen jeden Morgen um halb sechs an?", hakte sie prompt nach.

„Meistens."

„Haben Sie an diesem Morgen nach ihren frisch operierten Patienten geschaut?", fragte Charlotte weiter.

Seine Augen verengten sich. „Hören Sie mir nicht zu, Frau Wiesinger? Ich komme so früh hierher, um den Papierkram zu erledigen. Die Visite findet üblicherweise zwischen neun und zehn statt – es sei denn, ich stehe zu dieser Zeit im OP. Am letzten Donnerstag war ich gegen sechs Uhr morgens hier in meinem Büro. Alleine. Meine Sekretärin fängt üblicherweise um acht Uhr dreißig an." Er sprach betont langsam und beherrscht.

Knud hatte trotzdem den Eindruck, dass Dr. Gerd Timmermann am liebsten laut geworden wäre.

„Habe ich damit alle Ihre Fragen beantwortet? Das wäre einfach großartig, denn dann könnte ich mich wieder meiner Arbeit widmen." Die Ironie wirkte fehl am Platz. Sie untergrub die Autorität, die der Mediziner gerne ausstrahlen wollte.

„Fürs Erste war das alles. Wir melden uns, wenn weitere Fragen entstehen", setzte Charlotte nach. Auch wenn sie nicht viel weitergekommen waren, schien sie mit dem Gesprächsverlauf zufrieden zu sein.

Charlie in St. Peter-Ording

Montag, den 1. August

Boah, was für ein arroganter Typ!", kommentierte Charlie das Auftreten des Arztes, nachdem sie sein Büro wieder verlassen hatten. „Genau so ein Verhalten lässt ihn verdächtig erscheinen. Was hat er von dieser Überheblichkeit? Glaubt er wirklich, etwas Besseres zu sein?"

„Götter in Weiß eben", antwortete Knud pragmatisch. „Aber glaubst du, dass er mit dem Mord an Klaus Ackermann etwas zu tun hat? Das halte ich eher für unwahrscheinlich."

„Dann verstehe ich sein Verhalten erst recht nicht", mokierte sich die Kommissarin.

„Vielleicht kann er nicht anders", griente ihr Kollege, der sich darüber mal wieder nicht aufregen konnte.

„Ja, und dieser Kleinschmidt ist vom gleichen Kaliber."

„Der Giftzwerg aus dem Reich der Toten?", lachte Knud sie freundlich an.

„Ja, genau der." Charlie ließ sich von seiner Gelassenheit anstecken. „Komm, wir machen eine Mittagspause, bevor wir in die Katakomben absteigen. Ich glaube, ich stehe den nächsten Schwall der übertriebenen Selbstgefälligkeit besser durch, wenn ich vorher eine Stärkung bekomme."

„Tja, da helfen wohl nur ein Teller Pasta und ein großer Kaffee", schlug Knud vor.

Charlie fühlte sich sofort besänftigt. Es war gleichermaßen wohltuend und schmerzhaft, wie gut Knud sie mittlerweile kannte. Das drückte sich grundsätzlich auch in Besorgnis aus. Auf ihn konnte sie sich einfach immer verlassen.

„Gute Idee", ging sie lächelnd auf seinen Vorschlag ein und verdrängte damit die unliebsamen Überlegungen, die sie zu keinem Ziel brachten.

„Krankenhauskantine oder Pasquale?", fragte er mit einem Augenzwinkern.

„Na, wenn du mich so fragst, dann natürlich Kantine."

„Hab ich mir gedacht. Also los. Wird uns guttun, hier für eine Stunde herauszukommen. Wenn wir heute mit den Nachtschwestern beider Stationen sprechen wollen, wird es ohnehin ein langer Tag."

„Ah, dann lernen wir Trulsens Matrone kennen. Ich bin wirklich gespannt, ob er mal wieder maßlos übertrieben hat oder die Dame wirklich so furchteinflößend ist", überlegte Charlie.

„Also, wenn Torge sich gruselt, haben wir es bestimmt nicht mit einer Dame zu tun. Mal schauen, wie sie uns gegenüber auftritt. Aber das heben wir uns als Krönung des Tages auf", schmunzelte Knud. „Komm, wir haben uns eine Pause verdient."

Das quirlige Leben im Bad bot einen herrlichen Kontrast zu dem, was ihnen an diesem Nachmittag bevorstand, beide genossen die kurze Auszeit und beobachteten die Urlauber in teilweise schrägen Outfits oder mit dem typischen Sonnenbrand der städtischen Büromenschen, die sich endlich mal wieder ausgiebig im Freien aufhielten.

Natürlich war die Pause viel zu schnell vorbei. Gerne hätte Charlie trotz des bunten Treibens einen Abstecher zum Strand gemacht und ihren Kaffee dort auf der Terrasse einer der Pfahlbauten getrunken, aber nun rief die Pflicht wieder. Im Grunde wäre sie gerne einer erneuten Begegnung mit dem unsympathischen Dr. Hugo Kleinschmidt ausgewichen, aber das war natürlich nicht möglich.

Als sie schließlich in den Fahrstuhl stiegen, um ins Untergeschoss zu fahren, wappnete sich die Kommissarin. Es war ein gutes Gefühl, Knud an ihrer Seite zu wissen, der sich grundsätzlich nicht so leicht aus der Ruhe bringen ließ und den Eigenarten verschiedener Charaktere mit großem Pragmatismus begegnete.

„Sie schon wieder", wurden sie ungnädig begrüßt, als der Pathologe ihnen selbst die Tür öffnete. „Was ist denn nun schon wieder?"

„Moin Herr Dr. Kleinschmidt", übernahm Knud die Begrüßung. „Kommissar Knud Petersen, meine Kollegin kennen Sie ja bereits."

„Und?"

„Wir kommen wegen des Leichnams von Rolf Brunner", erklärte Knud ihr Anliegen. „Gibt es da mittlerweile neue Erkenntnisse?"

„Neue Erkenntnisse?", echote der Pathologe. „Was soll es denn da für neue Erkenntnisse geben? Meinen Sie, er taucht plötzlich wieder auf?"

Charlie hätte den Mann am liebsten geschüttelt. Immerhin war das Verschwinden eines Toten keine Lappalie und in diesem Fall lag die Verantwortung bei ihm. Da sie sich nicht sicher war, ob sie die Contenance bewahrte, überließ sie vorerst Knud das Reden.

„Davon sind wir nicht unbedingt ausgegangen, aber da er aus Ihrer Abteilung verschwunden ist, obliegt es Ihnen, die Begleitumstände zu ergründen. Wenn Sie das nicht tun, werden wir das übernehmen. Die Ordinger Polizei will auf jeden Fall aufdecken, was hier passiert ist." Knud blieb ruhig. Trotzdem fühlte sich sein Gegenüber provoziert.

„Ich habe Ihrer Kollegin bereits mitgeteilt, dass ich an besagtem Tag überhaupt nicht im Haus war ..."

„Ja, das wissen wir. Da Sie aber der Leiter der Abteilung sind, spielt das eine untergeordnete Rolle. Wenn Sie so einen Vorfall dermaßen schnell abhaken können, wirkt das auf mich zwar befremdlich, am Ende ist es aber Ihre Entscheidung. Trotzdem werden wir nach der Ursache forschen. Dafür wollen wir Ihnen einige Fragen stellen. Dürfen wir nun hereinkommen oder müssen wir uns wirklich hier in der Tür unterhalten?" Knud fing ebenfalls an, sich zu ärgern, und erhöhte den Druck.

Dr. Hugo Kleinschmidt sah aus, als hätte er in eine Zitrone gebissen. Eine derartige Ansage in so einem bestimmten Tonfall passte ihm ganz und gar nicht in den Kram. Am liebsten hätte er den Kommissaren die Tür vor der Nase zugeknallt, das war deutlich. Schließlich kam er dem Wunsch von Knud jedoch nach und führte die beiden in sein Büro. Mit einer Geste forderte er sie auf, Platz zu nehmen.

„Also?", fragte er ergeben. „Was wollen Sie wissen?"

Charlie wunderte sich insgeheim, warum es dem Pathologen gleichgültig schien, was mit dem Toten passiert war. War er total verroht oder hatte er etwas zu verbergen? War das der

Grund, warum er die Ermittler so schnell wie möglich wieder loswerden wollte? Sie war gespannt, was das folgende Gespräch ergeben würde.

„Haben Sie sich selbst keine Gedanken gemacht, auf welchem Weg der Leichnam verschwunden sein könnte?", fragte Knud.

Kleinschmidt verengte die Augen. „Doch sicherlich."

„Und, was ist dabei herausgekommen?"

„Nichts", musste er zugeben. „Wir haben erneut alles abgesucht, obwohl ich mir davon nichts versprochen habe. Ich wusste ja von meinem Mitarbeiter, dass Sie das mit Dr. Menzel bereits erledigt hatten. Wir können uns diesen Vorfall nicht erklären." Das schien ihm weder peinlich zu sein, noch berührte es ihn sonderlich.

„Es gibt eine Tochter, die ihrem Vater gerne ein würdevolles Begräbnis ermöglichen würde", platzte Charlie der Kragen.

Der Pathologe straffte sich und reckte das Kinn vor. Vielleicht wollte er dadurch größer erscheinen. Allerdings wirkte es eher albern als respekteinflößend. „Bitte unterlassen Sie derartig subtile Vorwürfe! Sie tun gerade so, als hätte ich den Toten mit voller Absicht verschwinden lassen. So brauche ich nicht mit mir reden zu lassen."

„Das ist nicht das, was meine Kollegin zum Ausdruck bringen wollte", versuchte Knud, die Situation wieder zu entschärfen. „Wir sammeln lediglich Fakten und brauchen dafür Ihre Unterstützung."

Dr. Kleinschmidt wirkte skeptisch, beruhigte sich aber wieder.

„Sind am Mittwoch Leichname abgeholt worden? Zum Beispiel von Beerdigungsunternehmen?", wechselte der Kommissar das Thema.

„Das ist gut möglich, da müsste ich nachschauen", antwortete der Leiter der Pathologie mit leichtem Zögern.

„Damit würden Sie uns sehr helfen. Können Sie das bitte gleich erledigen?" Die Stimme des Kollegen klang sachlich, aber Charlie konnte sehen, wie auch er langsam ungeduldig wurde.

Der Gefragte nickte schließlich und wandte sich seinem Bildschirm zu. „Okay, wenn es der Aufklärung förderlich ist." Er klickte mehrfach auf seiner Maus, bevor er die Kommissare mit den ersten Informationen versorgte: „Ja, am Mittwoch wurden zwei Leichname von unterschiedlichen Beerdigungsinstituten abgeholt. Beide am Vormittag. Wollen Sie die Kontaktdaten haben?"

„Sehr gerne", bestätigte Knud. „Gab es darüber hinaus weitere Transporte?"

„Was meinen Sie damit?"

„Wurden am Mittwoch vielleicht Körperspenden übergeben?", konkretisierte der Kommissar seine Frage.

„Körperspenden?" Dr. Kleinschmidt schien ehrlich überrascht. „Ich glaube, Sie schätzen diese Einrichtung falsch ein. Auch wenn die Räumlichkeiten meiner Pathologie recht weitläufig sind, haben wir es hier mit einer überschaubaren Anzahl von Toten zu tun. Das können Sie nicht mit einem Großstadtkrankenhaus vergleichen. Hier werden so gut wie nie Körperspenden abgeholt."

„Aber es kommt ab und zu vor", ließ Knud sich nicht abwimmeln.

„Sehr selten."

„Gut. Und war der letzte Mittwoch einer dieser sehr seltenen Tage, an denen es dann doch passierte?", fragte Knud.

Charlie verkniff sich ein Grinsen. Selbst der pragmatische Kollege war kurz davor, die Fassung zu verlieren. Wieder wandte sich der Pathologe seinem Bildschirm zu. Charlie und Knud wechselten einen Blick. Wärme lag darin. Knud zwinkerte ihr verschwörerisch zu. Beide dachten das Gleiche. Der Mediziner zog eine Show ab, aber sie ließen sich nicht weiter provozieren.

„Nein", teilte er ihnen schließlich mit. „Keine Körperspenden in der letzten Woche."

„Okay. Und wer von Ihren Mitarbeitern hatte am letzten Mittwoch Dienst?", fragte Knud weiter.

„Dennis Kraft und Torben Baum." Die Antwort erfolgte schnell. „Sind sie jetzt ebenfalls anwesend? Können wir sie sprechen?"

„Dennis hat heute frei, aber Torben ist da. Soll ich Sie zu ihm führen?" Offensichtlich sah Kleinschmidt darin seine Chance, das Gespräch endlich zu beenden.

Torben Baum machte seinem Namen alle Ehre. Er überragte seinen Chef um Längen, was Charlie verwunderte, denn Kleinschmidt wurde bei jeder Begegnung deutlich seine geringe Körpergröße vor Augen geführt. Aber vielleicht war er nicht für dessen Einstellung verantwortlich gewesen. Ihr selbst machte es überhaupt nichts aus, so kurz geraten zu sein, aber den Pathologen schien es zu stören.

Darüber hinaus war sein Mitarbeiter umfangreich tätowiert und mit einigen Piercings geschmückt. Der Körper schien durchtrainiert – alles in allem hätte er ebenso als Türsteher eines Hamburger Klubs arbeiten können.

„Moin! Sie sind von der Polizei? Der Chef hat gesagt, Sie haben ein paar Fragen wegen des verschwundenen Toten. Wie kann ich Ihnen weiterhelfen?" Er wirkte freundlich und entspannt.

Knud wiederholte das eben Gehörte und fragte ihn, ob er die Toten an die jeweiligen Beerdigungsunternehmer übergeben hätte.

„Ja, das habe ich. Beide sind am Vormittag abgeholt worden. Das waren aber zwei Frauen. Eine Ältere und eine ziemlich

Junge. Ein Jammer! Mit den Papieren war alles in Ordnung. Ich habe mit den beiden Abholern alles gründlich überprüft und die Leichname selbst übergeben. Da ist kein Fehler passiert, da bin ich sicher." Sein Tonfall war sachlich. Er berichtete, ohne sich zu verteidigen oder gar zu rechtfertigen.

Knud nickte. „Und trotzdem ist Rolf Brunner am Mittwoch von hier verschwunden. Können Sie sich eine andere Möglichkeit vorstellen, wie das passiert sein könnte?"

Torben Baum erwiderte seinen Blick. „Nein, das tut mir wirklich leid. Muss ja schrecklich für die Angehörigen sein. Wir können gerne zusammen alle Protokolle durchgehen. So etwas ist hier bisher nie vorgekommen. Wirklich sehr merkwürdig. Wollen Sie mich zu meinem Computerarbeitsplatz begleiten? Dann drucke ich ein paar Listen aus. Im Anschluss können wir alle Fächer überprüfen. Das wird nicht lange dauern. Derzeit ist der Bestand niedrig."

Charlie lief ein Schauer über den Rücken. Auch wenn der baumlange Kerl einen absolut sympathischen Eindruck machte und auch nichts zu verbergen schien, an diesen Jargon könnte sie sich nie gewöhnen! Automatisch ging ihr durch den Sinn, ob Fiona sich ähnlich ausdrückte, wenn sie Knud von ihrer Arbeit berichtete. Sie konnte sich beim besten Willen nicht vorstellen, dass diese Form der Konversation dem empathischen und sensiblen Knud behagte.

„Vielen Dank für Ihre Unterstützung", antwortete dieser im gleichen Moment und holte sie wieder an den unangenehmen Ort zurück. Nach wie vor war es ihr schleierhaft, wie man freiwillig die Pathologie als Arbeitsplatz wählen konnte. Der nachfolgende Rundgang dauerte in der Tat nicht lange. Das Ergebnis war weder neu noch überraschend: Der Leichnam von Rolf Brunner blieb verschwunden, außerdem fehlte er im Bestand.

Es gab also keine Verwechslung, jemand hatte den Toten verschwinden lassen. Fragte sich, wer und warum!

Im Anschluss wollten Charlie und Knud Torge einen Besuch abstatten, fanden ihn aber nicht in seinem Zimmer vor.

„Wahrscheinlich ist Annegret gerade da und spaziert mit ihm durch den Garten. Ist ja gut, wenn sie für seine Bewegung an der frischen Luft sorgt", kommentierte Knud den leeren Raum.

„Es würde mich nicht wundern, wenn unser Hilfssheriff mal wieder etwas ausheckt. Dafür, dass er nicht ausgelastet ist und es nun doch einen Kriminalfall gibt, ist es erstaunlich ruhig um ihn", unkte Charlie.

„Ach was. Dieses Mal hat es ihn selbst ganz schön erwischt. Ich glaube, dafür hat er überhaupt keine Kraft", widersprach Knud vehement, was sie allerdings nicht überzeugte.

„Denk an meine Worte", lächelte sie wissend. „Es würde mich nicht wundern, wenn er demnächst mal wieder eine Bombe platzen lässt."

„Wirklich wundern würde es mich auch nicht", gab Knud schließlich grinsend zu. „Na gut, warten wir es ab. Wir können ja später wiederkommen. Lass uns die Mitarbeiter von der Tagschicht der Augenheilkunde befragen. Danach gucken wir noch einmal nach unserem Schwerenöter. Vielleicht können wir die Zeit bis zum Beginn der Nachtschicht überbrücken, indem wir mit ihm einen Schnack halten."

„Also gut. Wie hießen die beiden Schwestern, die am Donnerstagmorgen Dienst hatten?", fragte Charlie.

Knud blätterte in seinen Notizen. „Birgit und Anke", antwortete er, nachdem er es gefunden hatte.

„Dann auf zu Birgit und Anke. Ich bin gespannt, ob wir endlich mal etwas Interessantes erfahren. Bislang hat uns der Tag nicht sonderlich weitergebracht."

„Vielleicht haben wir ja Glück und Torge findet etwas heraus. Würde mich nicht wundern, wenn er hier schon wieder ominöse Kontakte geknüpft hat", schmunzelte Knud mit Galgenhumor.

„Ja super! Lass das bloß niemanden hören, dann ist unser Ruf als Ermittler im Eimer", ließ sich Charlie auf den Moment der Leichtigkeit ein, um dem Tag etwas Positives zu geben.

Kurz darauf saßen sie Schwester Anke gegenüber. Die Mittfünfzigerin strahlte Ruhe und Gemütlichkeit aus, die sie vermutlich aus ihrer Erfahrung schöpfte.

„Ich habe lange Jahre auf Intensiv gearbeitet, aber der Stress war mir irgendwann zu groß. Hier verdiene ich zwar etwas weniger, komme aber in der Regel ohne Überstunden aus und bin dadurch rechtzeitig zu Hause. Todesfälle gibt es außerdem extrem selten, auch das gefällt mir an dieser Station wesentlich besser. Umso schockierter war ich natürlich am Donnerstag, als ich den toten Klaus Ackermann entdeckte."

„Sie haben ihn gefunden?", hakte Charlie sofort nach.

„Ja – als ich das Frühstück servieren wollte. Die meisten unserer Patienten können ihre Morgentoilette selbst erledigen. Sein Bettnachbar hat geschlafen und deshalb von dem Todesfall gar nichts mitbekommen. Wissen Sie mittlerweile, woran er verstorben ist?", fragte sie bedrückt.

„Dazu kommen wir gleich. Wir möchten gerne von Ihnen wissen, wie an diesem Morgen die Übergabe ablief", behielt Charlie die Führung des Gesprächs.

„Hhm, eigentlich wie immer. Was genau wollen Sie wissen?"

„Wie war das Verhalten der Nachtschwester? War sie anders als sonst?", konkretisierte Charlie die Frage.

„Corinna? Lassen Sie mich überlegen ... ja, tatsächlich! Jetzt, wo sie es sagen. Am Donnerstag war sie extrem müde. Vielleicht hatte sie es deshalb so eilig. Auf jeden Fall wollte sie möglichst schnell nach Hause", erzählte sie freimütig und stutzte dann plötzlich. „Sie glauben doch nicht etwa, dass Corinna etwas damit zu tun hat? Sie dürfen mich nicht falsch verstehen, ich wollte damit keinen Verdacht aussprechen."

„Bitte machen Sie sich von solchen Gedanken frei. Tatsächlich ermitteln wir in einem Mordfall und müssen so genau wie möglich rekonstruieren, was in der Nacht beziehungsweise an diesem Morgen passiert ist", erklärte Charlie, bevor sie auf das Gesagte einging. „Die Übergabe wurde also eilig erledigt und Corinna ist früher als sonst aufgebrochen?"

Anke zögerte.

„Bitte bleiben Sie bei der Wahrheit", wiederholte die Kommissarin ihre Aussage eindringlicher.

„Ja. Ehrlich gesagt habe ich mich gewundert – außerdem ein bisschen geärgert. Ihre Schicht geht schließlich bis halb sieben. Sie ist aber bereits um Viertel nach sechs gegangen und hat uns einfach auf die Dokumentation verwiesen. So arbeiten wir normalerweise nicht."

„Kam das in der Vergangenheit häufiger vor?", hakte Charlie nach.

„Nein, normalerweise ist sie sehr gründlich und gewissenhaft." Anke schien hin- und hergerissen zu sein, ob es richtig war, diese Fakten auszuplaudern. „Vielleicht ging es ihr einfach an diesem Morgen nicht so gut oder sie hatte einen Termin. Solche Sachen mit der Nachtschicht auf die Reihe zu kriegen, ist nicht immer einfach."

„Gut, vielen Dank, wir werden später selbst mit der Kollegin sprechen", beendete Knud die Spekulationen. „Wann sind Sie an diesem Morgen hier eingetroffen?"

Für einen Moment schien ein Schatten über das eigentlich so entspannte Gesicht zu huschen. „Ich?", fragte sie.

„Ja, Sie", bestätigte der Kommissar.

Schnell fing sich die Gefragte wieder. „Tja, ich bin morgens immer die Letzte, die zum Dienst erscheint. Das ist einfach nicht meine Tageszeit. Am liebsten würde ich nur Spätdienste machen, aber da hat mein Mann etwas gegen." Sie zog eine Grimasse. „Also tauche ich immer mit fliegenden Fahnen Schlag sechs auf. Meistens bin ich gerade so pünktlich."

„Das heißt, Sie ziehen sich nicht hier um?", wollte Charlie es genau wissen.

„Nein, wozu? Ich setze mich zu Hause ins Auto und steige hier direkt vor dem Gebäude wieder aus. Das würde mich morgens unnötig Zeit kosten."

„Wo wohnen Sie? Wie lange brauchen Sie für diesen Weg?"

„Ich wohne in Garding, brauche ungefähr zwölf, dreizehn Minuten und dann zwei vom Parkplatz hierher. Sie sehen, das ist genau durchgetaktet. Wenn etwas Unvorhergesehenes dazwischenkommt, bin ich zu spät."

„War das am Donnerstag der Fall?" Charlie betrachtete die Frau genau. Sie wirkte sehr locker, aber war sie das auch?

„Nein, Donnerstag war ich pünktlich, sonst hätte ich mich vielleicht nicht so über Corinnas Eile geärgert. Eigentlich war es übertrieben. Ach, ich weiß auch nicht. Der Zeitdruck in unserem Job ist meistens recht hoch, da will man nicht von der anderen Schicht Arbeiten aufgebrummt bekommen. Insbesondere nachts ist ja am wenigsten zu tun. Egal, an diesem Morgen hat es meinen Unmut erzeugt. Natürlich war der komplett verflogen, als ich den Toten gefunden habe."

„Obwohl er vielleicht bereits kurz vor sechs tot war. In diesem Fall hätte Ihre Kollegin den Papierkram erledigen müssen", gab Charlie zu bedenken.

„Okay, ja, das wusste ich nicht. Es ist allerdings nicht üblich, dass die Nachtschwester kurz vor Dienstschluss einen weiteren Kontrollgang macht. Schließlich sollen die Patienten nicht häufiger als nötig im Schlaf gestört werden." Trotzdem runzelte Anke mit der Stirn, schien einen Aspekt im Kopf zu bewegen, den sie den Kommissaren nicht anvertraute.

Charlie wartete einen Moment, ob sie etwas ergänzen würde, aber das tat sie nicht.

„Kann Ihr Mann bezeugen, dass Sie das Haus um Viertel vor sechs verlassen haben?", fragte Knud schließlich.

Ankes Augen weiteten sich, während sie die Botschaft der Frage verstand. „Sie glauben doch nicht ernsthaft, ich hätte mit dem Tod des Patienten etwas zu tun?"

Charlie wiederholte die übliche Phrase zur Routine, das schien die Krankenschwester allerdings nicht zu beruhigen.

„Fragen Sie mich das, weil ich mit meiner Aussage ein schlechtes Licht auf Corinna geworfen habe?" Zum ersten Mal in diesem Gespräch bröckelte ihre heitere Fassade. Stattdessen wallte Ärger auf.

„Nein, wir stellen allen diese Fragen, die in die Behandlung von Klaus Ackermann involviert waren. Also, kann Ihr Mann es bestätigen oder nicht?", übte Charlie ein wenig mehr Druck aus.

„Nein, das kann er nicht. Er war in der Nacht auf Donnerstag auf Geschäftsreise", gab Anke widerwillig zu. „Aber, Sie müssen mir glauben: Ich habe mit dem Tod des Patienten nichts zu tun. Warum sollte ich ihn umbringen? Das ergibt überhaupt keinen Sinn!"

„Gut, das wäre erst einmal alles. Vielleicht kommen wir später auf Sie zurück. Können Sie bitte Ihre Kollegin Birgit zu uns schicken? Das wäre sehr freundlich."

Charlie atmete einmal tief durch, als die Krankenschwester den Raum verlassen hatte. „Was meinst du?", wandte sie sich an den Kollegen. „Findest du sie verdächtig?"

„Schwer zu sagen. Wir müssen das Motiv für diesen Mord herausfinden, ansonsten stochern wir weiter im Nebel herum."

Knud schien ebenfalls nicht zufrieden mit dem Stand der Ermittlung zu sein.

Und vermutlich würde die Befragung der anderen Mitarbeiterinnen sie auch nicht viel weiterbringen. Charlie spürte
Frust aufsteigen.

Fenja im Tümlauer Koog

Montag, den 1. August

Es muss doch eine andere Möglichkeit geben, diesen Unbekannten ausfindig zu machen", versuchte Torge Fenja von dem waghalsigen Plan abzubringen. „Mir ist alles andere als wohl dabei. Wenn das schiefgeht! Ich wage mir gar nicht auszumalen, was alles passieren kann! Hast du aus der letzten Nacht denn überhaupt nichts gelernt?" Ihr neuer Freund schaute sie eindringlich an. Nach seinem Redeschwall schien er mit seinen Überredungskünsten allerdings langsam am Ende zu sein.

Fenja schüttelte den Kopf, obwohl der Plan zugegebenermaßen nicht ganz ungefährlich war. „Torge, das verstehst du nicht! Diese Story ist meine Chance, ganz groß herauszukommen. Ich sehe mich als Investigativjournalistin, da wird es schon mal brenzlig. Ich habe mich bewusst gegen die Themen

Mode, Reisen und Buntes entschieden. Erfolg mit meiner Schreibe ist mein oberstes Ziel. Das ist das eine. Es geht mir aber um mehr. Ich will etwas verändern, die Welt verbessern! Kannst du das nicht verstehen?"

„Auch wenn du dabei dein Leben aufs Spiel setzt?" Torge war fassungslos.

„Ich dachte, es reizt dich genauso wie mich, die bösen Buben jagen und dingfest zu machen", appellierte sie an seine Ermittlerehre, ohne auf seinen Einwand einzugehen. „Wir sind so nah dran. Wenn wir das heute Abend durchziehen, könnte es den Durchbruch in meiner Recherche bedeuten."

„Oder das Ende deines Lebens", wiederholte Torge gebetsmühlenartig.

„Ach was! Wir wollen ja nur feststellen, ob meine Vermutung richtig ist. Lass uns diesen Beweisfilm drehen. Ich werde mich heute Nacht woanders als in diesem Raum aufhalten, notfalls leiste ich mir ein Hotelzimmer, auch wenn ich langsam ziemlich pleite bin und das Honorar eines sensationellen Artikels gut gebrauchen könnte. Ich denke, diese Geschichte hat so viel Potenzial, das reicht für eine ganze Serie. Welche Reporterin entgeht schon knapp einem Mordanschlag?! Das macht die Berichterstattung noch viel brisanter! Ich sehe schon die steigende Auflage vor mir!" Neue Energie floss durch Fenjas Körper. Die Panik, die sie bei dem Übergriff verspürt hatte, war fast vergessen.

„Das kann ich ja alles verstehen – zumindest aus deiner Sicht. Aber gibt es keine andere Möglichkeit, den Mann zu überführen?", fragte Torge. Sein Gesicht drückte nach wie vor große Besorgnis aus.

„Wie denn?", stellte Fenja die Gegenfrage. „Wenn ich ein Foto von ihm hätte, könnten wir im Internet nach ihm suchen."

„Wirklich?" Der Hausmeister schien neue Hoffnung zu schöpfen.

„Klar, Gesichtserkennung funktioniert auf verschiedenen Plattformen bereits richtig gut. Sein Foto muss es natürlich im Internet geben, aber wer hat nicht irgendwo sein Konterfei veröffentlicht? Firmenhomepages mit Mitarbeiterfotos oder denk an Social Media – ein glattes El Dorado an privaten Daten, die sorglos der Welt gezeigt werden." Je mehr sie Torge darüber berichtete, desto mehr ärgerte sie sich darüber, kein Foto von dem Typen gemacht zu haben. Sicher hätte sie ihn dazu überreden können, ein gemeinsames Selfie oder so. Immerhin war er ja davon ausgegangen, dass sie es nach dieser Nacht niemandem mehr zeigen würde.

„Könntest du ihn sehr genau beschreiben?", unterbrach Torge ihre Gedanken.

„Ja, klar. Ich habe sein Gesicht vor meinem geistigen Auge. Worauf willst du hinaus?"

„Wir könnten ein Phantombild von dem Mann anfertigen lassen. Wenn dabei die entscheidenden Elemente richtig herausgearbeitet werden, könnte es mit dieser Gesichtserkennung klappen. Traust du dir eine derartig genaue Beschreibung zu?" Torge schaute sie erwartungsfroh an.

„Ja, aber dafür brauchen wir die Polizei", wehrte Fenja seinen Vorschlag ab. „Ich habe dir doch gesagt, ich will ..."

„Keine Sorge. Es geht mir nicht darum, dich zu den Kommissaren zu schleppen. Ich kenne einen ehemaligen Polizeizeichner, der schon einmal dabei geholfen hat, einen Fall zu lösen. Er ist ein echtes nordfriesisches Original und sicher gerne bereit, uns zu unterstützen." Torge redete sich regelrecht in Rage. Er schien von seinem Vorschlag wirklich begeistert zu sein.

Fenja überlegte. Immerhin war das eine Idee, die funktionieren könnte. Sie hatten den gesamten Tag zur freien Verfügung. Vor dem Abend machte es wenig Sinn, ins Dorf zu fahren und nach dem Unbekannten Ausschau zu halten. Warum also

die Zeit nicht sinnvoll nutzen? Vielleicht wäre es sogar nützlich, seine wahre Identität zu kennen, wenn sie ihm wieder
begegnete.

„Und? Wollen wir zu Bernie fahren? Ich bin mir sicher, er
wird dir gefallen. Und seine Zeichnungen sind einfach genial",
schwärmte Torge, um sie von seiner Idee zu überzeugen.

„Lass uns lieber vorher anrufen. Wer weiß, wo wir da rein-
platzen", bremste Fenja ihn ein wenig aus.

„Das ist leider nicht möglich. Bernie wohnt in einer alten
Fischerkate direkt hinterm Deich. Strom gibt es zwar, aber et-
liche moderne Errungenschaften haben keinen Einzug in sein
Haus gefunden", klärte der Hobbyermittler sie verschmitzt auf.

Fenja wurde sofort von Zweifeln beschlichen. Wer lebte denn
heutzutage ohne Telefon? Auch wenn sie auf den Abend warten
mussten, hatte sie keine Lust, ihre Zeit und vor allem ihre Energie an einen kritzelnden Eremiten zu verschwenden.

„Ein fähiger Zeichner ist er trotzdem", schien Torge ihre Gedanken zu lesen. „Ich verspreche dir, du wirst es nicht bereuen.
Lass uns hier verschwinden und auf dem Weg bei einem Bäcker
halten. Bernie hat bestimmt nichts gegen ein Frühstück mit
uns einzuwenden. Und du brauchst dringend etwas im Magen,
sonst klappst du unserem Unbekannten heute Abend auch
ohne Beimischung in deinem Getränk in die Arme. Mach dich
eben etwas frisch, ich hole dich in zwanzig Minuten ab. Allerdings musst du fahren. Ich bin ohne Auto hier und habe meiner
Annegret außerdem versprochen, mich im Moment nicht hinters Steuer zu setzen."

Obwohl sie sich eben wieder recht kräftig gefühlt hatte, bereitete
es Fenja mehr Mühe als erwartet, sich kurz unter die Dusche zu
stellen und in frische Klamotten zu schlüpfen. Trotzdem tat die
Erfrischung gut und gab ihr zusätzlich ein wenig Optimismus,

dass diese von Torge vorgeschlagene Mission kein völliger Flop werden würde.

Wenn sich sogar die Ordinger Polizei von dem schrulligen Hausmeister unterstützen ließ – wie das in der Praxis ablief, hatte sie bislang nicht begriffen – wollte sie ihm bei dieser Aktion einfach Vertrauen schenken. Viel zu verlieren hatte sie nicht – im Gegenteil. Und wenn der Zeichner direkt hinterm Deich wohnte, bekam sie immerhin etwas frische Luft, die bestimmt nicht schadete.

Als Torge schließlich klopfte, um sie abzuholen, war sie positiv gestimmt und ebenso gespannt, ob bei der Umsetzung des Plans etwas herauskommen würde. Immerhin wäre es natürlich großartig, die Identität des Kurschattens zu lüften. Vielleicht brachte ihr das wirklich den gewünschten Vorteil.

Ohne Torge an ihrer Seite hätte Fenja die alte Fischerkate nie gefunden. Obwohl es die Adresse bereits lange geben musste, streikte ihr Navi bei der Eingabe. Ihr Begleiter schmunzelte.

„Ja, selbst auf Eiderstedt gibt es Plätze, die quasi im Verborgenen liegen. Bernie ist sehr stolz auf seine Alleinlage und obwohl das Haus wenig Komfort bietet, könnte er es zu einem stattlichen Preis verkaufen."

Als sie es schließlich erreichten, wusste Fenja sofort, was Torge damit meinte. Allein das Grundstück musste ein Vermögen wert sein, weil es bestimmt keine weiteren Baugenehmigungen gab. Der Bewohner war tatsächlich ein echtes Original. Weit jenseits der achtzig guckte er seine beiden Besucher aus wachen Augen an. Auf seinem Kopf thronte eine abgewetzte Baskenmütze, die nicht in die Landschaft passte, außerdem rauchte er eine Pfeife mit würzigem Tabak.

„Moin Torge! Na, das ist ja eine Überraschung!", begrüßte er den Freund. „Und in Begleitung einer jungen Dame! Herzlich willkommen in meinem Kleinod. Was führt euch zu mir? Wollt Ihr einen Tee oder lieber was Anständiges trinken?"

„Ein Pott Kaffee wäre mir am liebsten", antwortete Torge.

„Ja, da schließe ich mich an – wenn es keine Umstände macht." Fenja schaute sich unauffällig in dem niedrig gebauten Haus um. Vielleicht sollte sie, wenn das alles überstanden war, tatsächlich wiederkommen, um eine Reportage über die nordfriesischen Ureinwohner zu machen. Das war sicherlich spannend und lehrreich zugleich und konnte eine entspannte Abwechslung zu ihrer sonstigen Recherche bieten.

„Kein Problem, Kaffee habe ich ebenfalls im Angebot. Also, Torge, was kann ich für euch tun? Wie ich dich kenne, hast du etwas auf dem Herzen", traf Bernie mit seiner Annahme ins Schwarze. „Schauen Sie sich ruhig um, min Deern. So etwas wie diese alte Kate finden Sie in ganz Nordfriesland nicht ein zweites Mal." Stolz schwang in seiner Stimme mit.

„Ich benötige mal wieder deine Zeichenkünste", erklärte Torge, ohne lange um den heißen Brei herumzureden.

„Ja, kein Problem. Was hast du eigentlich mit deinem Arm gemacht?", fragte Bernie.

„Ach, lange Geschichte, ist jetzt nicht so wichtig. Wir sind kriminellen Elementen auf der Spur und brauchen ein Phantombild. Es sollte möglichst fotorealistisch aussehen, damit wir damit einen Gesichtsabgleich im Internet durchführen können."

Fenja fragte sich, ob es eine gute Idee war, ihrem alten Gastgeber so viele Informationen preiszugeben, aber dieser schüttelte nur lachend mit dem Kopf. „Ich verstehe zwar kein Wort von dem, was du mir gerade erzählst, aber ich fertige euch gerne eine Zeichnung an. Ob die für solche Zwecke tauglich ist, dafür kann ich nicht garantieren. Rührt deine Verletzung von einem gefährlichen Einsatz her?", hakte Bernie noch einmal nach.

Torge grinste ein wenig verlegen. „Das kann man wohl sagen. Eigentlich möchte ich es gar nicht erzählen, aber du bist wahrscheinlich der Einzige von ganz Eiderstedt, der es bislang nicht gehört hat. Ich bin beim Reinigen einer Regenrinne von der Leiter gekracht."

„Du kämpfst ja wieder an allen Fronten. Wird Zeit, dass du mal etwas ruhiger wirst. Alt genug bist du langsam dafür." Bernie zwinkerte ihm zu. „Wie dem auch sei. Wollen wir uns nach draußen setzen? Hier nimm den Kaffee mit, ich hole meine Zeichenutensilien. Wie ich dich kenne, hast du nicht übermäßig viel Zeit mitgebracht." Es klang weder vorwurfsvoll noch zickig. Dieser alte Mann schien komplett in sich zu ruhen.

Bereits nachdem er die ersten Striche zu Papier gebracht hatte, waren Fenjas Zweifel komplett verflogen.

„Das ist ja großartig!", rief sie begeistert aus. „Sie haben früher als Polizeizeichner gearbeitet?"

„Ja, bis die Computer meinen Job übernommen haben. Danach habe ich eine Weile Touristen porträtiert. Das war zwar nicht so interessant, hat mich aber immerhin über Wasser gehalten. Mehr als das hier", er machte eine ausladende Geste, „brauche ich nicht zum Leben. Jetzt bin ich nur noch ab und zu für unseren Hilfssheriff hier tätig. Wie geht es Knud und der toughen Kommissarin aus Hamburg? Hat sie sich mittlerweile an deine Einmischungen in ihre Ermittlungen gewöhnt?"

„Hhm, mal mehr, mal weniger", antwortete Torge lapidar, ohne sich über Bernies Wortwahl zu mokieren. „Lass uns lieber weitermachen. Fenja, bist du dir sicher, dass seine Augen so eng zusammenstanden?"

„Ja, ich bin total begeistert. So hat er tatsächlich ausgesehen. Ich bin mir sicher: Wenn es Fotos von ihm im Internet gibt, werden wir damit seine Identität aufdecken! Was bekommen Sie für die Zeichnung?", fragte sie.

„Fühlen Sie sich eingeladen", antwortete Bernie lächelnd. „Wenn Sie mal etwas mehr Zeit haben, besuchen Sie mich hier. Hübsche junge Damen sind mir immer willkommen. Die Zeiten, in denen ich meine Bilder verkauft habe, sind vorbei. Ich habe mein Auskommen und helfe gerne."

Nachdem sie sich von dem Künstler verabschiedet hatten, konnte Fenja gar nicht schnell genug an ihren Computer kommen. Die Spannung war kaum auszuhalten!

„Glaubst du, wir finden ihn damit?", unterbrach Torge ihre Gedanken. „Ist die Zeichnung wirklich so gut oder wolltest du bei Bernie nur freundlich sein?"

„Die Zeichnung ist fantastisch. Jetzt kommt es nur darauf an, ob unser Unbekannter Spuren im Netz hinterlassen hat. Ich bin mir sicher, dieses Bild wird uns weiterbringen. Vielen Dank für deine Hartnäckigkeit!"

Torge nickte lediglich. Die Zufriedenheit stand ihm ins Gesicht geschrieben.

Zurück in ihrem Zimmer machte sich Fenja sofort an die Arbeit. Aus den Augenwinkeln sah sie, wie Torge sie fasziniert dabei beobachtete. Routiniert wechselte sie zwischen verschiedenen Programmen hin- und her und startete ihre Recherche im Internet. Vermutlich war diese Vorgehensweise für den Hausmeister komplettes Neuland. Auf jeden Fall hielt er sich mit Kommentaren zurück, sie konnte konzentriert arbeiten.

Lediglich eine halbe Stunde später verzeichnete sie einen Treffer. Am liebsten hätte sie Torge umarmt, hielt sich aber zurück.

„Guck dir das an", rief sie stattdessen begeistert aus. „Es hat funktioniert! Bei unserem Unbekannten handelt es sich um einen Privatdetektiv aus Meldorf. Damit habe ich allerdings nicht gerechnet. Hhm, was hat das zu bedeuten?"

Torge rückte näher an sie heran. „Im Ernst? Das ist allerdings merkwürdig. Wie sind denn seine Bewertungen?"

„Gute Idee!" So langsam begann Fenja ihren Begleiter als Hobbyermittler zu schätzen. Er war wirklich plietscher, als er aussah. „Meldorf ist nicht gerade der Nabel der Welt und es würde mich nicht wundern, wenn wir es mit einem abgehalfterten Privatschnüffler zu tun haben, der jeden miesen Auftrag annimmt, um seine Miete bezahlen zu können."

„Du glaubst, der Täter hat ihn angeheuert, um dich zu schwächen und anschließend um die Ecke zu bringen?", fragte Torge.

„Ja, was sonst? Guck es dir an. Die wenigen Bewertungen sind eher durchschnittlich bis schlecht. Er gehört wahrscheinlich nicht gerade zu den Besten seines Fachs." Fenja klatschte in die Hände.

„Ja, sieht wirklich nicht besonders toll aus. Vermutlich kann er bei der Übernahme seiner Aufträge nicht besonders wählerisch sein. Mir fällt in diesem Zusammenhang noch etwas anderes ein: Mir hast du ja bisher nicht sehr viel von deiner brisanten Recherche erzählt ..."

In Fenjas Ohren klang ein leichter Vorwurf durch, oder schien ihr das nur so, weil sie langsam ein schlechtes Gewissen bekam, ihm nicht genug Vertrauen entgegenzubringen? Immerhin gab er alles, um sie zu unterstützen, ohne eine Gegenleistung dafür zu fordern.

„... hast du ihm an diesem Abend etwas über deine Recherche erzählt?", fragte Torge im gleichen Moment.

„Nein, wo denkst du hin!" Entrüstung schwang in ihrer Stimme mit.

„Okay, anders gefragt. Hat er versucht, dich auszufragen? Wollte er wissen, welchen Job du hast und hat nach Einzelheiten gefragt, so als hätte er bereits Informationen über dich, die er vertiefen wollte?"

Fenja schluckte. Natürlich! Darüber hatte sie überhaupt nicht nachgedacht, obwohl sich diese Überlegung geradezu aufdrängte! Angestrengt versuchte sie sich, den Gesprächsverlauf des Abends in Erinnerung zu rufen. Hatte sich ihre Zunge mit steigendem Alkoholpegel gelöst? War sie etwa so leichtsinnig gewesen, einem völlig Fremden die Ergebnisse ihrer monatelangen Arbeit preiszugeben? War er ihr deshalb in ihr Zimmer gefolgt, um sie zum Schweigen zu bringen? Oder wollte er ihren Laptop aus dem Zimmer stehlen, was durch Torges Eintreffen vereitelt wurde? Vielleicht wollte der Privatdetektiv die Infos an einen anderen Journalisten weitergeben. War das realistisch oder geriet sie mit dieser These auf den Holzweg?

Plötzlich wurde ihr übel. Beim besten Willen konnte sie sich nicht mehr an alle Details des Abends erinnern. Ihr schwante, dass sie sich wie eine Anfängerin hatte überlisten lassen. Wäre sie bloß ihrem Grundsatz treu geblieben, während der Arbeit an einer brisanten Story, keinen Alkohol zu trinken! Das hatte sie gründlich vermasselt!

„Du hast ihn in deine Recherche eingeweiht?" Nun war ihr neuer Freund fassungslos. Außerdem wirkte er enttäuscht.

„Ganz ehrlich? Ich kann mich nicht an alle Einzelheiten erinnern. Das ist ziemlich peinlich, aber der ungewohnte Alkohol …"

„… in den er dir vielleicht zusätzlich etwas anderes geschüttet hatte."

„Bah, ich ärgere mich über mich selbst! Ich bin mir ziemlich sicher, ihm von meiner Arbeit als Journalistin erzählt zu haben. Normalerweise bin ich, was eine laufende Recherche angeht, sehr zurückhaltend, aber dieses Mal kann ich meine Hand nicht dafür ins Feuer legen, etwas ausgeplaudert zu haben. Was für ein fataler Anfängerfehler." Fenja ärgerte sich so dermaßen über sich selbst, sie war kurz davor in Tränen auszubrechen.

„Das wäre dann aber wirklich der perfekte Zeitpunkt, um zur Polizei zu gehen. Wer weiß, was du dem alles erzählt hast. Mich hast du ja bisher nicht eingeweiht, worum es in deiner hochbrisanten Geschichte überhaupt geht, aber vielleicht hast du mit deiner Schnackerei im Suff einfach zu viel verraten. Dann wird der Mörder es wieder versuchen!" Torge sah ehrlich besorgt aus. Sein Anflug von Ärger war schnell verflogen.

Einen Moment zögerte Fenja. Ihre Unachtsamkeit hatte ihr einen gehörigen Schrecken eingejagt. Erschwerend kam hinzu, nicht mehr einschätzen zu können, wie bedrohlich ihre Situation wirklich war. Sollte sie Torges Drängen nachgeben? Die Verantwortung abgeben und sich beschützen lassen? Damit wäre ihre Story allerdings tot! Oder war sie das längst? Hatte der Privatschnüffler ihre Story vielleicht schon an den Meistbietenden verhökert? Wenn sie sich bloß erinnern könnte, wie viel sie ihm tatsächlich erzählt hatte!

„Also! Soll ich Knud anrufen?" Immerhin überließ er ihr die Entscheidung, das hielt sie ihm zugute.

Und dann keimte Trotz in ihr auf. Sie wollte sich nicht so einfach aus ihrer Story drängen lassen. Immerhin hatte sie jetzt eine Information, von der ihr Gegenüber nichts wusste. Vielleicht erhöhte das sogar ihre Chance seines erneuten Auftauchens. Bewusst nutzte sie gedanklich nicht seinen Namen, um sich bei einem erneuten Aufeinandertreffen nicht zu verraten, indem sie ihn damit ansprach. Fenja traf eine Entscheidung.

„Nein, wir ziehen das jetzt durch. Zumindest gilt das für mich. Wenn es dir zu heiß ist, nehme ich es dir nicht übel, wenn du aussteigst. Natürlich wäre es hilfreich und beruhigend, dich an meiner Seite zu wissen." Das war etwas manipulativ, entsprach aber trotzdem der Wahrheit.

„Ich lasse dich nicht im Stich, das ist doch Ehrensache", antwortete er pragmatisch. „Wenn auch unter Protest", fügte er grinsend hinzu.

„Danke", erwiderte sie schlicht. „Dann lass uns ein wenig ausruhen. Wann kannst du dich von der Station schleichen, ohne Aufsehen zu erregen?"

„So ab halb acht sollte es möglich sein", überlegte ihr neuer Freund.

„Gut, wir treffen uns bei meinem Auto. Wenn was dazwischenkommt, schick mir bitte eine Nachricht."

„Damit du dich alleine in Gefahr begibst? Auf keinen Fall. Ich werde da sein."

Knud in St. Peter-Ording

Montag, den 1. August

Die zweite Mitarbeiterin der Frühschicht trat ihnen von Anfang an misstrauisch und ablehnend entgegen. Knud schätzte sie auf Mitte dreißig bis Anfang vierzig. Sie war sehr schlank, wirkte dazu drahtig und durchtrainiert.

„Nehmen Sie Platz, wir haben ein paar Fragen zu dem Morgen, an dem Klaus Ackermann starb. Dürfen wir Sie Schwester Birgit nennen?", fragte Knud freundlich, weil ihm diese Anrede irgendwie merkwürdig vorkam.

„Es ist mir völlig egal, wie Sie mich nennen. Ich kann Ihnen ohnehin nichts sagen, weil ich nichts weiß. Anke hat den Toten gefunden, ich war am anderen Ende der Station. Im Übrigen habe ich es wirklich dicke, für die Fehler anderer den Kopf hinzuhalten. Wenden Sie sich an die Ärzte. Vermutlich hat einer von

217

ihnen es versaut. Für die paar Kröten, die sie uns hier für diesen Knochenjob zahlen, tragen wir ohnehin genug Verantwortung. Mit dem Ableben des Patienten habe ich nichts zu tun und das soll auch so bleiben." Bekräftigend schlug sie mit der Faust auf den Tisch. Die Wassergläser hüpften in die Höhe.

Knud lächelte angestrengt. „Sie verstehen unser Anliegen falsch. Es geht hier nicht um Schuldzuweisung. Wir sammeln Fakten, um ein Motiv für die Tat herauszufinden."

„Die Tat?" Schwester Birgit wirkte verdutzt. „Es handelt sich um Mord?"

„Wollen Sie uns nun doch ein paar Fragen beantworten?", hakte der Kommissar nach, ohne die Frage zu beantworten.

Ihr Ärger schien verraucht, trotzdem blieb sie auf der Hut. „Was wollen Sie denn wissen?"

„Beschreiben Sie uns bitte den Ablauf der Übergabe am Donnerstagmorgen. Wer ist wann eingetroffen? War etwas anders als sonst?" Knud musste sich Mühe geben, die Fragen nicht gelangweilt herunterzuleiern. Insgeheim ging er nicht davon aus, dass dieses Gespräch zu etwas führte. Trotzdem musste es erledigt werden.

„Nö, eigentlich war alles wie immer. Das Küken war als Erstes da, dann kam ich – und Anke schließlich wie meistens ein paar Minuten zu spät. Corinna hat sich schon vor sechs darüber aufgeregt, weil sie an dem Morgen überpünktlich losmusste. Wir haben also etwas früher mit der Übergabe begonnen. War ja alles ruhig und ohne Komplikationen. Deshalb sprach nichts dagegen, dass Corinna eher ging, aber Anke hat sich trotzdem darüber geärgert. Immer dieser Zickenalarm! Wie ich das hasse. Jeder schielt auf die Minuten des anderen. Wäre besser, wenn wir vom Pflegepersonal wenigstens zusammenhalten, aber das ist irgendwie nicht drin."

Knud wappnete sich innerlich gegen einen erneuten Faustschlag auf den Tisch, aber der blieb aus. „Hat die Nachtschwester gesagt, warum sie früher gehen wollte?"

„Nein, war eine Privatsache. Niemand will immer alles erzählen. Hier wird sowieso ohne Ende getratscht. Sie hat es nicht erzählt, also habe ich auch nicht nachgefragt."

„Wann genau ist sie gegangen?"

„Hhm, das muss so Viertel nach sechs gewesen sein, vielleicht auch ein paar Minuten später."

„Hat sie die Station direkt verlassen?", hakte der Kommissar nach.

„Wie meinen Sie das?" Eine Falte bildete sich zwischen ihren Augenbrauen, die Augen verdunkelten sich.

„Ist sie vielleicht noch einmal in das Zimmer von Klaus Ackermann gegangen?"

„Warum sollte sie das tun?"

Knud war sicher, dass sie genau verstanden hatte, worauf er hinauswollte, also erwiderte er lediglich schweigend ihren Blick.

„Ich kann es nicht ausschließen, aber sie wirkte tatsächlich in Eile. Das habe ich nicht angezweifelt. Sie glauben nicht im Ernst an Corinnas Schuld in diesem Fall, oder? Warum sollte eine von uns einen Patienten umbringen? Sein Leben kann man sich besser auf andere Art versauen." Erneut wurde Birgit wütend.

„Okay, wie ging es im Anschluss weiter?", fragte Knud.

„Wir haben unseren Dienst begonnen. Die morgendliche Routine eben. Anke hat mich gerufen, als sie den Toten entdeckte. Bei all ihrer Erfahrung hätte sie eigentlich cooler reagieren können, aber sie war völlig aus dem Häuschen. Hat sie Ihnen das nicht erzählt?"

„Wir wollen den Ablauf jetzt von Ihnen hören", erklärte Knud.

„Meinetwegen. Passiert ist dann nichts mehr. Wir haben seinen Bettnachbarn in die Cafeteria geschickt, weil der gar nicht mehr aufhörte zu palavern. Das ging mir echt auf die Nerven! Tja, danach das Übliche. Den Diensthabenden informiert, der hat den Tod offiziell festgestellt. Wir es natürlich selbst erkannt, aber so ist eben das Prozedere. Danach wurde er in den Keller gefahren. Armer Kerl. Hat sich ein Auge lasern lassen und am nächsten Tag war er tot."

Knud wechselte einen Blick mit Charlotte, aber sie schüttelte fast unmerklich den Kopf. Wirklich viel erfahren hatten sie nicht, aber wie es aussah, kamen sie mit diesen Befragungen nicht weiter.

„Gut, vielen Dank, das ist erst mal alles. Wenn sich neue Fragen ergeben, kommen wir auf Sie zurück", beendete Knud das Gespräch, woraufhin Birgit sofort aufstand und den Raum eilig verließ.

Charlotte streckte sich. „Na, viel schlauer sind wir jetzt nicht. Worum geht es hier bloß?"

„Keine Ahnung. Lass uns bei Torge vorbeischauen. Es heitert dich bestimmt auf, wenn wir ihn dieses Mal antreffen. Irgendeine amüsante Anekdote hat er ja meistens auf Lager." Knud ließ sich von dem Misserfolg nicht beeinträchtigen. Bisher hatten sie jeden Fall gelöst.

Als die Kommissare kurz darauf bei Torge klopften, erhielten sie wieder keine Antwort. Knud öffnete die Tür einen Spalt breit und steckte seinen Kopf hinein. Er erwartete, den Raum leer vorzufinden, wurde jedoch eines Besseren belehrt.

„Er liegt am helllichten Tag im Bett und schnarcht leise vor sich hin", teilte er Charlotte über seine Schulter hinweg mit. „Ich glaube, es wird Zeit, dass er dieses Krankenhaus verlässt, so langsam wird er wirklich träge."

„Vielleicht war er die ganze Nacht unterwegs", mutmaßte sie. „Würde mich nicht wundern, wenn er sich heimlich in unsere Ermittlungen einmischt."

„Na, viel einzumischen gibt es ja bislang nicht", parierte er. „Wenn er wirklich versucht, in dem Fall der toten Patienten etwas herauszufinden, ist er uns vermutlich eine Nasenlänge voraus", unkte Knud, was ihm einen freundschaftlichen Stoß in die Rippen einbrachte.

„Mal den Teufel nicht an die Wand! Ich kann nicht behaupten, ihn zu vermissen", lamentierte Charlotte, konnte dabei allerdings nicht ernst bleiben.

„Also gut, dann wecken wir ihn mal. Dafür kann er uns immerhin dankbar sein, wenn es ihm die nächste Standpauke von der Matrone erspart. Ich kümmere mich darum, du kannst dich währenddessen ein wenig im Zimmer umschauen. Vielleicht liegt etwas Verräterisches herum."

Schnell war Knud auf dem Weg zu Torges Bett, während Charlotte ihm langsam folgte.

„So dumm ist Trulsen nicht. Wenn er nicht will, dass wir sehen, womit er sich gerade beschäftigt, wird er es gut verstecken."

„Dann musst du eben in seinem Schrank nachschauen", schlug Knud vor, was sofortigen Protest von dem vermeintlich Schlummernden zur Folge hatte.

„Hey, schon mal was von Privatsphäre gehört?", maulte ein verschlafen wirkender Torge von seinem Krankenlager.

„*Moin* sagt der Bauer, wenn er in die gute Stube kommt", frotzelte Knud.

„Ich meine es ernst. Mein Schrank gehört mir! Oder habt Ihr einen Durchsuchungsbeschluss?" Torge schien schnell wach geworden zu sein.

„Würde es sich lohnen, wenn wir einen besorgen?", fragte Charlotte schmunzelnd. „Klingt so, als hätten Sie etwas zu verbergen."

Der Hobbyermittler schwieg daraufhin und wirkte etwas verlegen. „Ich mein ja bloß", antwortete er etwas lahm.

„Nun mal *Butter bei die Fische*, Trulsen. Pfuschen Sie uns schon wieder ins Handwerk? Wenn Sie tagsüber schlafen, ist Ihnen entweder langweilig oder Sie haben eine Nachtschicht eingelegt. Oder waren Sie auf der Flucht vor der fürchterlichen Matrone?"

„Schschsch. Sie könnte jeden Moment um die Ecke kommen. Sie macht mir hier das Leben zur Hölle, wenn sie solche Sprüche mitbekommt!" Torge schien es wirklich ernst zu meinen.

„Nein, so spät ist es noch nicht. Ihr Dienstbeginn ist erst in einer Stunde. Also, sag schon, Kumpel. Wie geht es dir und wann kommst du hier heraus?", wechselte Knud das Thema, weil er nicht an Torges Beteiligung in dem Fall glaubte.

„Ach, lieber heute als morgen", antwortete dieser, sichtlich froh über etwas anderes reden zu können. „Diese Woche stehen ein paar weitere Tests an. Ich hoffe aber, am Wochenende zu Hause zu sein. Habt Ihr denn nun etwas zu den Todesfällen herausbekommen? Ist der Leichnam von Rolf Brunner wieder aufgetaucht?"

Knud berichtete von den mageren Ermittlungsergebnissen und wünschte seinem Freund abschließend gute Besserung. „Bis bald, alter Kumpel, pass auf dich auf."

Endlich waren die Nachtschwestern eingetroffen. Die Kommissare kamen überein, zuerst mit Corinna zu sprechen und sich die Matrone namens Hertha als krönenden Abschluss des Befragungsmarathons aufzuheben.

„Danach gehen wir aber einen trinken – Friesengeist oder Tequila! Heute muss etwas Hochprozentiges her", schlug Charlotte vor.

„Ich bin dabei. Eigentlich hätte ich nichts dagegen, sofort damit zu beginnen. Allerdings bin ich ebenso gespannt auf Torges Matrone." Sein typisches Grienen hob auch Charlottes Stimmung.

Schwester Corinna setzte sich mit einem großen Pott dampfenden Tee an den Tisch zu den Kommissaren. Sie wirkte entspannt, ja sogar neugierig, was die Polizei von ihr wollte.

„Es geht um den Donnerstagmorgen, an dem Klaus Ackermann verstarb", übernahm Charlotte die Befragung.

„Okay."

„Wie ist die Übergabe an diesem Morgen abgelaufen?", stellte sie die erste Frage.

„Donnerstag, warten Sie mal, da muss ich überlegen." Corinna pustete in ihren Becher und zog im Anschluss die beiden Teebeutel hin und her. „Ich glaube, das war der Tag, an dem ich so müde war und einfach schnell nach Hause wollte."

„Nach Aussage Ihrer Kolleginnen hatten Sie einen Termin", half die Kommissarin ihr auf die Sprünge.

„Hhm, ja, das klingt jetzt der Polizei gegenüber vielleicht nicht so optimal, aber das war geflunkert. Wie gesagt, ich war einfach hundemüde. Anke kommt meistens zu spät. Außerdem gibt es oft gar nicht so viel zu besprechen. Ist eine ruhige Station ohne große Vorfälle – normalerweise jedenfalls." Sie zog eine Grimasse. „Ich meinte es nicht zynisch."

„Und warum haben Sie gelogen?", hakte Charlotte nach.

„Gelogen! Sie drücken das aber hart aus. Ich wollte einfach nicht mit denen diskutieren, warum ich einmal früher gehen möchte. Mit dem Vorschieben des angeblichen Termins waren sie zufrieden. Es handelte sich ja lediglich um eine Viertelstunde, kein Grund, ein großes Aufheben darum zu machen." Corinna zuckte die Schultern, schien es genauso zu meinen, wie sie es den Kommissaren mitteilte.

„Haben Sie die Station im Anschluss direkt verlassen?", fragte Charlotte betont sachlich.

„Klar. Ich wollte ja schnell nach Hause."

„Und Ihre Stempelkarte würde uns das bestätigen?"

Nun wurde Corinna verlegen. „Hhm, nee, an diesem Morgen habe ich das Stempeln vergessen, wenn Sie verstehen, was ich meine. Ich wollte es nicht dokumentieren, meinen Dienst vorzeitig beendet zu haben. Das sieht die Weiß überhaupt nicht gerne."

„Haben Sie Ihre Kolleginnen aufgefordert, dies später für Sie nachzuholen?", wollte die Kommissarin wissen.

„Nein, das nun auch wieder nicht. Das wäre ja dokumentierter Betrug. So weit wollte ich es nicht treiben. Ist nicht ganz konsequent, ich weiß. Und das macht in Ihren Augen bestimmt keinen guten Eindruck, aber so war es eben an diesem Morgen. Ich möchte Sie nicht anlügen." Nach wie vor blieb die Nachtschwester entspannt. „Ein bisschen peinlich ist mir das schon. Rettet es meine Ehre, wenn ich Ihnen versichere, dass es eine Ausnahme war?"

„Wir werden es berücksichtigen", versicherte Charlotte. „Ist in dieser Nacht etwas Ungewöhnliches vorgefallen? Gab es Probleme mit Klaus Ackermann? Oder mit seinen Werten? Fühlte er sich unwohl und hat nach Ihnen gerufen?"

„Nein, nichts von alledem. Seine Werte waren normal. Er hat gut gegessen und beim letzten Kontrollgang mit mir gescherzt. Ich glaube, er war sehr erleichtert, den ersten Eingriff überstanden zu haben. Insgesamt wirkte er etwas ängstlich und unentspannt, aber sein Bettnachbar hat ihn beruhigt. In der Nacht scheint er geschlafen zu haben. Jedenfalls hat er nicht gerufen, oder so." Corinna berichtete ruhig und relativ emotionslos.

Knud fragte sich, ob das etwas zu bedeuten hatte. Natürlich mussten sie sich davor hüten, zu viel hineinzuinterpretieren. Letztendlich zählten lediglich die Fakten, aber davon gab es eben wenig.

„Wann haben Sie Klaus Ackermann zuletzt gesehen?", fragte Charlotte weiter.

„Beim abendlichen Rundgang. Ich denke, das war so gegen neun. Danach gab es keine Veranlassung, das Zimmer noch einmal zu betreten. Wissen Sie, die Patienten haben ohnehin wenig Privatsphäre, da muss man nicht häufiger stören, als es unbedingt notwendig ist."

„Okay. Wann sind Sie zu Hause eingetroffen?"

Zum ersten Mal wirkte Corinna verunsichert. „Stehe ich etwa unter Verdacht, mit dem Tod des Mannes etwas zu tun zu haben?"

„Wir sammeln Fakten und ermitteln in alle Richtungen. Wenn Sie unschuldig sind, haben Sie nichts zu befürchten", gab Charlotte zurück, was die Nachtschwester nicht zu beruhigen schien.

„Ich habe kurz beim Bäcker gehalten, um Brötchen für meine Familie zu holen, danach bin ich direkt nach Hause. Wir wohnen in Tetenbüll. Dorthin fahre ich knapp zwanzig Minuten."

Knud nickte bestätigend.

„Kaufen Sie häufiger bei diesem Bäcker? Was ich meine: Sind Sie dort bekannt und kann jemand Ihre Aussage bestätigen?", fragte die Kommissarin weiter.

„Ja, ich kaufe dort öfters, aber am Donnerstag war da eine Neue. Keine Ahnung, ob die sich an mich erinnert." Der Verlauf des Gesprächs schien Corinna nicht zu gefallen.

„Aber Ihr Mann kann Ihr Eintreffen bestätigen?"

„Er hat bestimmt nicht auf die Uhr geschaut, als ich heimkam. Die Kinder erst recht nicht. Es geht morgens immer etwas chaotisch zu. Ich bin dann froh, wenn alle aus dem Haus sind. Aber sind all diese Fragen wirklich notwendig? Was wollen Sie damit in Erfahrung bringen?" Ihre Geduld schien sich dem Ende zuzuneigen.

„Wir versuchen, den Ablauf am Donnerstagmorgen zu rekonstruieren. Dafür befragen wir alle, die in die Behandlung und Pflege von Klaus Ackermann involviert waren", erklärte Charlotte.

„Ja, okay. Mehr kann ich Ihnen dazu aber nicht sagen. Vermutlich war ich zwischen zwanzig vor und zehn vor sieben zu Hause. Beim Bäcker hat es nicht lange gedauert. Wenn das wirklich wichtig ist, können Sie meinen Mann befragen, aber ich bezweifle, dass er es genauer weiß."

Wieder schienen sie nicht wirklich voranzukommen. Wenn diese Nachtschwester etwas mit dem Ableben von Klaus Ackermann zu tun hatte, wäre die Gelegenheit vor der Übergabe günstig gewesen. War diese Frau derartig abgebrüht? Knud hatte daran seine Zweifel. Und der Knackpunkt blieb: Was war das Motiv für die Tat?

Beide Kommissare waren schließlich gespannt auf das Gespräch mit der Matrone, befürchteten allerdings gleichzeitig eine Neuauflage der gerade durchgeführten Befragung.

„Wir sollten uns angewöhnen, sie Hertha zu nennen", bemerkte Charlotte mit einem Grinsen. „Was meinst du, wie die reagiert, wenn wir sie mit ‚Matrone' ansprechen?"

„Wenn Torge sie richtig beschrieben hat, könnte das einen echten Wutanfall erzeugen", stimmte Knud zu. „Also gut, konzentrieren wir uns, auch wenn meine Erwartung, hier etwas Konstruktives herauszubekommen, auf dem Nullpunkt angelangt ist."

Nachtschwester Hertha empfing sie mit genau dem missmutigen Gesichtsausdruck, der zu Torges Beschreibung passte. Knud stellte die beiden Kommissare freundlich vor, was sie mit einer wegwerfenden Handbewegung quittierte.

„Hat sich schon herumgesprochen, dass Sie hier herumschnüffeln. Meine Aussage scheint dabei ja wohl am unwichtigsten zu sein. Tja, müssen Sie wissen. Ist ja Ihr Job!", moserte sie von der ersten Minute an herum.

Immerhin wollte sie mit der Polizei reden, vielleicht hatte sie wirklich etwas mitzuteilen. Knuds Spannung stieg.

„Die Reihenfolge der Gespräche wurde nicht durch ihre Priorität festgelegt, das kann ich Ihnen versichern. Wir freuen uns sehr, wenn Sie uns bei unseren Ermittlungen behilflich sein können", antwortete er eloquent, wobei Charlotte sich betont nüchtern gab. Vermutlich würden sie bei einem Augenkontakt beide in herzhaftes Lachen ausbrechen.

„Also gut. Das Beste kommt zum Schluss!" Einen Moment lang zeigte sich die strenge Hertha besänftigt.

„Genau", bestätigte Knud. „Haben Sie etwas Konkretes beobachtet, was uns in dem Fall des Verschwindens des Leichnams von Rolf Brunner weiterhelfen kann?"

„Das will ich wohl meinen!" Sie legte eine Pause ein, um ihren Worten mehr Gewicht zu verleihen und die Spannung zu erhöhen.

„Wir sind ganz Ohr", kommentierte Knud, während es in seinen Mundwinkeln zuckte.

„Ich sage Ihnen: Der Patient, der mit dem Brunner in einem Zimmer lag, der benimmt sich äußerst verdächtig!", ließ sie die Bombe platzen. Voller Genugtuung, etwas Wichtiges beigetragen zu haben, nickte sie selbstgefällig.

„Sie meinen Herrn Trulsen?", fragte Knud perplex.

„Genau! Dieser Trulsen war mir vom ersten Moment an verdächtig."

„Tatsächlich? Was hat er denn getan?" Es kostete den Kommissar große Mühe, ernst zu bleiben.

„Er ist ein Unruhestifter. Mit nix zufrieden und hält sich nicht an Regeln. Nachts geistert er durch die Gegend. Außerdem hat er keinen Respekt vor meiner Arbeit. Ich sag Ihnen, wenn alle so wären wir der, dann könnte ich meinen Job gleich an den Nagel hängen." Hertha redete sich in Rage.

„Okay, das ist wirklich unschön ..."

„Da sagen Sie was! Die meisten verstehen es aber nicht. Als Polizist wissen Sie vielleicht, wie anstrengend der Nachtdienst ist. Da kann man Querulanten, die meinen, in einem Luxushotel gelandet zu sein, absolut nicht gebrauchen. Schließlich bin ich Krankenschwester und keine Animateurin für gelangweilte Patienten. Und diesem Trulsen ist langweilig, da können Sie sicher sein! Ich habe den beobachtet. Von Anfang an war der mir nicht geheuer!"

„Und was genau haben Sie beobachtet?", hakte Knud nach, als sie endlich einmal Luft holte. „Haben Sie gesehen, wie er den Leichnam verschwinden ließ?"

„Ah, wo denken Sie hin. So einer wie der weiß genau, wie er den richtigen Zeitpunkt abpassen kann. Aber keiner ist nachts so viel unterwegs wie dieser Trulsen. Bestes Beispiel ist die letzte Nacht. Erst schreit er in seinem Zimmer wie am Spieß. Heilige Mutter! Ich habe echt gedacht, der wird gerade abgestochen, so hat der gebrüllt. Als ich in das Zimmer eilte, war er allein. Keine Spur von einem Angreifer. Hat mir dann gesagt, er hätte wohl schlecht geträumt und andauernd auf die Stelle gestarrt, wo das Bett von diesem Brunner gestanden hat. Gott hab ihn selig. Wissen Sie, was ich glaube?"

„Nein", antwortete Knud mühsam beherrscht. „Aber ich freue mich sehr, wenn Sie es mir erzählen!"

„Versteht sich von selbst, dafür bin ich ja hier, oder? Dieser Trulsen wollte mich lediglich aus der Reserve locken, da bin ich mir sicher. Der hat schon vorher versucht, mich zu provozieren, aber mir ist es egal, ob der sein Abendbrot isst oder die ganze Nacht hungert. Nicht mein Problem! Gestern wollte er mich herausfordern, da bin ich mir sicher! Und schreit dabei die ganze Station zusammen, als wäre er alleine auf der Welt – außer mir natürlich."

„Und wie haben Sie darauf reagiert?", wollte Knud wissen.

„Das sag ich Ihnen! Mit solchen Fisimatenten kommt keiner bei mir durch! Ich habe ihm gleich am ersten Abend klargemacht, dass er mich nur im absoluten Notfall behelligen soll. Das hat ihm nicht in den Kram gepasst. Das habe ich genau gemerkt." Herthas Blick war noch grimmiger geworden. „Es gab schließlich keinen Grund für seinen Alarm. Ich habe ihn also gerügt und gleichzeitig aufgefordert, jetzt die Bettruhe einzuhalten und mich nicht mehr zu stören."

„Damit auch die anderen Patienten ihre Ruhe hatten."

„Ja, ich sehe, Sie verstehen mich."

„Hat er sich daran gehalten?", fragte Knud weiter.

„Nur bedingt. Er ist zwar ruhig geblieben, ich habe aber gesehen, wie er sich eine Weile später von der Station geschlichen hat. Keine Ahnung, warum der nachts immer durch die Gegend wandelt, aber verdächtig finde ich das schon. Würde mich also nicht wundern, wenn der etwas mit dem Verschwinden von dem Brunner zu tun hat", kam sie zu der ursprünglichen Aussage zurück. „Einer, der so seltsam drauf ist wie er – wer weiß, was der in der Nacht angestellt hat, als sein Bettnachbar starb. Also dieser Trulsen hat es faustdick hinter den Ohren. Den sollten Sie mal unter die Lupe nehmen und fragen, was der nachts im Krankenhaus so treibt. Scheinbar geht es ihm ja wieder gut genug. Dann kann er lieber das Bett für einen freimachen, der es wirklich braucht. Das ist meine Meinung!"

„Aber Sie haben ihn nicht konkret bei einer Straftat beobachtet", hakte Knud nach.

„Ach, ih wo! Dafür ist der zu raffiniert", behauptete Schwester Hertha.

Knud stellte ihr im Anschluss die gleichen Fragen, wie der Kollegin von der benachbarten Station. Sie beantwortete diese lediglich widerwillig, aber vom Ergebnis schien sie nichts zu verbergen zu haben. Wenn sie sonst keine heiße Spur fanden, mussten sie in den kommenden Tagen, etliche Menschen aus dem Umfeld der Schwestern interviewen, eine Aussicht, die Knud nicht gerade fröhlicher stimmte.

Für diesen Tag hatten sie genug. Bei einer Reihe Gläsern Friesengeist ließen sie die Arbeit hinter sich und sprachen lediglich noch einmal über Torge. Die Nachtaktivität des Hobbyermittlers wunderte die Kommissare kein bisschen. Vermutlich heckte er tatsächlich wieder etwas aus.

Torge in St. Peter-Dorf

Es hatte Torge wirklich viel Selbstbeherrschung gekostet, den Kommissaren bei ihrem Besuch am Nachmittag nichts von der geplanten Aktion mit Fenja zu erzählen. Mit Knud und der Wiesinger an seiner Seite hätte er sich wesentlich wohler gefühlt. Diese Angelegenheit war ernst, da war sich der Hausmeister sicher. Es war schließlich nicht das erste Mal, dass er selbst in die Schusslinie eines Mörders geriet – im wahrsten Sinne des Wortes! Warum musste er nur immer wieder den gleichen Fehler begehen und solche Versprechen geben? Dadurch war es ein Ding der Unmöglichkeit, die Kommissare einzuweihen.

Also ließ er sich lieber etwas von Knud berichten, bevor er sich verplapperte. Je nachdem, was an diesem Abend herauskam, nahm er sich fest vor, am nächsten Tag zur Polizei zu

231

gehen. Natürlich am liebsten mit Fenjas Einverständnis beziehungsweise mit ihr zusammen. Schließlich war es am effektivsten, wenn sie dazu ihre gesamte Geschichte erzählte, in die sie ihn immer noch nicht eingeweiht hatte. Auch wenn er in ihrer Anwesenheit Verständnis gezeigt hatte, wurmte ihn diese Zurückhaltung. Nach allem, was er mittlerweile für sie getan hatte, wäre etwas mehr Vertrauen angemessen gewesen. Aber die geplante Aktion abbrechen wollte er trotzdem nicht. Vielleicht war heute Abend die Zeit reif und sie erzählte ihm endlich ihre großartige Story.

Überpünktlich erschien er auf dem Parkplatz. Von der Matrone hatte er sich eine Schlaftablette bringen lassen, die sie ihm mit einem prüfenden Blick überreichte. Immerhin hatte sie ja mitbekommen, wie schwierig die letzte Nacht für ihn gewesen war. Da war seine Bitte doch alles andere als abwegig! Diese Person war für Torge allerdings ein Buch mit sieben Siegeln. Vielleicht wäre seine Annegret aus diesem Drachen schlau geworden. Er dagegen hatte es längst aufgegeben.

Endlich erschien Fenja mit zehn Minuten Verspätung. So langsam hatte er sich Sorgen gemacht.

„Wo bleibst du denn? Wenn mich jemand sieht, muss ich dumme Fragen beantworten", begrüßte er sie ungnädig.

„Immer mit der Ruhe. Niemand wird uns hier Beachtung schenken. Jetzt bin ich ja da", antwortete Fenja gelassen.

Torge hatte trotzdem den Eindruck, dass sie nicht so überzeugt von dem Gelingen des Einsatzes war, wie sie den Anschein erwecken wollte.

„Guck mich nicht so prüfend an. Steig ein, wir ziehen das jetzt durch. Wenn nichts dabei herauskommt, gehen wir morgen zur Polizei. Versprochen!"

Torge lag auf der Zunge, dazu würde es im schlimmsten Fall nicht mehr kommen, verkniff sich aber eine entsprechende

Bemerkung. Sie kannte seine Meinung und er hatte zugestimmt, sie zu unterstützen. Da musste er nun durch.

Den kurzen Weg ins Dorf legte das ungleiche Paar schweigend zurück. Sie hatten am Vormittag alles besprochen und waren vorbereitet. Auch wenn es spannend war, hoffte Torge insgeheim auf das Ausbleiben des zweifelhaften Privatdetektivs. War ohnehin eher unwahrscheinlich, von ihm Informationen über den Auftraggeber zu erfahren. Handelte es sich bei Fenja lediglich um Zweckoptimismus oder glaubte sie wirklich daran?

In seinen Augen wäre es allemal besser, wenn Knud und das Team der Ordinger Polizei endlich übernehmen würden. Die toughe Kommissarin wusste bestimmt besser, wie man mit solchen zweifelhaften Charakteren fertigwurde.

Als Fenja den Wagen schließlich stoppte, nahm er die Umgebung wieder wahr. Entgegen seiner Erwartung hatten sie das Lokal noch nicht erreicht, nach Torges Schätzung fehlte mindestens ein Kilometer.

„Warum hältst du an?", fragte er irritiert. „Hast du es dir anders überlegt?"

„Du gibst nicht auf, oder?", antwortete Fenja mit einem leichten Lächeln im Gesicht. „Nein, da muss ich dich enttäuschen."

„Okay, was dann?"

„Du musst hier aussteigen", forderte sie ihn auf.

„Wieso das denn?" Torge verstand die Welt nicht mehr. Wollte sie den Plan etwa doch alleine durchziehen? Sein Beschützerinstinkt rebellierte.

„Torge! Denk nach. Wir können schlecht gemeinsam vorfahren. Vielleicht wird der Bereich vor dem Restaurant bereits überwacht."

„Ich soll die ganze Strecke zu Fuß laufen?" Der Hobbyermittler war fassungslos. „Wenn ich das gewusst hätte, wäre ich mit einem Taxi gefahren."

„Nun stell dich nicht so an", amüsierte sich Fenja, obwohl er ihre Anspannung spürte. „Die paar Meter wirst du schon schaffen, immerhin bist du durch deine Spaziergänge mit deiner Holden gut im Training."

Torge schnitt eine Grimasse. „Wer den Schaden hat ... Also gut, wartest du draußen auf mich?"

„Es ist besser, wenn ich zuerst reingehe und mir einen Tisch aussuche. Danach kannst du entscheiden, von wo aus du mich am besten beobachten und gegebenenfalls unauffällig filmen kannst." Sie schien alles genau durchgeplant zu haben.

Das gab ihm ein etwas besseres Gefühl, auch wenn er die Aktion nach wie vor am liebsten abgebrochen hätte. „Wenn's denn sein muss", fügte er sich in sein Schicksal. „Ich habe etwas gut bei dir."

„Sowieso", bestätigte Fenja. „Also, bis gleich."

Mit einem unguten Gefühl stieg Torge aus dem Wagen und schaute Fenja hinterher, bis die Rücklichter im Gewühl der Urlauber verschwunden waren. Jetzt musste er sich sputen, wenn sie nicht zu lange dort allein sitzen sollte. Auch wenn ihm die Spaziergänge mit Annegret ein wenig Bewegung gebracht hatten, merkte er sehr schnell, wie schlecht seine Kondition war. Es wurde Zeit, wieder an seinen Arbeitsplatz in der *Weißen Düne* zurückzukehren. Da war er ausreichend gefordert, um nicht einzurosten.

Ein wenig aus der Puste erreichte er schließlich das Lokal, in dem das erneute Treffen mit dem Privatdetektiv provoziert werden sollte. Torge warf einen Blick durchs Fenster, konnte Fenja aber nicht entdecken. Seine Unruhe vergrößerte sich sofort. Sie war ja wohl in dieser kurzen Zeit nicht schon wieder verschwunden? So lange hatte er für die Strecke schließlich nicht gebraucht. Er riss sich von dem Fenster los und eilte zur Tür. Dort angekommen schnaufte er einmal kräftig durch, um seinen

Puls zu normalisieren. Schließlich sollte er einen flanierenden Touristen spielen und keinen gehetzten Eindruck hinterlassen. Genau genommen sollte sein Auftreten so unauffällig sein, dass er überhaupt keinen Eindruck hinterließ. Betont lässig betrat er das kleine Restaurant, das bereits gut besucht war. Sofort erfasste ihn eine neue Sorge. Was, wenn er überhaupt keinen freien Tisch ergatterte? Oder lediglich einen, der ihm keine freie Sicht zu seiner neuen Freundin bot?

Er ließ seinen Blick durch den Raum wandern und entdeckte Fenja an einem Tisch, der sich relativ zentral im Raum befand. Den hatte sie geschickt ausgewählt. Noch war der Privatschnüffler nicht aufgetaucht. Sie saß also allein vor zwei Gläsern, von dem eins mit Rotwein gefüllt zu sein schien. Hoffentlich ließ sie sich nicht wieder dazu hinreißen, zu viel Alkohol zu trinken! Ihre Nervosität war eben bei der kurzen Fahrt deutlich spürbar gewesen. Es wäre sicherlich ein Fehler, sich von einem Glas Wein die nötige Beruhigung ihrer Nerven zu versprechen. Das konnte absolut nach hinten losgehen, wenn dadurch ihr Beurteilungsvermögen beeinträchtigt wurde.

Als Fenja ihm schließlich mit einer leichten Kopfbewegung signalisierte, er solle sich endlich einen Platz suchen, wurde Torge bewusst, mitten im Raum stehengeblieben zu sein und sie anzustarren. Wie es aussah, musste er sich erst einmal um sich selbst kümmern. Wenn er sich nicht zusammenriss, war er am Ende derjenige, der die Mission vermasselte. Das wollte er natürlich auf keinen Fall!

Schnell entschied er sich für einen Platz in einer etwas dunkleren Ecke, von der er Fenjas Tisch bestens im Blick hatte. Er bestellte ein alkoholfreies Bier und überlegte, wie er die Wartezeit nun am besten nutzen konnte, ohne ständig zu ihr zu starren. Natürlich wollte er kein Detail verpassen, allerdings gab es nicht viel zu sehen, solange sie allein am Tisch saß. Zum x-ten Mal überprüfte er, ob sein Handy voll aufgeladen war, konnte aber den Blick kaum von Fenja lösen.

„Torge! Moin, du alter Haudegen! Was machst du denn hier? Ich dachte, du liegst im Krankenhaus!"

Torge schrak zusammen. Das hatte ihm gerade noch gefehlt! Die Möglichkeit, hier auf einen Bekannten zu treffen, war ihm überhaupt nicht in den Sinn gekommen, obwohl er ja nun wirklich Gott und die Welt auf Eiderstedt kannte.

„Weiß Annegret, dass du dich hier herumtreibst und flotte junge Deerns anstarrst?" Lars, ein Kumpel von der Feuerwehr, schlug ihm erst auf die Schulter und ließ sich dann ungefragt neben ihm auf die Bank fallen.

„Nicht so laut", ermahnte Torge ihn anstelle einer Begrüßung. „Es muss ja nicht das ganze Lokal von meiner Anwesenheit informiert werden." „Sie weiß also nichts davon?", fragte Lars leicht süffisant.

„Schnack kein dumm Tüch", maßregelte Torge ihn. „Nein, sie weiß es nicht, aber das ist nicht der Punkt. Hast du je gesehen, wie ich einem Rock hinterherhechel? Noch dazu einem so Jungen? Eine derartige Unterstellung ist wirklich ausgemachter Blödsinn." Torge hatte große Mühe, nicht selbst die Stimme zu heben.

„Bist du etwa wieder für die Kommissare im Einsatz? Sozusagen undercover?" Lars begeisterte sich für seine Idee. „Worum geht es denn dieses Mal? Hat es wieder einen Mord auf Eiderstedt gegeben?"

„Lars! Jetzt reiß dich mal ein bisschen zusammen. Wie du weißt, bin ich krankgeschrieben. Nur weil ich hier ein Bierchen trinke, heißt das noch lange nicht, in einer Mordermittlung aktiv zu sein." Es kostete Torge keine Mühe, sich künstlich aufzuregen. Er musste einen Weg finden, Lars so schnell wie möglich wieder loszuwerden. Dazu hatte er allerdings keine spontane Idee.

Ärger wallte in ihm auf, als sich sein Kumpel von der Feuerwehr ebenfalls ein Bierchen bestellte, obwohl es natürlich völlig lächerlich war, sich darüber zu echauffieren. An jedem anderen Tag hätte er sich über die Gesellschaft gefreut.

Torge schielte zu Fenja herüber. Sie saß nach wie vor allein an ihrem Tisch. Der Pegel ihres Weinglases war bereits ziemlich weit gesunken, was ihm ebenfalls Sorge bereitete. Er überlegte fieberhaft, was er als Nächstes tun sollte. Aufstehen und gehen? Dann folgte Lars ihm vielleicht. Bestimmt würde ihm etwas einfallen, wie er ihn im Anschluss loswerden konnte.

Allerdings wollte er Fenja auf keinen Fall alleine lassen. Immerhin konnte es sich bei dem Privatdetektiv um den Täter handeln, der den Mordanschlag auf sie ausgeübt hatte. Sie selbst wollte es nicht wahrhaben und glaubte an eine andere Theorie, die vermutlich mit ihrer Recherche zusammenhing. Wenn sie ihn bloß endlich einweihte! Wie sollte er effektiv handeln, wenn er nicht über alle Fakten verfügte?

Nein! Torge konnte das Lokal jetzt nicht verlassen. Er fühlte sich für die Sicherheit seiner neuen Freundin verantwortlich. Und da sein Feuerwehrkumpel sich gerade an seiner Seite häuslich einrichtete, musste er sich dessen Anwesenheit eben zunutze machen.

„Schon gut", schnackte Lars in seine Gedanken. „Sollte nur ein Späßchen sein – nichts für ungut. Warum sitzt du also alleine hier herum? Das ist doch sonst nicht deine Art! Kann mich nicht daran erinnern, dich mal vereinsamt in einer Kneipe angetroffen zu haben."

Das brachte Torge zum Grinsen. „Tja, da magst du recht haben", gab er sich versöhnlich. „Ich hab's einfach im Krankenhaus nicht mehr ausgehalten. Gibt 'ne fiese Nachtschwester auf meiner Station. Ich sag dir, die kann einem das Fürchten lehren." Irgendwie musste er Lars mit Small Talk von seiner Fragerei ablenken. Auf den zweiten Blick war es gar nicht so schlecht, etwas Gesellschaft am Tisch zu haben. Genau genommen war es die perfekte Tarnung!

Der Abend zog sich hin, aber nichts passierte. Fenja bestellte ein zweites Glas Wein und trommelte immer wieder nervös mit den Fingern auf der Tischkante herum – bis sie es selbst merkte und dann für eine Weile damit aufhörte. Torge bestellte sich ein zweites Alkoholfreies, auch wenn er insgeheim befürchtete, im entscheidenden Moment dringend aufs Klo zu müssen, wenn er zu viel Flüssigkeit in sich hineinkippte. Immer wieder suchte er den Blickkontakt zu Fenja, um sie stumm zum Abbruch der Aktion zu bewegen, aber sie guckte nicht einmal in seine Richtung. Lars hingegen plapperte wie ein Kind und vertrieb ihm immerhin die Zeit, indem er ihm allerhand Döntjes erzählte.

Als schließlich ein Mann an Fenjas Tisch trat und kurz darauf ihr gegenüber Platz nahm, setzte Torges Herz einen Schlag aus. Anschließend fing es so heftig an zu pochen, dass er befürchtete, Lars könnte es trotz des Stimmengewirrs, das im Lokal herrschte, hören. Gleichzeitig wurde ihm heiß. Nach der ganzen Warterei hatte er nicht mehr mit dem Auftauchen des Unbekannten gerechnet. Das war einerseits enttäuschend, andererseits aber auch beruhigend gewesen. Solange Fenja dort allein saß, war sie in Sicherheit. Jetzt durften sie keinen Fehler machen, sonst schwebte seine neue Freundin in Lebensgefahr, davon war Torge überzeugt. Und die Verantwortung, die damit auf ihm lastete, ließ seinen Körper rebellieren.

„Hey, guck mal, dein kleiner Schwarm hat gerade Gesellschaft bekommen", unterbrach Lars die Erzählung einer Anekdote aus dem letzten Winter, als er einen leichtsinnigen Touristen mitsamt Auto aus einem Graben gezogen hatte. „Der Typ sieht gar nicht so übel aus, gegen den wirst du wohl keine Chance haben."

Torge warf seinem Kumpel einen vernichtenden Blick zu, den dieser allerdings nicht registrierte, weil er sich auf Fenja und den Neuankömmling konzentrierte. Konnte es sich negativ auf ihr Vorhaben auswirken, den neugierigen Lars mit im Boot zu haben? Torges Gedanken rasten. Immerhin war er ein nicht eingeplanter Zeuge. Aber ein Zeuge für was? Bislang verlief das Gespräch an dem Tisch völlig unauffällig. Trotzdem überlegte Torge die ganze Zeit, wie er von dem Privatschnüffler unauffällig ein Foto schießen konnte – ohne bei Lars wieder Mutmaßungen über eine laufende Ermittlung auszulösen. Langsam nahm er sein Smartphone vom Tisch und rief die Kamerafunktion auf. Der Mann aus Meldorf saß seitlich zu ihm, er konnte ihn immerhin im Profil aufnehmen. Da er sein Telefon stummgeschaltet hatte, ließ der Auslöser keine Geräusche vernehmen. Lars war in die Betrachtung des Paares versunken, dadurch bekam er davon gar nichts mit.

„Na, wollen wir wetten, ob die beiden nachher gemeinsam das Lokal verlassen?", fragte er unbedarft, löste bei Torge allerdings eine neue Hitzewelle aus.

Ungeduldig wischte er sich eine Schweißperle von der Schläfe. Es fiel ihm unendlich schwer, einfach ruhig dazusitzen und die beiden tatenlos zu beobachten.

„Hhm", grunzte er vor sich hin.

„Ah, ich verstehe. Es wurmt dich, dass du nicht bei ihr landen konntest und nun willst du dir darüber keine Gedanken machen", piesackte Lars weiter.

Am liebsten hätte Torge ihn über die Situation aufgeklärt, damit er endlich seine dummen Sprüche bleiben ließ, für die der Hobbyermittler jetzt überhaupt keinen Nerv hatte, aber er zögerte. Wirklich helfen konnte ihm sein Kumpel nicht und vermutlich löcherte er Torge in seiner Sensationsgier dann mit allen möglichen Fragen, die Torge entweder nicht beantworten wollte oder konnte. Das führte zu nichts!

„Lass jetzt endlich diesen Quatsch!", herrschte er ihn an. Es klang wesentlich barscher, als er beabsichtigt hatte, aber so langsam lagen seine Nerven blank.

Lars bedachte ihn mit einem verdutzten Blick und ruderte schließlich zurück. „Schon gut, mein Freund. Ich wollte nur ein wenig scherzen. Wird sowieso langsam Zeit, mich auf den Weg zu machen. Also weiterhin gute Besserung und alles Gute."

Torge riss sich für einen Moment von der Szene los. „Tut mir leid", relativierte er seinen Ausbruch. „Ich melde mich bei dir, wenn ich wieder auf der Höhe bin und lade dich zu einem Bierchen ein. Grüß zu Hause."

„Geht klar. Wir sehen uns." Damit schob sich Lars von der Bank und nickte zum Abschied.

Jetzt war der Hausmeister doch froh, sich alleine auf die Beobachtung konzentrieren zu können, auch wenn weiterhin nichts Spannendes passierte. Am meisten ärgerte es ihn, dass er nicht verstehen konnte, worüber die beiden sprachen. Fenja wirkte aus der Entfernung einigermaßen entspannt, aber das konnte natürlich täuschen. Ab und zu lachte sie, was ein wenig gekünstelt wirkte. Torge musste all seine Selbstbeherrschung aufbringen, um nicht von der Bank aufzuspringen und zu dem Tisch zu stürmen. Wie er es hasste, zum untätigen Beobachter verdonnert zu sein!

Charlie in St. Peter-Ording

Dienstag, den 2. August

Der Dienstag begann für das Team mit einer Besprechung der mageren Ergebnisse des Vortags. Charlie und Knud berichteten von dem Befragungsmarathon im Krankenhaus, Fiete und Lilly von ihrer Suche nach Angehörigen von Klaus Ackermann. Es herrschte gedrückte Stimmung, weil alle das Gefühl hatten, in dem Fall überhaupt nicht weiterzukommen, schlimmer noch, keiner hatte eine Idee, was hinter den Todesfällen stecken könnte.

Fiete hatte eine Cousine von Klaus Ackermann ausfindig gemacht, die aber völlig emotionslos auf die Todesnachricht reagierte und es außerdem ablehnte, aus Münster nach St. Peter-Ording anzureisen, um sich den Leichnam anzuschauen. Sie habe ihn die letzten zwanzig Jahre nicht gesehen und nicht vor,

241

etwas daran zu ändern. Weitere Verwandte gäbe es keine, die Polizisten sollten sich an die Freunde ihres Cousins wenden. Eventuelle Beerdigungskosten würde sie nicht übernehmen, aber ihres Wissens sei das ohnehin nicht notwendig, da Klaus zeit seines Lebens gearbeitet und aufgrund seines Status als alleinlebender Mann sicherlich vorgesorgt hätte. Als Fiete fragte, woher sie denn über seinen Familienstand Bescheid wisse, legte sie einfach auf. Wieder ein Kontakt, der sie in keinster Weise voranbrachte.

„Wenn wir bloß wüssten, welches Motiv hinter den Morden steht", überlegte Lilly laut. „Ich bin mir sicher, dass die beiden Todesfälle zusammenhängen, der Täter also ebenfalls Rolf Brunner auf dem Gewissen hat. Beide Männer waren verwitwet. Kann es sich dabei um das Bindeglied handeln?"

„Du meinst, sie sind von dem Mörder ausgesucht worden, weil es kaum jemanden gibt, der Fragen stellt?", frage Knud.

„Das wäre immerhin eine Möglichkeit", bestätigte die junge Kommissarin.

„Ja, sicher, aber damit haben wir nach wie vor kein Motiv. Es hört sich so an, als würdest du keine Veranlassung vermuten, die in Verbindung mit den Personen steht, sie also Zufallsopfer waren", schaltete sich Charlie in die Überlegungen ein.

„Ja, immerhin scheint es keinen Täter aus dem familiären Umfeld zu geben", spann Lilly den Faden weiter. „Außerdem haben wir deren finanziellen Background gecheckt. Wie es aussieht, brauchtest sich beide keine Sorgen zu machen, wie sie ihre Rechnungen bezahlen sollten, wirklich wohlhabend waren sie aber nicht."

„Ich habe außerdem einige Telefonate mit Nachbarn geführt. Beide waren umgängliche Typen, die nur selten in Streit verwickelt waren. Handfeste Konflikte scheint es in ihrem weiteren privaten Umfeld nicht zu geben. Das ist wirklich auffällig!", bestätigte Fiete.

„Dann haben wir es mit einem Täter aus dem Krankenhaus zu tun?", hakte Charlie nach. „Gerade haben wir als Zusammenfassung unseres gestrigen Tages festgestellt, wie unwahrscheinlich eine Beteiligung des Pflegepersonals an den Taten ist."

„Bleiben die Ärzte!" Wie üblich ließ Lilly sich nicht so leicht von ihren Theorien abbringen. „Habt Ihr diesen überaus kooperativen Dr. Menzel mal gecheckt? Der scheint mir ja ein bisschen zu nett zu sein."

„Was nicht unbedingt ein Verdachtsmoment ergibt", widersprach Charlie.

Lilly wiegte skeptisch den Kopf. „Muss nicht, kann aber. Habt Ihr noch einmal mit ihm gesprochen?"

„Nein", musste Charlie zugeben.

„Und der andere Arzt? Der Operateur von Klaus Ackermann. Was ist mit dem?"

„Dr. Gerd Timmermann – an Arroganz kaum zu überbieten. Allerdings ist das ebenfalls kein Grund für einen Haftbefehl", konterte die Kommissarin. „Klar war der durch und durch unsympathisch. Knud hat seine Angaben überprüft. Er scheint nicht einmal zu lügen, geschweige denn der Mörder zu sein."

Ihr Kollege nickte bestätigend.

„Ach, das ist alles frustrierend! Was würde ich dafür geben, endlich herauszufinden, worum es in diesem Fall überhaupt geht!" Lilly war selten so pessimistisch, aber dieses Mal schien der Misserfolg selbst sie zu beeinträchtigen. „Kein Motiv, kein Verdächtiger und zu allem Übel eine verschwundene Leiche. Wie machen wir jetzt weiter?"

„Wir müssen weiter im Krankenhaus graben. Patienten und die Mitarbeiter der anderen Schichten befragen. Dazu weiter nach dem verschwundenen Leichnam forschen. Die beiden Beerdigungsinstitute aufsuchen, die an dem Tag des Verschwindens von Rolf Brunner die Leichname abgeholt haben und so weiter. Irgendwer muss etwas wissen. Dazu überprüfen wir die Aussagen von gestern, ziehen dabei den Radius der Nachforschungen weiter. Wahrscheinlich werden wir dabei Lügen aufdecken. Mühsame Kleinarbeit eben", zählte Charlie auf, was die anderen nicht gerade begeisterte.

„Okay", stimmte Knud zu. „Wer übernimmt was?"

Während alle schweigend auf das Whiteboard starrten und mit ihrer Motivation kämpften, öffnete sich die Tür zum Revier. Als Charlie bemerkte, wer da gerade auf das Team zusteuerte, konnte sie ein Lachen nicht unterdrücken.

„Ach nee, wen haben wir denn da? Torge Trulsen! Das wird aber auch Zeit, dass Sie endlich auftauchen, sonst lösen wir den Fall ohne Ihre Beteiligung."

Erschrocken hielt er inne. „Wirklich? Ich dachte, Ihr haltet mich auf dem Laufenden!", wandte er sich an Knud. „Immerhin war ich mitten im Geschehen, es hätte genauso mich treffen können!"

„Wie es aussieht, stochert unser Hilfssheriff genauso im Nebel, wie wir es tun", entgegnete Knud amüsiert. „Moin, alter Junge. Was führt dich zu uns? Hältst du die Langeweile nicht aus oder konntest du es wieder nicht lassen, dich in unsere Ermittlungen einzumischen? Und wer ist deine Begleiterin?"

Die junge Frau an Trulsens Seite schien aus dem Staunen über den saloppen Umgangston gar nicht herauszukommen. Also übernahm der Hausmeister ihre Vorstellung.

„Das ist Fenja Pape, eine Journalistin aus Hamburg, die in einem brisanten Fall recherchiert. Wie es aussieht, ist sie jemandem zu nahegekommen und dadurch in Gefahr geraten", begann Trulsen seine Ausführungen.

„Was meinen Sie damit?", wollte Charlie wissen.

„Na ja, auf sie wurde ein Mordanschlag verübt", druckste er herum, was nur bedeuten konnte, dass er mal wieder selbst versucht hatte, den Täter zu stellen, statt unmittelbar zu ihnen zu kommen.

„Ein Mordanschlag?", fragten Knud und Lilly wie aus einem Mund.

„Lassen Sie mich raten", ergänzte Charlie. „Das ist nicht erst in den letzten Stunden passiert."

Trulsen reagierte mit einem schuldbewussten Blick.

„Ja, das stimmt", meldete sich Fenja Pape zu Wort. „Das geht allerdings auf mein Konto. Ich habe Torge bekniet, nicht sofort zur Polizei zu gehen, weil ich Angst um meine Story hatte. In einem Anflug von Selbstüberschätzung habe ich mir zugetraut, damit selbst fertigzuwerden. Ich wollte unbedingt versuchen, mehr über den Täter herauszufinden. Leider muss ich zugeben, jetzt Angst um mein Leben zu haben. Wie es aussieht, habe ich wohl in ein Wespennest gestochen. Irgendjemand muss von meiner Recherche Wind bekommen haben. Um die Veröffentlichung zu verhindern scheint ihm jedes Mittel recht zu sein. Deshalb möchte ich Sie jetzt offiziell um Hilfe bitten. Torge hat jedenfalls in den höchsten Tönen von Ihnen geschwärmt."

„Na, da fühlen wir uns aber geehrt", erwiderte Charlie ironisch. „Aber Spaß beiseite. Setzen Sie sich. Wollen Sie einen Kaffee? Hört sich so an, als wäre es eine längere Geschichte."

Fenja Pape nickte. „Ja, das kann man wohl sagen. Mir fehlen ein paar Mosaikteilchen, aber vielleicht finden wir die gemeinsam. Kann Torge dabeibleiben? Das wäre mir wichtig."

„Wenn der sich einmal festgebissen hat, werden Sie den ohnehin nicht wieder los. Also dann berichten Sie mal. Wann wurde der Übergriff auf Sie verübt?", stieg Charlie ins Thema ein.

„In der vorletzten Nacht!", antwortete Fenja vorsichtig. Offensichtlich rechnete sie mit einem erneuten Tadel, aber keiner der Kommissare kommentierte die Information. „Ich denke, ich sollte meine Geschichte von vorne erzählen. Das wird mich wahrscheinlich etwas Überwindung kosten. Ich bitte Sie also um Geduld und Nachsicht. Bisher habe ich niemanden in die Details eingeweiht – nicht einmal Torge, was er mir seit Tagen übelnimmt." Sie bedachte ihn mit einem offenen Blick und einem Lächeln. „Danke für deine Geduld."

„Also gut, worum genau geht es denn?", fragte Charlie.

Fenja startete ihre Ausführungen mit einer kurzen Vorstellung ihrer Person und stieg dann schnell ins Thema ein. Sie erzählte den Kommissaren die Krankengeschichte von Karl Anders. Schon das allein wäre einen Artikel wert gewesen, allerdings vermutete sie bereits früh, dass es um mehr gehen könnte. Im Internet fand sie zahlreiche Fälle von Abrechnungsbetrug. Meist waren dabei Privatpatienten im Fokus der Ärzte – sowohl bei Krankenhaus- als auch bei ambulanten Behandlungen. Da das ihre Story wesentlich brisanter machen würde, entschloss sie sich, in beiden Bereichen möglichst tiefgehende Fakten zu sammeln. Vielleicht hingen diese im Vorwege nicht transparent kommunizierten Wahlleistungen teilweise sogar mit überhöhten Abrechnungen zusammen. Da es oft um lebensrettende Entscheidungen ging, die unter großem Zeitdruck getroffen wurden, waren die Patienten extrem dankbar über die erfolgreich verlaufenen Operationen. Im Anschluss wehrten sich nur wenige gegen die nicht erstatteten Beträge und zahlen sie aus eigener Tasche. Viele hatten außerdem nicht die Kraft, mit Hilfe eines Anwalts ihr Recht einzufordern.

„Sie wollten also über den Arzt, der Ihren Bekannten operiert hat, weitere Fakten sammeln?", fragte Charlie, als Fenja Pape eine Pause einlegte, um einen Schluck Kaffee zu trinken. „Warum sind Sie hierher nach St. Peter-Ording gekommen? Wäre es nicht einfacher gewesen, in Hamburg zu recherchieren?"

„Ja, so hatte ich es zuerst geplant. Allerdings sind meine Informationen über die Krankengeschichte von Karl am umfassendsten. Er hat mir alles zur Verfügung gestellt, was er selbst gesammelt hat, inklusive der ärztlichen Berichte. Als ich auf die Idee mit der Kur kam, fand ich meine Strategie einfach genial. Aber irgendetwas ist schiefgelaufen."

„Wie heißt der Arzt, den Sie im Fokus Ihrer Recherche haben?"

„Prof. Dr. Albert Jahve. Eine Koryphäe auf seinem Gebiet. Ein anerkannter Chirurg mit bestem Leumund. Allein deshalb ist es fast unmöglich, ihm unlautere Praktiken zu unterstellen beziehungsweise diese nachzuweisen", antwortete Fenja Pape.

„Aber Sie wollten genau das schaffen."

„Große Herausforderungen haben mich seit jeher gereizt", lächelte sie. „Aber verstehen Sie mich bitte nicht falsch. Ich halte mich absolut an die Fakten. Meine Berichterstattung sollte absolut sauber sein. Deshalb dauert es ja so lange. Natürlich ist es schwierig, derartige Informationen zu finden."

„An Prof. Jahve sind Sie also nicht herangekommen?"

„Nein, möglicherweise hat er mich aber hier gesehen. Mein Ruf als Investigativjournalistin entwickelt sich ganz passabel. Ich habe natürlich nicht damit gerechnet, dass er mich erkennt. Ich halte das allerdings als Hintergrund für diesen nächtlichen Anschlag am wahrscheinlichsten." Fenja berichtete von dem Abend mit dem Unbekannten und der anschließenden Ermittlung mit Torges Hilfe.

Dieser zog unwillkürlich den Kopf ein, als Fenja Pape den Ausflug zu Bernie erwähnte.

„Trulsen, Sie enttäuschen mich!", maßregelte ihn die Kommissarin. „Da liegen Sie ganz harmlos in ihrem Bett und mimen den armen Kranken, dabei sind Sie nur so erschöpft, weil sie wieder heimlich alle Register ziehen."

„Tut mir echt leid, Kommissarin Wiesinger", zeigte er sich zerknirscht. „Dieses Mal trifft mich nur bedingt eine Schuld – also, wenn überhaupt nur eine kleine Mitschuld. Ich habe mit Engelszungen auf Fenja eingeredet, hierher zu fahren und Sie um Hilfe zu bitten, aber gegen so eine starke Frau hatte ich keine Chance."

„Ach, Sie Ärmster! Mir kommen gleich die Tränen", gab sie ihm zu verstehen, was sie von seinem Lamentieren hielt.

„Ich kann sehr unerbittlich sein und habe mich bis zum heutigen Morgen tatsächlich geweigert, aber die letzte Nacht war nicht gerade lustig, tja nun sind wir hier."

„Hoffentlich ist es nicht zu spät. Aber erzählen Sie erst mal den Rest Ihrer Geschichte. Wie lief der Überfall ab und was passierte danach? Ich weiß, dass es nicht einfach ist, über so etwas zu sprechen. Nehmen Sie sich die Zeit, die Sie brauchen." Charlie hoffte, es nicht mit einem sexuellen Übergriff zu tun zu haben. Ein derartiges Erlebnis lähmte das Opfer in der Regel über Jahre.

Fenja Pape erzählte stockend von der nächtlichen Attacke mit dem Kopfkissen, die sie vermutlich nur durch Torges beherztes Eingreifen ohne große Blessuren überstanden hatte.

„Sie hätten sofort die Polizei rufen sollen! Möglicherweise gab es wertvolle Spuren in Ihrem Zimmer." Bisher hatte Fiete schweigend zugehört, aber jetzt konnte er sich nicht mehr zurückhalten. „Torge, nach all den Jahren solltest du es ja wohl besser wissen! Meine Güte, das war eine reelle Chance, den Täter zu überführen!" Wieder wandte er sich an die Journalistin: „Hatten Sie keine Angst, dass der Mörder zurückkehrt?"

„Doch, klar", gab sie zu.

„Aber Sie träumen vom Pulitzerpreis und dachten, Sie werden schon damit fertig", ergänzte Fiete etwas grimmig.

„Immerhin hatte ich ja Torge an meiner Seite", versuchte sie einen Scherz, auf den aber niemand reagierte. „Nein, im Ernst. Ich war mir der Gefahr bewusst und wir waren wirklich vorsichtig." Ohne eine weitere Reaktion abzuwarten, erzählte sie, was im Anschluss geschehen war. „Ich gebe zu, als er mir gestern Abend schließlich gegenübersaß, fand ich es richtig unheimlich. Am liebsten wäre ich aus dem Lokal gerannt, wollte aber keinen Verdacht erregen, was für ein Spiel wir mit ihm trieben. Ohne Torge in meiner Nähe hätte ich trotzdem die Reißleine gezogen."

„Und haben Sie herausgefunden, wer den Privatdetektiv beauftragt hat?", wollte Lilly wissen. Gespannt hatte sie der Geschichte gelauscht und konnte nun kaum abwarten, wie sie ausgegangen war.

„Ach was. Da habe ich mich völlig überschätzt. Ehrlich gesagt, hatte ich viel zu viel Schiss, danach zu fragen. Auch wenn das Lokal voll war und er mich kaum vor versammelter Mannschaft abgemurkst hätte, das habe ich mich trotzdem nicht getraut. Er war nicht so einfältig, wie ich ihn aufgrund seiner eher durchschnittlichen Bewertungen und seines Agierens in der Provinz eingeschätzt habe. Äh, das war jetzt wohl etwas unglücklich ausgedrückt. Ich wollte Ihnen nicht zu nahetreten." Es schien ihr echt peinlich zu sein.

„Keine Ursache. So leicht lassen wir uns nicht beleidigen. Und dann?" Auch Charlie war neugierig. „Ist er in Ihr Zimmer zurückgekehrt?"

„Ich weiß es nicht. Torge und ich haben uns so lange wie möglich in irgendwelchen Kneipen herumgedrückt. Als er zurück in sein Zimmer wollte, wäre ich am liebsten mitgegangen. In mein Eigenes habe ich mich nicht getraut. Allerdings hätte das wohl Ärger mit der Matrone gegeben ..."

„Mit wem?", fragte Fiete.

„Nachtschwester Hertha", antwortete Charlie trocken.

„Ein Drachen wie er im Buche steht! Erst wollte ich durchmachen, aber dann wurde ich derart müde, dass ich mich nur noch nach einem Bett gesehnt habe. Allerdings habe ich keins bekommen. Anfang August, muss ich Ihnen ja nicht erklären. Also bin ich eine Weile durch die Gegend gefahren, bis ich sicher sein konnte, nicht verfolgt zu werden, und habe schließlich ein paar Stunden im Auto geschlafen. Gott sei Dank hatte ich eine Wolldecke dabei, die habe ich mir sogar über den Kopf gezogen. Klingt jetzt ziemlich dramatisch, aber ich hatte wirklich Angst. Nachdem ich wach geworden war, habe ich Torge angerufen und nun sind wir hier."

„Dieser Zeitverlust ist wirklich sehr bedauerlich. Wären Sie bloß gleich zu uns gekommen!", bedauerte Charlie den Verlauf. „Vielleicht hätten wir ihn gestern Nacht schnappen können."

„Das können wir doch immer noch", mischte sich Lilly ein. „Übrigens echt tough, was Sie da durchgezogen haben."

„Ich halte Komplimente in dieser Situation nicht für angemessen", rügte Fiete Lillys Begeisterung. „Diese Aktion hätte richtig schiefgehen können. Und du hast dich ebenfalls nicht gerade mit Ruhm bekleckert, Torge. Das nächste Mal setzt du dich gefälligst durch. Seit wann wirst du mit so einer jungen Deern nicht mehr fertig?"

„Das muss an meiner Angeschlagenheit liegen", versuchte er sich herauszureden.

„Pah, das klären wir später. Also, was geht dir im Kopf herum, Lilly?", wechselte Fiete das Thema.

„Ganz einfach. Wir können heute Nacht in Frau Papes Zimmer auf den Täter warten."

„Wenn er denn noch einmal zurückkommt. Das Risiko, entdeckt zu werden, wird mit jedem Versuch größer", gab Knud zu bedenken.

„Nicht, wenn der Täter aus dem Krankenhausumfeld kommt. Dann wird er dort nicht als Fremdkörper wahrgenommen. Vielleicht vermutet er, dass Frau Pape in der letzten Nacht länger unterwegs war. Folglich könnte er es in der kommenden Nacht einfach etwas später probieren. Ich finde, es kommt auf einen Versuch an." Lilly schien von der Idee begeistert zu sein.

„Aber das ist viel zu gefährlich", widersprach Fiete. „Wir können Frau Pape nicht einer derartigen Gefahr aussetzen. Vielleicht kommt der Mörder beim nächsten Anlauf mit einer Schusswaffe."

„Das halte ich für unwahrscheinlich. Und außerdem soll nicht Frau Pape den Lockvogel spielen, sondern ich." Erwartungsfroh guckte die junge Kommissarin in die Runde.

„Und dafür schicken wir Frau Pape erneut in das Lokal? Nein! Sie hat bereits gestern Angst gehabt. Das ist keine gute Idee. Das werde ich nicht genehmigen." Fiete zeigte sich entschlossen.

„Ich glaube, wir brauchen den Auftakt in dem Restaurant gar nicht. Der Täter wird es bestimmt genauso versuchen, wenn sie nicht vorher dort auftaucht. Und ich finde die Idee richtig gut. Ich lege mich in das Bett und Charlie und Knud verstecken sich im Schrank – oder im Bad oder so. Dann können wir ihn auf frischer Tat ertappen. Besser geht es nicht." In ihrer Begeisterung tat sie so, als wäre die Aktion bereits erfolgreich verlaufen.

Fiete überlegte. Er schien von der Idee, seine jüngste Kommissarin einem derartigen Risiko auszusetzen, überhaupt nicht angetan zu sein.

„Wie willst du ihn sonst schnappen?", legte Lilly nach, um Fiete zu überzeugen.

„Und wenn dir etwas passiert?", fragte er sie und warf ihr dabei einen prüfenden Blick zu. „Das wäre die Sache nicht wert. Ich möchte nicht kurz vor meiner Pensionierung das Leben einer Kollegin auf Spiel setzen."

„Ach Fiete, du gehst sowieso nicht in Rente", versuchte sie mit einem Scherz, den Schwerpunkt des Gesprächs zu verschieben.

„Ich meine es ernst, Lilly."

„Ja, ich auch. Lass es uns versuchen, Fiete. Mir wird nichts passieren. Ich bin voll durchtrainiert und in bester Verfassung. Außerdem werde ich ja nicht alleine sein."

Schließlich gab der Revierleiter nach, auch wenn ihm das Unwohlsein anzusehen war. Das Team begann den Ablauf zu planen.

Knud in St. Peter-Ording

In der Nacht zu Mittwoch

A lso gut", leitete Fiete die Vorbereitung des nächtlichen Einsatzes ein. „Wir müssen alles perfekt planen und ebenso sorgfältig durchführen. Ich will nicht das Leben von Lilly aufs Spiel setzen, weil wir irgendetwas übersehen oder schlampig arbeiten." Solche Töne waren bislang nie aus seinem Mund zu hören gewesen, daran konnte Knud erkennen, wie widerwillig der Revierleiter dem Plan zugestimmt hatte.

„Fiete, beruhige dich. Wir arbeiten immer hochkonzentriert, wenn es darauf ankommt und wir passen auf unser Küken auf – versprochen." Charlie zwinkerte Lilly verschwörerisch zu. Diese verstand die Bemerkung der älteren Kollegin genau richtig.

„Also gut. Lasst erst mal diesen Privatdetektiv durchs System laufen. Wie hieß der noch?", fing Fiete an, die Aufgaben zu verteilen.

„Oliver Voss", meldete sich Fenja Pape zu Wort.

„Checkt diesen Voss auf Vorstrafen und andere Auffälligkeiten. Ich will wissen, wie hoch die Wahrscheinlichkeit ist, ob er in dem Zimmer der jungen Dame auftauchen wird. Lilly, kümmere du dich bitte darum."

„Geht klar, Chef", erklärte sich die Kommissarin sofort einverstanden. Sie war erkennbar froh, dass Fiete ihrem Plan zugestimmt hatte.

„Gut, dann will ich einen Grundriss von dem Reha-Zimmer sowie der direkten Umgebung haben, damit wir uns exakt vorbereiten können. Wo könnt Ihr auf ihn warten, Charlotte und Knud, und welche Fluchtwege gibt es für den Täter? Wo könnte er sich gegebenenfalls verstecken? Auch wenn wir ihn natürlich überwältigen und festnehmen wollen, sollten wir diese Eventualität nicht aus den Augen lassen."

Die Anwesenden nickten zustimmend.

„Frau Pape, können Sie uns so einen Plan zeichnen? Am liebsten würde ich es mir selbst angucken, aber das ist vielleicht nicht die beste Idee. Wir wollen nichts unternehmen, was den Täter verschrecken könnte. Da wir nicht wissen, ob er das Zimmer tagsüber beobachtet oder beobachten lässt, muss es so gehen. Haben Sie vielleicht Fotos von dem Raum gemacht – und von der nächsten Umgebung?"

„Ja, nicht sehr viele, aber vielleicht geben sie Ihnen zumindest einen kleinen Eindruck." Fenja Pape holte ihr Handy aus der Tasche und suchte die entsprechenden Aufnahmen heraus.

„Gut! Geben Sie das Telefon bitte der Kollegin Morgenroth. Sie soll davon Kopien in unser Netzwerk ziehen."

Die Journalistin nickte.

„Lilly hast du schon einen Treffer?", fragte Fiete ungeduldig.

„Nein, unter dem Namen Oliver Voss scheint es keine Delikte zu geben." „Dann check die Zeichnung und das Profilbild, das Torge aufgenommen hat. Vielleicht hat er mal seinen Namen geändert", forderte er Lilly auf.

„Schon in Arbeit, Fiete. Hab ein kleines bisschen Geduld. Plant Ihr die Details des Einsatzes vor Ort, ich werde ja ohnehin tatenlos im Bett liegen. Wenn ich hier durch bin, komme ich dazu, um mir für den Notfall die Fluchtwege einzuprägen."

Knud konnte sich sein typisches Grienen nicht verkneifen. Ihre jüngste Kollegin hatte keine Scheu, das Kommando zu übernehmen.

„Also gut, Lilly hat recht. Weihen Sie uns in die Örtlichkeit ein, Frau Pape", stimmte er zu. „Charlotte, hol mal was von dem A3-Papier. Das eignet sich dafür am besten."

Alle steckten die Köpfe zusammen. Fenja Pape übernahm das Zeichnen und Torge steuerte Details hinzu. In den Jahren hatte er sich zu einem verlässlichen Beobachter entwickelt. Er konnte Einzelheiten beitragen, die andere glatt übersehen hätten. Am Ende war Fiete zufrieden.

„Also gut, das könnte klappen. Haben Sie mitbekommen, wie er sich Zutritt zu Ihrem Zimmer verschafft hat? War die Terrassentür ein wenig geöffnet? Hatten Sie Ihre Zimmertür abgeschlossen oder ist sie mit einem Schnapper versehen, so dass man sie ohnehin nur mit einem Schlüssel öffnen kann?", fragte er, als der Plan fertig war.

„Was Ihnen alles einfällt! Darüber habe ich mir gar keine Gedanken gemacht, obwohl es natürlich auf der Hand liegt! Also die Tür hat eine normale Klinke. Wenn man den Raum verlässt, muss man abschließen."

„Und haben Sie sich am Abend eingeschlossen?", hakte Fiete nach.

Fenja Pape wirkte verlegen. „Normalerweise habe ich das gemacht, aber an diesem Abend war ich groggy – und natürlich ziemlich angeschickert. Das kann ich wirklich nicht beschwören."

„Wo haben Sie am nächsten Morgen den Schlüssel gefunden? Steckte er von innen auf der Tür oder hatten Sie ihn irgendwo abgelegt? Können Sie sich daran erinnern? Lassen Sie sich Zeit mit der Antwort."

Fenja überlegte, schüttelte aber schließlich den Kopf. Ihr Blick wanderte zu Torge, der dem Wortwechsel schweigend zuhörte. „Kannst du dich daran erinnern? Du bist ja selbst ins Zimmer gekommen. War die Tür offen?"

„Sie war geschlossen, aber nicht verriegelt, sonst wäre ich ja nicht reingekommen", antwortete er.

„Klar! Und als du das Zimmer wieder verlassen hast, steckte der Schlüssel da in dem Schloss oder hast du ihn woanders bemerkt?"

„Tut mir leid! Ich habe schon die ganze Zeit darüber nachgedacht, aber ich war einfach zu aufgeregt. Das weiß ich leider nicht", antwortete er mit großem Bedauern. „Wofür ist das wichtig?"

„Es würde uns vielleicht einen Rückschluss auf den Täter geben, zumindest, ob er aus dem Krankenhausumfeld kommt. Allerdings kann er sich auf andere Weise einen Nachschlüssel besorgt haben. Was ist mit der Terrassentür, Frau Pape? War die geschlossen, als sie sich hingelegt haben?"

„Ja, da bin ich mir ziemlich sicher. Ich war so müde, ich bin einfach nur ins Bett gefallen. Und natürlich habe ich sie nicht geöffnet gelassen, als ich ins Dorf aufgebrochen bin. Immerhin hatte ich meinen Laptop im Zimmer."

Fiete nickte. „Okay, dann scheint er durch die Zimmertür gekommen zu sein. Wenn sie allerdings nicht abgeschlossen war, hätte sich jeder leicht Zutritt verschaffen können – so wie unser Torge. Gut, gibt es etwas hinzuzufügen oder haben wir soweit alles besprochen?"

Lilly kehrte an den Tisch zurück. „Das Gesicht ist unserer Datenbank nicht bekannt. Oliver Voss ist vielleicht nicht der Erfolgreichste in seinem Job, aber straffällig scheint er bislang nicht geworden zu sein. Was sagt uns das jetzt?"

„In meinen Augen spricht es für die These von Frau Pape: Der Privatdetektiv wurde wahrscheinlich nur angeheuert, um die Straftat vorzubereiten. Das erhöht das Risiko für den Täter, aber wer weiß, was er damit bezwecken wollte. Vielleicht war das nicht seine einzige Aufgabe. Wenn Ihr den Einsatz heute Nacht erfolgreich über die Bühne bringt, erfahren wir hoffentlich mehr." Wieder legte sich ein sorgenvoller Schatten über Fietes Gesicht.

„Das haben wir dir ja nun versprochen", versuchte Charlotte ihn zu beruhigen, was jedoch misslang.

„Wir werden sehen. Bis ich von euch einen entsprechenden Anruf bekomme, werde ich kein Auge zutun, so viel steht fest. Vielleicht sollte ich doch langsam über den Ruhestand nachdenken. Derartige Aufregung vertrage ich in meinem Alter nicht mehr."

„Nun mach aber halblang. So alt bist du auch wieder nicht", widersprach Lilly vehement, worauf Fiete lediglich mit einer wegwerfenden Handbewegung reagierte.

„Du weißt, wie ich es meine", kommentierte er abschließend. „Ihr alle wisst, wie ich es meine. Also gebt euer Bestes. Frau Pape, Sie sollten jetzt noch einmal versuchen, ein Hotelzimmer zu ergattern, vielleicht sind Sie damit erfolgreicher, wenn Sie es nicht direkt in St. Peter probieren. Oder wollen Sie nach Hamburg zurückkehren?"

„Nein, heute auf keinen Fall. Ich möchte unbedingt hautnah miterleben, was aus Ihrem Einsatz herauskommt. Bitte schließen Sie mich nicht aus!", bat die Journalistin.

„Solange Sie hautnah nicht zu wörtlich meinen, geht das für mich in Ordnung." Zum ersten Mal seit Torge und Fenja Pape auf dem Revier erschienen waren, zeigte sich ein flüchtiges Lächeln in seinem Gesicht. „Ich kann verstehen, dass Sie jetzt nicht nach Hause wollen, aber bitte suchen Sie Ihr Zimmer nur kurz auf, um das Notwendigste zu holen. Packen Sie nicht alles und verlassen Sie die Reha-Klinik nicht mit einem Koffer. Wie bereits gesagt: Wir wissen nicht, ob es einen Beobachter gibt, vielleicht hat Oliver Voss den Auftrag Sie zu observieren. Hat er Sie vielleicht hierher verfolgt?"

„Nein, Torge hat mir ein paar Schleichwege gezeigt. Das hätten wir bemerkt, wenn uns jemand gefolgt wäre."

Der Hausmeister nickte bestätigend.

„Gut, du machst dich jetzt ebenfalls besser auf den Weg. Nimm deinen Platz im Krankenhaus ein, damit deine Abwesenheit keine Aufmerksamkeit erregt", ordnete Fiete an.

„Ich dachte, ...", setzte Torge zu einer Erwiderung an.

„Nein, du bekommst heute Abend keine Rolle bei dem Einsatz. Und das meine ich ernst. Ich will keine Klagen hören – auch nicht von der Matrone." Der Revierleiter verkniff sich bei dem letzten Satz ein Schmunzeln.

„Was soll das denn heißen?", fragte Torge.

„Du bist bei deiner Aufpasserin bereits unter Verdacht geraten. Für einen Undercover-Einsatz eignest du dich nicht besonders. Sie hat dein Verlassen der Station mitbekommen und dich jetzt auf dem Kieker." Auch Knud amüsierte sich über das verdutzte Gesicht seines Freundes. „Und heute Nacht will ich dich nicht einmal in der Nähe von Frau Papes Zimmer sehen.

Das könnte unseren Einsatz gefährden und im Fiasko enden, wenn du uns dazwischen pfuschst."

„Ich habe es verstanden. Mit dem Ergebnis, Fenja zu euch gebracht zu haben, bin ich absolut zufrieden. Hat sie das wirklich gesagt? Ich meine die Matrone. Findet Sie mich verdächtig?" Es klang ein wenig Stolz in Torges Stimme mit und als Knud seine Frage mit einem Nicken bejahte, freute er sich regelrecht. „Na, das werde ich ihr heimzahlen. Der steht eine unruhige Nacht bevor."

Schließlich war es endlich soweit. Am Abend gegen 21.15 Uhr fuhren die Kommissare zu der Rehaklinik, um dort in Fenja Papes Zimmer auf ihren Mörder zu warten. Der Himmel hatte sich im Sonnenuntergang glutrot verfärbt. Lilly war entzückt und wertete das Naturschauspiel als gutes Omen für einen erfolgreichen und vor allem sicheren Einsatz. Vielleicht wollte sie sich auch nur selber Mut machen. Knud lag eine entsprechende Bemerkung auf der Zunge, aber er schluckte sie herunter.

Aufgrund der präzisen Beschreibung fanden sie das Zimmer auf Anhieb. Fenja Pape hatte ihre Wertsachen mitgenommen und die Tür dann einfach unverschlossen gelassen. Das blieb sie jetzt, um dem Täter freien Zugang zu dem Lockvogel zu ermöglichen.

Bisher war Lilly sehr locker aufgetreten, aber als sie sich schließlich in das Bett legte, fing Knud einen zweifelnden Blick von ihr auf.

„Hey, wir passen auf dich auf, Kleines", nutzte er die ungewohnte Anrede, um sie zu beruhigen. „Du weißt doch, was für eine toughe Kommissarin unsere Charlotte ist. Sie ist nicht nur unerschrocken, sondern außerdem eine exzellente Schützin. Und auch ich werde mein Bestes geben", fügte er mit einem Augenzwinkern hinzu. „Oder willst du einen Rückzieher machen?"

„Nein, auf keinen Fall", entrüstete sich Lilly. Sie versuchte stark zu klingen, aber ihre Stimme zitterte leicht. „Was soll Fiete von mir denken, wenn ich es jetzt nicht durchziehe? Aber lass mich nicht allein!" Der letzte Satz war lediglich ein Flüstern.

„Du kannst dich auf uns verlassen. Auch wenn du uns gleich nicht mehr siehst, wir bleiben ganz in der Nähe und wir lassen dich nicht aus den Augen." Knud drückte ihr kurz die Hand.

Charlotte war bereits im Bad verschwunden, Knud bezog im Schrank Stellung – und dann hieß es warten.

Er hatte die Schranktür einen kleinen Spalt offenstehen lassen, um Lilly im Blick behalten zu können. Dabei hoffte der Kommissar natürlich, dass der Täter sich komplett auf seine Mission konzentrierte und dieses Detail nicht zur Kenntnis nahm. Das Nachtlicht, das er am Nachmittag besorgt hatte, tauchte den Raum in einen schwachen Schimmer, wodurch er immerhin die Silhouette des Bettes und den Umriss von Lillys Körper unter der Decke erkennen konnte. Manchmal schien er leicht zu beben, aber vielleicht bildete er sich das auch nur ein.

Knud hatte mit dem Schrank ein absolut unbequemes Versteck gewählt. Es war nicht möglich, sich hinzusetzen, außerdem stand er bei der Beobachtung des Bettes in leicht verrenkter Haltung. Erst schmerzte der Nacken, dann zog die Verspannung in seine Schulter. Für einen kurzen Moment richtete er sich auf und versuchte sich etwas aufzulockern, ohne dabei irgendwelche Geräusche zu verursachen. Es wäre fatal, wenn genau in diesem Moment der Täter den Raum betrat und er das nicht nur verpassen, sondern ihn außerdem auf sich aufmerksam machen würde. Die kleinen Bewegungen verschafften ihm Erleichterung, der Schmerz ließ nach. Wieder bezog er seinen Beobachtungsposten. Alles im Raum war still. Lilly bewegte sich nicht. Entweder war sie wirklich eingeschlafen oder sie spielte ihre Rolle perfekt.

Am liebsten hätte er kurz mit Charlotte gesprochen, aber das war natürlich nicht möglich. Selbst auf den Austausch von SMS verzichteten sie, weil es einfach im entscheidenden Moment eine Ablenkung bedeuten konnte, die nicht nur den Erfolg des Einsatzes, sondern darüber hinaus ihre junge Kollegin gefährdete.

Die Zeit schien still zu stehen. Jedes Mal, wenn Knud auf die Uhr guckte, waren gerade ein oder zwei Minuten vergangen. Das versprach eine lange Nacht zu werden. Insgeheim glaubte er nicht an ein Auftauchen des Täters vor Mitternacht, aber natürlich mussten sie früh Stellung beziehen. Immer wieder reckte er sich für einen kurzen Augenblick, um nicht im Falle eines Zugriffs durch die fortschreitende Verspannung völlig bewegungsunfähig im Schrank zu hocken, während die gesamte Verantwortung für den Erfolg des Einsatzes auf Charlotte abgewälzt wurde. Er war froh, sie wenigstens dienstlich an seiner Seite zu wissen. Seine beruhigenden Worte an Lilly waren ernst gemeint. Die Kommissarin, die jahrelang in Hamburg gearbeitet hatte, war wirklich unerschrocken und eine wesentlich bessere Schützin als er selbst. Selbst wenn sie in dieser Nacht mit einem Profikiller konfrontiert werden sollten, würde Charlotte dem gewachsen sein. Das bedeutete für Lilly Sicherheit, aber genauso für ihn selbst, das konnte er sich eingestehen, ohne damit sein Selbstbewusstsein zu beeinträchtigen.

Plötzlich hörte er ein Geräusch. Die Warterei und seine abschweifenden Gedanken hatten ihn ein wenig eingelullt, aber jetzt war er wieder hochkonzentriert. Er lauschte. Bewegte sich da jemand durch den Raum oder bildete er sich das nur ein? Durch den Spalt der minimal geöffneten Schranktür konnte er lediglich das Bett und den Raum davor beobachten. Am liebsten hätte er die Tür weiter aufgeschoben, aber natürlich war das zu gefährlich. Sie mussten den Täter auf frischer Tat ertappen. Damit konnten sie ihn im anschließenden Verhör ausreichend unter Druck setzen, um den Hintergrund dieses Anschlages zu erfahren.

Knud lauschte weiter und starrte angestrengt in den schwach beleuchteten Raum. Bisher konnte er keine Veränderung feststellen. Die Lichtverhältnisse blieben konstant, das vermeintliche Geräusch hatte sich nicht wiederholt. Trotzdem wagte er es nicht, sich zu bewegen, obwohl seine Schulter sich immer weiter verkrampfte.

Und dann ging plötzlich alles ganz schnell. Ein großer, breitschultriger Mann trat an das Bett und drückte Lilly ohne Zögern ein prall gefülltes Kissen auf das Gesicht. Bevor Knud sich aus seiner unbequemen Position befreien konnte, stand Charlotte mit gezogener Waffe hinter dem Täter und brüllte ihn an: „Hände hoch! Lassen Sie das Kissen fallen. Sofort! Gehen Sie auf die Knie. Ich schieße, wenn Sie meiner Aufforderung nicht umgehend nachkommen!"

Der Mann schien komplett überrumpelt, ganz offensichtlich hatte er damit nicht gerechnet. Ohne Zögern kam er Charlottes Aufforderung nach. Er hob die Hände und sank auf seine Knie. Das Kissen taumelte zu Boden und eine leichenblasse Lilly erhob sich von dem Bett. Nun war auch Knud zur Stelle, um dem Täter Handschellen anzulegen. Überrascht stellte er fest, den Mann schon einmal gesehen zu haben.

Es handelte sich um den Mitarbeiter der Pathologie: Torben Baum!

Charlie in St. Peter-Ording

Mittwoch, den 3. August

Torben Baum ließ sich widerstandslos festnehmen, schwieg allerdings seitdem beharrlich. Das Team aus St. Peter-Ording traf sich an diesem Morgen früh, alle waren hochmotiviert, weil es endlich konkrete Fakten gab, auch wenn bislang nicht erkennbar war, ob es ebenfalls einen Zusammenhang mit den beiden Todesfällen gab.

Charlie war fest entschlossen, genau das herauszufinden. Allerdings mussten sie im ersten Schritt versuchen, das Schweigen dieses riesigen Kerls zu brechen. Fiete und Lilly stürzten sich erneut auf die Recherche und untersuchten seinen Lebenslauf. Dabei stand natürlich eine Verbindung zu Prof. Albert Jahve im Fokus. Hatte dieser vielleicht etwas gegen den Mitarbeiter der Pathologie in der Hand? Warum sollte sich Torben Baum sonst

263

zu seinem Werkzeug machen lassen? Charlie konnte sich eine Alternative kaum vorstellen. Gespannt wartete sie auf die Ergebnisse von Lilly und Fiete. Sie hoffte, mit konkreten Fakten den Druck auf den Festgenommenen weiter erhöhen zu können. Er musste einfach reden, sonst war diese ganze Aktion umsonst gewesen!

„Na, das ist ja ein Ding", entfuhr es Lilly, die sich von dem nächtlichen Einsatz bestens erholt hatte.

Sofort hatte sie Charlies volle Aufmerksamkeit. „Sag schon, was hast du herausgefunden?" „Das wirst du nicht glauben", erhöhte die junge Kommissarin die Spannung.

„Hau es raus. Du hast unsere volle Aufmerksamkeit", erwiderte Charlie lächelnd.

„Torben Baum ist erst seit einem knappen Jahr in der Pathologie. Und nun ratet mal, für wen er vorher gearbeitet hat?" Lilly guckte triumphierend in die Runde.

„Prof. Dr. Albert Jahve", antwortete Charlie trocken.

„Bingo!" Lilly freute sich ganz offensichtlich über den Recherchetreffer.

„Da ist wohl etwas schiefgelaufen. Torben Baum war also ein aufstrebender Chirurg in der Abteilung von Jahve. Warum wechselt einer, der so eine Karriere vor sich hat, freiwillig in die Pathologie? Das ist doch ein Abstieg, oder sehe ich das falsch?"

Knud ließ ein Grunzen vernehmen, verkniff sich aber einen Kommentar. Charlie ignorierte seinen kleinen Gefühlsausbruch und konzentrierte sich auf Lilly.

Diese zuckte mit den Schultern. „Puh, da stecke ich nicht drin", antwortete sie diplomatisch. „Vielleicht war er überfordert. Muss ein ganz schöner Druck sein, solche anspruchsvollen Operationen durchzuführen. Ständig geht es um Leben und Tod. Ein Patient kann durch einen kleinen Fehler, den du zu verantworten hast, sterben. Also für mich wäre das nichts.

Möglicherweise hat sich Baum überschätzt und ist dann lieber in ein Fachgebiet gewechselt, das nicht so stressig ist."

„Möglich! Vor dem Hintergrund der gestrigen Geschehnisse steckt allerdings bestimmt mehr dahinter. Grab mal weiter. Guck, ob du irgendeinen Skandal findest: Einen Kunstfehler; eine Anzeige, die vielleicht sogar zurückgenommen wurde. Möglicherweise ist Torben Baum bei einem Eingriff ein Fehler unterlaufen und Prof. Jahve hat ihn gedeckt. Vermutlich hat er ihn vor irgendetwas bewahrt: Beschädigung des Leumundes, Schadenersatzzahlungen, Entzug der Approbation. Und nun hat er ihn dafür in der Hand und lässt ihn die Drecksarbeit seiner eigenen Baustelle erledigen." Charlie lief sich langsam warm. Je weiter sie ihre Überlegungen spann, desto überzeugter war sie davon, richtig zu liegen.

Knud hingegen zeigte sich skeptisch: „Das ist alles Mutmaßung", moserte er. Hatte ihm ihre Bemerkung über die Pathologie die Laune verhagelt?

Charlie hatte es überhaupt nicht abwertend gemeint, aber es war ja wohl unbestritten, dass der Stresslevel bei einer riskanten OP deutlich höher war, als die Obduktion eines Toten. Sie schob die Gedanken beiseite. Sich mit Knuds Animositäten auseinanderzusetzen, dafür fehlte ihr die Geduld. Endlich schienen sie voranzukommen. Das war jetzt wichtig!

Während Fiete und Lilly sich auf die weitere Recherche konzentrierten, überlegte Charlie, wie sie dem Mitarbeiter der Pathologie weitere Informationen entlocken könnte, falls die Kollegen nichts Konkreteres fanden. Bei einer perfekten Vertuschung war vermutlich nichts aktenkundig gemacht worden und damit auch nicht in die Presse gelangt. Würde Torben Baum einknicken, wenn sie ihm ihre Verdachtsmomente direkt an den Kopf warf? Dafür brauchte sie eine gute Strategie, die sie am besten zusammen mit Knud ausarbeitete. Die beiden gingen solche Herausforderungen naturgemäß unterschiedlich an, darin lag eine Chance, die sie sich nicht durch persönliche Differenzen beeinträchtigen lassen sollten.

Auch eine Stunde später konnten Lilly und Fiete keine weiteren Fakten liefern. Charlie bekam das Gefühl, ihnen lief die Zeit davon. Wenn sich ihre Theorie als richtig herausstellte, würde Jahve den Erfolg des morbiden Auftrags abfragen und Verdacht schöpfen, weil Torben Baum verschwunden war. Nun ja, vielleicht vermutete er dann, dass sein ehemaliger Mitarbeiter abgehauen war. Trotzdem wollte die Kommissarin keine weitere Zeit verlieren. Gemeinsam mit Knud sollte das Verhör mit Baum der nächste Schritt sein, um Jahve zu überführen. Charlie war mittlerweile überzeugt, auf dem richtigen Weg zu sein. Sie musste Torben Baum ihre These auf den Kopf zusagen. Mit Glück konnte sie ihn damit überrumpeln.

Als der Festgenommene ihnen schließlich im Verhörraum gegenübersaß, machte er einen gefassten Eindruck. Charlie fragte sich unwillkürlich, ob er so kalt und abgebrüht war, wie er wirkte oder lediglich sehr selbstbeherrscht. Was steckte hinter dieser Fassade? Würde sie diesen Riesen knacken und damit an Jahve herankommen?

„Moin Herr Baum", begrüßte sie ihn und leitete das Verhör mit den üblichen Formalitäten ein, die den Angesprochenen weiter entspannten. „Was hat Albert Jahve gegen Sie in der Hand, dass Sie für ihn einen Mord begehen?", schoss sie schließlich die erste Frage ab. Ihr Tonfall war scharf, der Blick stechend.

Torben Baum entgleisten die Gesichtszüge. Er wurde erst blass, dann grau. Seine Hände fingen an zu zittern. Vermutlich war er in der langen, einsamen Nacht in seiner Zelle alle möglichen Fragen durchgegangen, aber mit dieser Gesprächseröffnung hatte er nicht gerechnet.

„Albert ... Jahve?", fragte er ungläubig.

„Ja. Sie haben für ihn gearbeitet, bevor Sie vor einem knappen Jahr in die Pathologie wechselten. Was hat Sie dazu bewogen, eine glanzvolle Karriere in der Chirurgie gegen das unspektakuläre Dasein im Keller des Krankenhauses einzutauschen?" Charlie beugte sich ein wenig vor, um den Druck weiter zu erhöhen.

Torben Baums Reaktion zeigte deutlich, wie genau die Kommissarin den wunden Punkt getroffen hatte. Die Entscheidung war nicht freiwillig erfolgt und quälte ihn nach wie vor. Er öffnete den Mund, schloss ihn jedoch wieder, ohne etwas zu sagen.

„Herr Baum." Charlies Stimme war ganz ruhig. „Vielleicht sind Sie sich über den Ernst der Lage nicht im Klaren, in der Sie sich befinden. In der letzten Nacht haben wir Sie auf frischer Tat bei einem Mordversuch gestellt. Des Weiteren gab es im Krankenhaus zwei Todesfälle, von denen einer eindeutig ein Kapitalverbrechen war. Der zweite Leichnam ist während Ihrer Schicht aus der Pathologie verschwunden. Da liegt der Schluss nahe, dass es sich dabei ebenfalls um einen Mord handelt, für den Sie mit großer Wahrscheinlichkeit zur Verantwortung gezogen werden." Bewusst überspitzte sie die Darstellung, die prompt ihre Wirkung nicht verfehlte.

„Mit der Tötung der beiden Patienten habe ich nichts zu tun!", stieß er schweratmend hervor. „Das können Sie mir nicht anhängen!"

„Tja, das wird der Richter entscheiden. Im Zusammenhang mit dem Verschwinden des Leichnams von Rolf Brunner sieht es aber wirklich nicht gut für Sie aus." Die Kommissarin wiegte den Kopf, als würde sie über einen weiteren Aspekt nachdenken. „Ein Geständnis wirkt sich mildernd auf das Strafmaß der gestrigen Tat aus, wobei es sich immerhin um einen Mordversuch gehandelt hat. Wollen Sie wirklich den Rest Ihres Lebens im

Gefängnis verbringen? Um Taten zu sühnen, die ein anderer verübt hat?"

Torben Baum zuckte zusammen und starrte sie an. Es war deutlich zu sehen, wie seine Gedanken rotierten. „Nein, das will ich nicht. Ich will mich mit einem Anwalt beraten."

„Das ist Ihr gutes Recht. Dann setzen wir unser Gespräch danach fort."

Bis der Anwalt eintraf, vergingen zwei Stunden. Die darauffolgende Besprechung dauerte etwa genauso lange und zerrte natürlich an Charlies Nerven. Knud hingegen blieb wie üblich pragmatisch:

„Sieh es doch einfach positiv", versuchte er seine Kollegin aufzumuntern. „Offensichtlich hat Torben Baum seinem Rechtsbeistand allerhand zu erzählen. Das spricht für unsere Vermutungen über die Zusammenhänge in diesem Fall."

Charlie lächelte dünn. „Ich bin trotzdem skeptisch, ob wir gleich mehr erfahren werden. Vielleicht rät ihm der Rechtsverdreher, die Aussage zu verweigern. Wir haben gegen Jahve nichts Konkretes in der Hand. Unsere Theorie basiert auf der Recherche dieser jungen Journalistin. Wer weiß, wie viel da wirklich dran ist. Es besteht immer noch die Möglichkeit, dass wir auf die falsche Fährte gesetzt wurden und uns nun komplett verrennen."

„Das meinte ich eigentlich nicht mit meiner Aufforderung, es positiv zu sehen", grinste Knud. „Warte doch erst mal ab, was gleich passiert. So lange wie dieses Gespräch dauert, werden sie bestimmt gleich bereit sein. Wenn Torben Baum die beiden Toten nicht selbst auf dem Gewissen hat, wird ihm sein Anwalt bestimmt dazu raten, auszupacken. Mit ganz viel Glück kommt er mit einer Bewährungsstrafe davon – oder mit einer relativ kurzen Haft."

„Und wenn er sie selbst getötet hat?" Charlie blieb skeptisch.

„Warum so pessimistisch?", stellte der Kommissar die Gegenfrage.

„Warum sollte Jahve sich selbst die Hände schmutzig machen, wenn er Torben Baum als willigen Handlanger einsetzen kann? Die Logik erschließt sich mir nicht." Charlie war nicht bereit, sich auf Knuds Spekulation einzulassen. Ging es dabei wieder ums Prinzip? Um einen stillen Protest?

„Dafür kann es mehrere Gründe geben. Zum Beispiel, weil ein Mitarbeiter der Pathologie auf einer normalen Station mehr Aufsehen erregt als ein Chirurg."

„Hhm, kann man so und so sehen."

„Aber Jahve ist bestimmt unglaublich respekteinflößend, da würde niemand dumme Fragen stellen", argumentierte Knud.

„Das ist ja nicht der Punkt. Wenn er gesehen wurde, hat er kein Alibi, mehr noch: Er gerät unter Verdacht. So ein Risiko würde der nicht eingehen!" Die Kommissarin schüttelte ihren Kopf. Ihre braunen Locken fingen an zu tanzen, was Knud verzückt betrachtete. Irritiert nahm Charlie diesen Blick zur Kenntnis. Irgendwie wurde sie aus ihm nicht schlau.

„Was?", fragte er leicht verlegen.

„Jahve wäre bekloppt, wenn er das Risiko eingehen würde, selbst zu töten", wiederholte sie.

„Möglicherweise nimmt er das nicht wahr. Vielleicht schwebt er in anderen Sphären und fühlt sich unangreifbar."

„Ein Gott in Weiß", kommentierte Charlie mit einem Anflug von Ärger.

„Ja. Wird interessant sein, ihn zu befragen", freute sich Knud ganz offensichtlich.

„Das müssen wir richtig gut vorbereiten. Wie gesagt, bislang haben wir gegen ihn nichts Konkretes in der Hand."

„Ja, aber er fühlt sich bestimmt sicher. Wir müssen ihn überrumpeln. Mit Glück erfahren wir weitere Fakten von Torben Baum. Egal, was Jahve gegen ihn in der Hand hat, der kann einfach nicht so dumm sein und für den Professor lebenslang ins Gefängnis gehen. Nüchtern betrachtet ist es für ihn der beste Zeitpunkt reinen Tisch zu machen und die Konsequenzen zu tragen. Wenn er die beiden Toten nicht auf dem Gewissen hat, ist er nach einer vermutlich kurzen Haftstrafe frei und damit sein gesamtes Leben vor sich." Knud redete sich in ungewohnte Rage.

„Wenn ... vielleicht solltest du ihn beraten – würde bestimmt schneller gehen, als bei diesem Rechtsanwalt. Puh, das dauert. Jetzt bin ich wirklich gespannt, was bei der Fortsetzung des Verhörs herauskommt!"

Schließlich war es endlich soweit. Der Anwalt – Uwe Rieger – kam zu ihnen und teilte mit, für die Fortsetzung der Befragung bereit zu sein. Aufgrund seines Lebensalters verfügte er sicherlich über umfangreiche Erfahrung. Allerdings hatte er aufgrund seiner Leibesfülle mit der Wärme des Augusttages zu kämpfen. Immer wieder wischte er sich mit einem überdimensionalen Taschentuch übers Gesicht und seine Glatze.

„Können wir uns in einen kühleren Raum setzen? Diese Hitze macht mir echt zu schaffen." Er wirkte kompetent und sympathisch. Charlie war gespannt, was er seinem Klienten geraten hatte.

„Eine Klimaanlage haben wir hier leider nicht, aber wir können einen Ventilator aufstellen."

„Danke Ihnen."

Schließlich saßen sie zu viert an einem Tisch. Lilly wäre am liebsten ebenfalls dabei gewesen, aber Charlie blieb hart. Sie wollte eine weitere Einschüchterung von Torben Baum vermeiden, was sich das negativ auf seine Aussagefreudigkeit auswirkten könnte.

„Also gut. Wie Sie gemerkt haben, konnte mir Herr Baum umfangreiche Fakten berichten. Er hat sich bereit erklärt, Sie umfassend zu informieren, wenn Sie ihm dafür Strafmilderung zusichern", eröffnete der Anwalt das Gespräch.

Charlie und Knud wechselten einen Blick und kamen stumm überein, diese zuzusagen.

„Wir werden mit dem Staatsanwalt sprechen und darauf hinwirken", versprach Knud.

„Gut." Uwe Rieger nickte und wandte sich an seinen Mandanten. „Erzählen Sie, was Sie mir eben berichtet haben."

Torben Baum schien erleichtert, sich endlich alles von der Seele reden zu können. Da er bei dem Mordversuch an Fenja Pape vertreten durch Lilly auf frischer Tat ertappt worden war, konnte er seine Situation durch die Preisgabe weiterer Informationen an die Polizei ohnehin nur verbessern. Bevor er zu Reden begann, schaute er beiden Kommissaren nacheinander direkt in die Augen.

„Ja, Sie haben recht. Ich war der Assistenzarzt von Prof. Albert Jahve. Das Ende meiner Assistenzzeit war zum Greifen nahe, ich durfte bereits Solo-OPs durchführen – also unter Aufsicht eines erfahrenen Arztes alleine operieren." Er legte eine Pause ein, während seine Gedanken in die Vergangenheit zu wanderten. „Es ist jetzt etwas mehr als ein Jahr her, da war ich für einen heiklen Eingriff eingetragen. Wir standen im Operationssaal, ich hatte den Patienten bereits geöffnet und die ersten Schnitte gesetzt."

Charlie hoffte, er würde bei der Beschreibung nicht zu sehr ins Detail gehen.

„Da wurde Prof. Jahve zu einem Notfall gerufen. Er forderte mich auf zu warten, um sich einen Überblick über den Ernst der Lage zu verschaffen und wollte anschließend zu mir zurückkehren." Wieder legte Torben Baum eine Pause ein und nahm einen Schluck von dem bereitgestellten Wasser. Dieser Bericht schien ihm nicht leichtzufallen. „Das tat er aber nicht. Ich wartete eine Weile und ließ ihn anpiepen. Darauf erhielt ich keine Antwort. Da der Patient offen vor mir auf dem Tisch lag, musste ich eine Entscheidung treffen. Es erschien mir nicht sinnvoll, die Operation abzubrechen, weil es sich dabei um eine vermeidbare Strapaze für den Mann gehandelt hätte. Außerdem habe ich mir den Eingriff zugetraut. Einige Wochen später wäre es Normalität gewesen, alleine zu operieren. Also habe ich meine Arbeit fortgesetzt."

„Obwohl Sie dafür eigentlich die Zustimmung von Prof. Jahve benötigt hätten", warf Charlie ein.

„Warum?", fragte Knud.

„Weil er trotz allem die Verantwortung trug." Torben Baum atmete einmal tief durch und trank noch einen Schluck Wasser. „Erst sah alles gut aus. Ich wusste, was ich tat und fühlte mich sicher." Er stockte in seiner Erzählung und nahm wieder Blickkontakt auf. „Aber dann kam es zu einer Komplikation. Eine Blutung ... so etwas passiert, ist im Grunde nicht ungewöhnlich ... aber mir ist es in meiner Unerfahrenheit nicht gelungen, die Blutung zu stoppen. Ich wurde immer hektischer, was natürlich völlig kontraproduktiv war. Alles war rot. Ich stopfte ein Bauchtuch nach dem anderen in den Patienten, aber das half nichts. Der Blutdruck des Patienten fiel ab und ich geriet in Panik. Wieder und wieder ließ ich Prof. Jahve anpiepen, ohne Erfolg. Er steckte selbst in der Not-OP und konnte nicht reagieren. Tja, um es kurz zu machen: In buchstäblich allerletzter Sekunde kam er mir zur Hilfe und rettete dem Patienten das Leben." Torben Baum sackte kraftlos auf seinem Stuhl zusammen.

Charlie ließ ihm einen Augenblick Zeit, dann fragte sie vorsichtig nach. „Warum haben Sie Ihre Laufbahn an den Nagel gehängt, wenn am Ende alles gut gegangen war? Hat Prof. Jahve Sie unter Druck gesetzt?"

„Ja, das hat er. Nach der Operation hat er mich angebrüllt, wie ich es wagen könnte, mich über seine Anordnungen hinwegzusetzen. Ich sei ein Nichts in der ärztlichen Hierarchie und er trage die Verantwortung für den Eingriff. Ich hätte ja gesehen, was dabei herauskäme. Ob ich seine Karriere mit meinem übersteigerten Selbstbewusstsein vernichten wollte – und so fort. Er hat mich regelrecht zur Schnecke gemacht, wie man so schön sagt."

Der Vergleich passte überhaupt nicht zu dem breitschultrigen Kerl, aber Charlie wusste nur zu gut, was er meinte. „Deshalb sind Sie in die Pathologie gewechselt?", fragte sie.

„Nein, obwohl er letzten Endes recht hatte. Ich habe mich über seine klare Anweisung hinweggesetzt. In meiner Position als Assistenzarzt gehört es nicht zu meinen Kompetenzen, solche Entscheidungen zu treffen. Ich dachte, ich handelte zum Wohle des Patienten, dabei hätte ich ihn beinahe umgebracht. Wenn Prof. Jahve nicht im letzten Moment aufgetaucht wäre ..." Obwohl der Arzt Torben Baum massiv unter Druck gesetzt hatte, sprach dieser nach wie vor respektvoll über seinen ehemaligen Vorgesetzten. Torben Baum schien zu den Guten zu gehören, die einfach in einen großen Schlamassel geraten waren.

„Sie konnten nicht mehr mit ihm zusammenarbeiten", schlussfolgerte die Kommissarin.

„Ja, das wäre wohl schwierig geworden." Ein schwaches Lächeln huschte über sein Gesicht, verschwand aber sehr schnell wieder. „Da hätte es allerdings andere Möglichkeiten gegeben. Nein, den Ausschlag für meine Versetzung in die Pathologie hat das Gefühl der Panik gegeben, das ich während des Eingriffs empfand. Bis zu diesem Tag habe ich mich für einen klardenkenden und besonnenen Mann gehalten. Dabei handelte es sich um eine komplette Selbstüberschätzung. Diese Hilflosigkeit in dieser Situation werde ich nie vergessen – und die will ich nie wieder erleben. Ich musste mir eingestehen, nicht die Nerven für diesen Job zu haben. Und ich wollte einfach nicht für einen Todesfall verantwortlich sein."

„Das klingt jetzt in Anbetracht Ihrer gestrigen Handlungen nicht besonders glaubwürdig", widersprach Charlie.

„Ja, da muss ich Ihnen sogar zustimmen. Leider habe ich wieder die Kontrolle verloren." Er blickte zu seinem Anwalt, der ihn mit einem aufmunternden Nicken dazu aufforderte, weiterzureden. „Ich hatte so gehofft, diese alte Geschichte endlich hinter mir zu lassen. Die Arbeit in der Pathologie ist bei Weitem nicht so aufregend wie die der Chirurgie, aber ich glaube, ich bin jetzt am richtigen Platz. Vor circa zehn Tagen kam Prof. Jahve zu mir, als ich alleine die Nachtschicht hatte. Er berichtete mir von einer jungen ambitionierten Journalistin, die meinen Fehler an die große Glocke hängen wollte. Im Rahmen einer Serie wollte sie über Ärzte berichten, die sich in ihrer Kompetenz überschätzten und dabei das Leben von Patienten aufs Spiel setzten. Er vermutete, sie würde diese Artikel sehr reißerisch aufziehen und mich so darstellen, als würde mir ein Menschenleben nichts bedeuten, wenn ich dabei meine Fähigkeiten erweitern könnte. Als ob ich die Patienten nur als Übungsobjekte sehen und deren Tod billigend in Kauf nehmen würde."

„Das hat Ihnen Prof. Jahve gesagt?" Knud war fassungslos.

„Ja. Er hat behauptet, sie würde meinen Namen dermaßen durch den Dreck ziehen, danach könnte ich sogar meine Tätigkeit als Pathologe vergessen."

„Und das haben Sie ihm geglaubt? Woher sollte sie denn diese Informationen haben?", mischte sich Charlie wieder ein.

Torben Baum stutzte. Ganz offensichtlich hatte er die Aussage des ehemaligen Vorgesetzten nie in Frage gestellt. „Sie glauben, dass er mich angelogen hat?", fragte er schließlich ungläubig. „Die Journalistin hatte mich gar nicht auf dem Kieker?"

Charlie ignorierte die Frage. „Wie ging es dann weiter?"

„Er versprach, mir wieder zu helfen – wie schon vor einem Jahr. Er hatte ja alle Vorwürfe fallengelassen, als ich ihm mitteilte, seine Abteilung zu verlassen und nicht mehr als Chirurg arbeiten zu wollen."

„War es nicht gleichermaßen sein Fehler, Sie in dieser Situation im OP alleine zu lassen?", hakte Knud nach.

„Ja, vielleicht. Ich weiß nicht, wie ernst es um den anderen Patienten stand. Ob Prof. Jahve ebenfalls einen Fehler gemacht hat, darüber habe ich mir nie Gedanken gemacht."

„Okay, er hat also mit Ihrem Karriereende gedroht und sie dazu überredet, Fenja Pape zu beseitigen, damit sie Ihren Namen nicht beschmutzen konnte?"

„Ja, so ungefähr."

„Wie wollte er Ihnen helfen?", fragte Knud.

„Er sagte, er würde die Tat vorbereiten. Sie sei hier in der Kurklinik und es würde alles ganz einfach sein. Ich musste ihr nur für ein paar Minuten ein Kissen aufs Gesicht drücken und dann sei ich für immer frei. Entweder ich würde sie vernichten oder sie mich. Ich hätte die Wahl." Torben Baum wurde bei seiner Aussage immer leiser. Offensichtlich fiel es ihm schwer, diese Planung zu offenbaren.

„Haben Sie sich nie gefragt, warum Prof. Jahve Ihnen zur Hilfe eilte?"

„Na ja, die alte Geschichte sollte eben nicht ausgegraben werden. Sie hätte ja auch auf ihn kein ruhmreiches Licht geworfen."

„Okay, den Rest dazu kennen wir. Kommen wir auf die beiden Todesfälle zurück", wechselte Charlie das Thema.

Sofort wurde sie von Torben Baum unterbrochen. „Frau Wiesinger! Ich habe im letzten Jahr viele Fehler gemacht und ich bin wirklich nicht stolz darauf. Aber ich schwöre, mit dem Tod der beiden Patienten nichts zu tun zu haben, das müssen Sie mir glauben. Ich habe sie nicht umgebracht."

„Aber Sie haben Jahve geholfen, den Leichnam von Rolf Brunner verschwinden zu lassen", sagte sie ihm auf den Kopf zu.

Torben Baum senkte den Blick. „Ja", bestätigte er leise. „Er hat mich weiter unter Druck gesetzt. Ich muss Ihnen wie ein Schwächling vorkommen."

„Hat er begründet, warum der Tote verschwinden sollte?"

„Nein, und ich habe auch nicht gefragt. Diese Sache mit der Journalistin hat mich in helle Aufregung versetzt. Ich wollte das einfach nur hinter mich bringen."

„Und wo ist er abgeblieben?", wollte Knud wissen.

„Am nächsten Tag wurden die Leichname von zwei Frauen abgeholt. Ich kenne die Abholer aller Beerdigungsunternehmen. Da war einer dabei, der es chronisch eilig hat und nie den Inhalt des Sarges kontrolliert. Außerdem wusste ich, dass die Frau verbrannt werden sollte. Da haben wir den Leichnam mit in den Sarg gepackt." Torben Baum schien es peinlich zu sein.

„War das nicht ganz schön leichtsinnig? Das hätte sehr leicht auffliegen können", bemerkte die Kommissarin.

„Ja, ich weiß. Ich habe einfach gehofft, es würde keiner merken. Klingt jetzt ziemlich bescheuert, aber besser kann ich es nicht erklären."

Knud in St. Peter-Ording

Donnerstag, den 4. August

Erschüttert berichteten Charlotte und Knud nach dem Verhör ihren beiden Kollegen das gerade Erfahrene.

„Krass!", rief Lilly aus. „Dieser Prof. Jahve hat dem jungen Assistenzarzt mit seinem Egoismus nicht nur die Laufbahn zerstört, sondern macht ihm jetzt das ganze Leben kaputt! Dagegen müssen wir unbedingt etwas unternehmen. Der darf nicht ungestraft davonkommen!"

„Torben Baum gibt Jahve nicht die Schuld an seinem Versagen. Er geht davon aus ..."

„Charlie, das habe ich verstanden", unterbrach Lilly ihre Kollegin. „Ich sehe das aber anders. Euer toller Professor hatte die Verantwortung – nicht nur für den Patienten, sondern ebenfalls für seinen Assistenzarzt. Das war sein Fehler. Er hätte seinen unerfahrenen Schützling nie mit diesem heiklen Eingriff alleine lassen dürfen. Und ich bin mir sicher, dass ihm das bewusst war. Der hatte Angst, für die Verletzung seiner Aufsichtspflicht belangt zu werden und hat den Spieß einfach umgedreht, damit Baum ihn nicht anzeigt und ihm die Karriere zerstört. Der Verhaftete hätte sicherlich nicht so panisch reagiert und wäre trotz dieses Vorfalls ein großartiger Chirurg geworden, wenn dieser Professor seinen Job richtig ausgefüllt und ihn an diesem Tag nicht allein gelassen hätte."

„Tja, so habe ich es bislang nicht gesehen. Und Torben Baum anscheinend ebenfalls nicht. Das ist aber wirklich sehr geschickt eingefädelt!", überlegte Charlotte laut.

„Sehr geschickt eingefädelt!", echauffierte sich Lilly. „So ein egoistisches Arschloch, das trifft den Kern ja wohl besser. Den müssen wir unbedingt überführen!"

„Die Frage ist nur: Wie?", stimmte Knud zu. „Glaubt Ihr Torben Baum, dass er mit den Todesfällen nichts zu tun hat?"

„Schwer zu sagen. Er hat keine Alibis, war in beiden Fällen im Krankenhaus und hatte damit die Gelegenheit. Er wirkte glaubwürdig, aber vielleicht will er einfach seine Haut retten. Was glaubst du?", wandte sich Charlotte direkt an Knud.

„Für mich hört es sich so an, als wäre dieser Professor in die Todesfälle verwickelt. Ich kann zwar kein Motiv erkennen, aber spielen wir es einfach durch. Was habt Ihr für Ideen dazu?", erwiderte er.

„Also, fangen wir mit den Fakten an, bevor wir uns in Spekulationen ergehen", übernahm Fiete die Gesprächsführung. „In Bezug auf mindestens einen Mitarbeiter vernachlässigt er seine Sorgfaltspflicht und zerstört dessen Karriere. Dabei zögert er keinen Moment, alle Schuld auf den unerfahrenen Arzt abzuwälzen, um seine eigene Haut zu retten. Bezugnehmend auf die Recherche von Fenja Pape hat er sich außerdem an Privatpatienten bereichert, zum einen mit diesen ominösen Wahlleistungen, zum anderen eventuell durch Abrechnungsbetrug."

„Was zu beweisen wäre", warf Charlotte ein.

„Immerhin ist sein ganzes Verhalten quasi ein Schuldeingeständnis." Lilly unterstrich ihre Überzeugung mit einer ausladenden Geste.

„Aber nicht unbedingt, was die illegalen, überhöhten Abrechnungen betrifft. Vielleicht hat er tatsächlich geglaubt, sie sei hier, um diese alte Geschichte mit Baum aufzudecken. Das mögliche Karriereende, welches er seinem ehemaligen Mitarbeiter prophezeit hat, hätte ihn in Wahrheit selbst treffen können", spann Charlotte den Faden weiter. „Und natürlich der Vorwurf, seinen Assistenzarzt geopfert zu haben, um die eigene Haut zu retten."

„Das wäre möglich", stimmte Lilly zu. „Vielleicht trifft beides zu. Das ist dann ein noch stärkeres Argument, die Journalistin loszuwerden."

„Und wie hängen die beiden Todesfälle damit zusammen?", fragte Knud.

„Keine Ahnung, aber Jahve scheint etwas damit zu tun zu haben, wenn er sich persönlich darum gekümmert hat, den Leichnam verschwinden zu lassen", antwortete Lilly.

„Wenn Torben Baum dabei nicht gelogen hat", bemerkte Fiete trocken.

„Warum sollte er?", fragte Lilly prompt.

„Dafür kann es mehrere Gründe geben: Vielleicht wollte er sich rächen oder einfach nicht schon wieder alleine den Sündenbock spielen, während Jahve ungeschoren davonkommt", zählte der Revierleiter auf.

„Jede Wette, dieser Professor hat nicht zu knapp Dreck am Stecken." Lilly ließ sich von ihrer Meinung nicht abbringen.

„Ich bin da ganz bei dir, aber wie weisen wir es ihm nach?", fragte Charlotte.

„Wir müssen ihn in einer Befragung überrumpeln."

„Ja, keine schlechte Idee. Aber wie?"

„Also, auf jeden Fall könnten wie ihm mitteilen, die Journalistin Fenja Pape sei bei einem nächtlichen Überfall ums Leben gekommen", schlug Lilly vor.

„Auf den ersten Blick keine schlechte Idee, aber dann wird er uns fragen, was er damit zu tun hat." Wie immer zeigte sich Charlotte kritisch.

„Kommt darauf an, wie abgebrüht er ist. Trotzdem könnte ihn seine Reaktion verraten. Zumindest darüber, ob er der Auftraggeber dieses Mordes war. Und er wird sich in Sicherheit wiegen, weil sie ihn nicht mehr verraten kann. Sicherlich hatte Torben Baum den Auftrag, ihren Laptop und mögliche Aufzeichnungen mitzunehmen."

„Deshalb wird Jahve uns trotzdem nicht die Morde an den beiden Männern gestehen", argumentierte Charlotte dagegen.

„Das stimmt wohl. Aber an dieser Stelle müssen wir ansetzen. Wurde der Leichnam von Rolf Brunner sichergestellt?"

„Nein, tatsächlich ist der Sarg mit der Frau bereits verbrannt worden", antwortete Fiete.

„Ohne ihn noch einmal zu öffnen?", fragte Lilly verwundert.

„Der Bestatter fand jede weitere Dienstleistung überflüssig, da der Sarg ohnehin direkt ins Krematorium gebracht wurde. Wir wissen nicht, ob die Aussage von Torben Baum der Wahrheit entspricht." Der Revierleiter wirkte äußerst unzufrieden mit dem Stand der Dinge. „Dafür wird aber der Leichnam von Klaus Ackermann erneut gründlich auf alle möglichen DNA-Spuren untersucht. Sobald sie was finden, werden wir informiert."

„Prinzip Hoffnung", maulte Lilly. „Und wenn sie nichts finden? Es muss doch eine Taktik geben, wie wir ihn zum Reden bringen. Wie wir ihn überlisten können."

„An diesem Punkt waren wir bereits am Anfang unserer Besprechung", kommentierte Knud den Wortwechsel.

„Das stimmt, also denkt nach!", zeigte sich Lilly ungeduldig. „Was fällt euch dazu ein?"

„Wir könnten behaupten, DNA-Spuren von ihm an dem Leichnam von Klaus Ackermann gefunden zu haben", schlug Charlotte langsam vor.

„Genau!" Lilly war sofort begeistert.

„Dann können wir auch konsequenter sein und das ebenfalls über Rolf Brunner behaupten."

Alle Blicke wanderten zu Knud, der auf ihr Erstaunen mit einem Achselzucken reagierte. „Ja, nun. Auch ich kann mir Lügengeschichten ausdenken. Traut Ihr mir sowas nicht zu?"

„Das willst du gar nicht so genau wissen", konterte Lilly. „Ist aber trotzdem eine geniale Idee. Das könnte klappen. Erst wiegen wir ihn mit der Todesnachricht in Sicherheit und dann lassen wir die Bombe mit den DNA-Funden platzen. Hätte von mir sein können, die Idee!"

„Und du glaubst, ihn damit zu kriegen? Für ein Geständnis ist der bestimmt viel zu abgebrüht." Wieder war Charlotte skeptisch.

„Nein, kein Geständnis, sondern eine verräterische Bemerkung, die er in seiner Mischung aus Überheblichkeit und Furcht, entlarvt zu werden, unachtsam von sich gibt", versuchte Lilly sie weiter zu überzeugen. „Das könnte klappen! Darf ich dabei sein? Wenn wir beide gehen, steigen die Chancen. Er fühlt sich zwei Frauen gegenüber bestimmt überlegen."

„Das ist nicht sicher. Da Knud und ich das Verhör mit Torben Baum geführt haben und damit die meisten der Informationen aus erster Hand haben, werden wir zu Jahve fahren, nächstes Mal wieder, Lilly."

Am Donnerstagvormittag fuhren die Kommissare ohne Vorankündigung zum Krankenhaus, um Prof. Jahve zu befragen. Natürlich versuchte seine Sekretärin, die unerwarteten Besucher abzuwimmeln, aber Charlotte zeigte sich stur. Schließlich nach einer Dreiviertelstunde Wartezeit wurden sie in ein geräumiges, edel eingerichtetes Büro geführt.

Jahve war groß, schlank und arrogant. Aus eisblauen Augen musterte er die Ermittler wie unerwünschte Eindringlinge, als Knud sie kurz vorstellte.

„Ordinger Polizei? Habe ich falsch geparkt oder was führt Sie zu mir?", fragte er in einem leicht näselnden Tonfall, der Charlotte von Beginn an reizte, das konnte Knud deutlich sehen.

„Fenja Pape ist tot", erklärte sie ohne einleitende Vorrede.

Der Kommissar beobachtete Jahve ganz genau. War da Erleichterung zu erkennen? Die Mundwinkel schienen ein wenig nach oben zu zucken. Knud hätte es aber nicht beschwören können.

„Wer ist Fenja Pape?", fragte der Chirurg.

Charlotte verengte ihre Augen zu Schlitzen. „Die Journalistin, die in Ihrem Auftrag getötet werden sollte", ging sie offen auf Konfrontation.

„Oha! Na, Sie nehmen ja kein Blatt vor den Mund. Interessant! Und wie kommen Sie darauf?" Jahve blieb gelassen.

„Wir haben Ihren ehemaligen Mitarbeiter Torben Baum festgenommen. Er beschuldigt Sie", erklärte sie ihm.

„Torben Baum. Ein tragischer Fall! Eine Weile sah es so aus, als stünde ihm eine große Karriere bevor, aber er war bereits damals ein notorischer Lügner. Ein derartiges Verhalten ist in einem komplexen Arbeitsumfeld wie dem unseren nicht tragbar. Nach einigen Abmahnungen musste ich mich leider von ihm trennen. Das war natürlich ein herber Einschnitt in seine Lebensplanung, den er mir – wie es aussieht – nicht verziehen hat. Wirklich unglaublich, zu welchen Lügen dieser Mann fähig ist. War das alles oder haben Sie weitere Fragen? Sonst würde ich gerne wieder an meine Arbeit gehen. Ich bin sehr beschäftigt."

„Fenja Pape hat uns kurz vor ihrem Tod in ihre Recherche eingeweiht. Dabei geht es um brisante Vorwürfe gegen Sie", setzte Charlotte das Gespräch fort, ohne die Bemerkung des Arztes zu beachten.

Mit dieser Information hatte er nicht gerechnet. Ganz deutlich war ein Erschrecken in seinen Augen zu erkennen.

„Wollen Sie uns weismachen, Frau Pape wollte ebenfalls nur Lügen verbreiten?", legte die Kommissarin nach.

„Das ist völlig unmöglich", stammelte Prof. Jahve. Mit seiner Ruhe und Überheblichkeit war es jedoch vorbei.

„Was ist völlig unmöglich?", hakte sie sofort nach, während Knud sich weiter aufs Beobachten beschränkte.

„Sie ..." Jahve brach gleich wieder ab und schüttelte den Kopf. „Das darf nicht wahr sein!", flüsterte er schließlich.

Charlotte wartete, ob er etwas ergänzen würde. In das sich anschließende Schweigen signalisierte Knuds Mobiltelefon den Eingang einer SMS von Fiete. Die Rechtsmedizin hatte tatsächlich DNA-Spuren auf dem Leichnam gefunden, die weder den Mitarbeitern der Abteilung noch Torben Baum zuzuordnen waren. Er solle Jahve doch um eine DNA-Probe bitten.

Nachdem er die Nachricht gelesen hatte, reichte er das Handy an Charlotte weiter, was den Arzt zusätzlich zu verunsichern schien. Knud war sich mittlerweile sicher über Jahves Beteiligung an den beiden Totenfällen. Würde er in einer direkten Konfrontation das Motiv für diese Taten herausbekommen? Er entschied sich für eine schrittweise Annäherung.

„Sind Sie mit einer DNA-Probe einverstanden?", fragte er unvermittelt.

Mit diesem Themenwechsel hatte der Professor nicht gerechnet. „Ich habe mit dem Tod dieser Journalistin nichts zu tun!", explodierte er plötzlich. „Was ziehen Sie hier überhaupt für eine Show ab? Haben Sie irgendwelche Beweise? Ich bin dieser Frau nie begegnet! Es ist also völlig unmöglich, meine DNA bei ihr nachzuweisen! Verlassen Sie umgehend mein Büro!"

„Das würden wir gerne", versicherte Charlotte. „Allerdings haben wir mehrere Mordfälle aufzuklären. Bei dem Leichnam von Klaus Ackermann wurde nicht zuordenbare DNA gefunden, die vielleicht von Ihnen stammt. Sie können das mit einer Speichelprobe sehr schnell aus der Welt schaffen, wenn Sie nichts zu befürchten haben."

Weder Knud noch Charlotte hatten mit dem gerechnet, was dieser Aufforderung folgte. Prof. Jahve sprang plötzlich von seinem Stuhl auf und rannte aus dem Raum. Der gut durchtrainierte Kommissar reagierte als Erster und holte den Arzt bereits auf dem Parkplatz des Krankenhauses ein. Ohne großen Widerstand zu leisten, ließ er sich schließlich festnehmen und verlangte nach einem Anwalt.

Epilog

Torge konnte es kaum erwarten, endlich von Annegret abgeholt zu werden. Für einen Mann, der Ärzten lieber aus dem Weg ging, hatte er in den letzten Tagen eine Menge Geduld aufgebracht, nun durfte er endlich nach Hause. Er war mit einem Medikament zur Stärkung eingedeckt worden, das er lediglich widerwillig entgegengenommen hatte. Ergänzt wurde dieses durch den ärztlichen Rat, mindestens zweimal pro Woche Sport zu treiben und sich gesund zu ernähren. Außerdem sollte er es etwas ruhiger angehen lassen und in den kommenden Wochen Leitern möglichst meiden. Torge versprach, Fahrrad zu fahren und gelegentlich Obst und Gemüse zu essen. In vier Wochen sollte er dann bei seinem Hausarzt zur Nachkontrolle vorstellig werden. Auch das versprach der Hausmeister und war froh, wenigstens nicht in das Krankenhaus zurückkehren zu müssen.

Besonders freute er sich auf den heutigen Nachmittag. Wie gewohnt hatte Fiete ihn zur Abschlussbesprechung eingeladen. Trotz der entgegenkommenden Geste ärgerte sich Torge insgeheim, das große Finale der Ermittlung verpasst zu haben, auch wenn er zusammen mit Fenja Pape entscheidend zur Lösung des Falles beigetragen hatte.

Er hoffte sehr, die Journalistin an diesem Nachmittag ebenfalls wiederzusehen. Ob sie ihre große Story nun veröffentlichen konnte? Die Flucht von diesem Prof. Albert Jahve schien ja quasi ein Schuldeingeständnis zu sein. Er konnte es kaum erwarten, sich in seinen alten Kombi zu setzen und zum Revier zu fahren, auch wenn die Ärzte ihn davor gewarnt hatten, seine Leistungsfähigkeit zu überschätzen. Als ob ihm dabei etwas passieren würde!

Bewaffnet mit einem Käsekuchen, den Annegret ihm heute frisch gebacken hatte, betrat er schließlich am Nachmittag das Revier in St. Peter-Ording, was ihm sofort das Gefühl vermittelte, wieder am Leben teilzunehmen. Jetzt war er gespannt auf die letzten Details des Falles, den er selbst glücklicherweise mit heiler Haut überstanden hatte. Nicht auszudenken, wie knapp er einer kleinen Katastrophe entgangen war. Bei dem Gedanken zog erneut eine Gänsehaut über seinen Rücken, die er beim Anblick der vermissten Kollegen schnell vergaß.

„Na, wen haben wir denn da? Torge Trulsen! Moin! Hat man Sie endlich aus dem Krankenhaus entlassen oder haben Sie sich mal wieder davongeschlichen?", fragte Kommissarin Wiesinger mit einem freundlichen Lächeln.

„Ich bin offiziell entlassen", verteidigte sich der Hausmeister.

„Tja, für die finale Lösung des Falles sind Sie zu spät, aber da Sie uns sogar vom Krankenbett aus in die Ermittlungen hineingepfuscht haben, sind Sie mit dem Gesamtergebnis bestimmt zufrieden", frotzelte sie weiter.

„Trotzdem sind ein paar Fragen offengeblieben", antwortete er, ohne auf die abwertende Bemerkung einzugehen, die mittlerweile zum Standard geworden war. Klar, die Aktion mit Fenja in dem Lokal war ein wenig grenzwertig gewesen, hatte am Ende ja nicht geschadet. Immerhin konnten sie nützliche Hinweise zur Festsetzung des Täters beitragen. Davon war er überzeugt.

„So, der Pharisäer ist fertig. Setzt euch mal hin, dann können wir mit der abschließenden Besprechung starten", verkündete Knud. „Ich möchte heute meinen Becher auf Torge heben. Nach allem, was wir jetzt in Erfahrung gebracht haben, ist er tatsächlich nur knapp dem Tod entronnen. Das wäre wirklich schade gewesen, in Zukunft auf deine Dienste verzichten zu müssen!"

Knapp dem Tod entronnen? War es viel brenzliger gewesen, als ihm bisher bewusst war? „Was meinst du damit?", fragte er fassungslos und hätte beinahe den Käsekuchen fallengelassen.

„Tatsächlich konnten wir anhand der DNA-Probe Jahves Anwesenheit am Tatort nachweisen. Zusammen mit dem umfassenden Geständnis von Torben Baum gehen wir davon aus, dass der Professor sowohl Rolf Brunner als auch Klaus Ackermann umgebracht hat", erklärte Fiete.

„Ja, aber warum?" Torge konnte die Taten nicht mit der Recherche von Fenja in einen Zusammenhang bringen.

„So kompliziert kann man eigentlich gar nicht denken. Tatsächlich hat er Fenja Pape auf dem Gelände des Krankenhauses erkannt und ihre Anwesenheit auf sich bezogen. Allerdings dachte er, sie würde in der alten Geschichte mit seiner vernachlässigten Sorgfaltspflicht bei Torben Baum recherchieren und diese groß herausbringen wollen. Immerhin hatte er den Fehler begangen und seinen unerfahrenen Assistenzarzt mit einer äußerst anspruchsvollen Operation alleingelassen. Als sich zeigte, dass dieser der Anforderung nicht gewachsen war, hat er zwar im letzten Moment übernommen und den Patienten gerettet, aber das war wohl eher eine glückliche Fügung als sein Verdienst. Danach hat er Baum einfach fallengelassen und seinen Fehler auf ihn abgewälzt."

„Statt ihn einzugestehen und den angehenden Arzt zu stärken und wieder aufzubauen", fügte Lilly Morgenroth hinzu. „Was für ein egoistisches Arschloch!"

„Dann hat er bei Fenjas Recherche gar nichts in Richtung Abrechnungsbetrug vermutet?", hakte Torge nach.

„Nein, das scheint er alles als sehr angemessen und maximal als Kavaliersdelikt einzustufen", erklärte Knud.

„Okay, ich verstehe trotzdem nicht, wie es zu den beiden Todesfällen kommen konnte. Jahve hat Fenja erkannt und Angst bekommen, dass sie seine alte Story ausgräbt, bei der er sich nicht gerade mit Ruhm bekleckert hat. Und wie hat er den Pathologen dazu bekommen, sie ersticken zu wollen?" Torge raufte sich seine blonden Locken.

„Er hat ihn unter Druck gesetzt und behauptet, er würde nicht nur diesen Job, sondern endgültig seine Approbation verlieren. Torben Baum hat immer noch davon geträumt, irgendwann den Mut aufzubringen, wieder als Chirurg zu arbeiten."

„Und warum diese Farce mit dem Privatdetektiv?", fragte der Hausmeister weiter.

„Anfangs sollte er sie lediglich ausfragen. Für diesen Job konnte er Torben Baum nicht einsetzen, weil der hier in der Küstengemeinde wahrscheinlich erkannt worden wäre. Zumindest war das Risiko zu groß."

„Und hat Fenja ihre Story ausgeplaudert?"

„Nein, sie hat nur Andeutungen gemacht. Voss stand mit Jahve an diesem Abend in Kontakt, hat ihn vom Herrenklo aus informiert. Wie tough die junge Journalistin ist, konnte er sich denken. Eine betrunkene Frau ist eben leichter zu überwältigen.

Damit wollte er Torben Baum ködern. Da hat er die Rechnung eben ohne unseren Torge gemacht", grinste Fiete.

„Danke, Fiete!" Torge freute sich über das Lob. „Verstehe ich trotzdem nicht. Ist doch eher ein größeres Risiko, noch jemanden mit reinzuziehen."

„Ja, Jahve schien ziemlich in Panik zu sein. Mit einer derartigen Beschädigung seines Leumundes hätte er alles verlieren können, was er sich in Jahrzehnten aufgebaut hatte."

„Und warum mussten Rolf Brunner und Klaus Ackermann sterben? Was hatten die mit der ganzen Geschichte zu tun?" Torge nahm einen großen Schluck aus seinem Becher. „Oh, der ist wieder köstlich. Verpetzt mich bloß nicht an meine Ärzte! Wenn die hören, wie ich hier Alkohol trinke, lassen die mich nicht hinters Steuer."

„Ich fahre dich nachher nach Hause, lass es dir ruhig schmecken!", kommentierte Knud. „Die beiden Todesfälle sind in dem ganzen Szenario besonders tragisch. Jahve hat sie wahllos ausgesucht. Sie waren ein reines Ablenkungsmanöver, um uns zu beschäftigen und Verwirrung zu stiften."

„Kollateralschäden", kommentierte Lilly. „Wie kann man so wenig Respekt vor dem Leben haben! Das geht mir nicht in den Sinn. Noch dazu bei seinem Job!"

„Ihr meint, es war reine Glückssache, dass er sich nicht über mein Bett gebeugt und mir die Luft in die Adern gepustet hat?", fragte Torge erneut fassungslos. Spontan fing er trotz des herrlichen Sommertages an zu frieren.

„Er hat sich wohl über das Umfeld der beiden informiert. Beide waren verwitwet und haben eher zurückgezogen gelebt. Es gab also wenige Personen, die Fragen stellen würden. Ist aber lediglich eine Mutmaßung. Vielleicht war es ihm auch völlig egal", führte Fiete weiter aus. „Eine Luftembolie lässt sich nicht so leicht nachweisen. Das Verschwinden des Leichnams sollte außerdem Verwirrung stiften."

„Unglaublich!", rief der Hausmeister aus. „Rolf Brunner war wirklich ein netter Kerl, so etwas Boshaftes hatte der nicht verdient. Fenja, das solltest du in deinem Artikel auf jeden Fall erwähnen. Auch wenn es wirklich tragisch ist, deine große Story ist dir jetzt sicher."

„Ja, das stimmt. Spektakulär ist sie auf jeden Fall und sie stößt Prof. Dr. Albert Jahve von seinem Sockel. Damit komme ich vielleicht leichter an weitere Informationen über ihn. Meine monatelange Recherche zahlt sich auf diesem Wege doch noch aus. Wie gut, dass ich dich hier getroffen habe, Torge." Fenja schenkte ihm ein strahlendes Lächeln.

„Darüber freue ich mich ebenfalls. Aber eins kann ich euch versichern: Im Krankenhaus war ich gleich zweimal – zum ersten und zum letzten Mal!" Torge lehnte sich zurück und trank genüsslich seinen Pharisäer.

Kleines Lexikon
norddeutscher Begriffe

Moin/Moin Moin	Begrüßung für den ganzen Tag
zu Potte kommen	weitermachen, fertig werden
Gosch	Fischrestaurant aus Sylt
sabbelig	redselig
piesacken	zusetzen, triezen
Gezuckel	langsames Fahren
„mach hinne"	mach weiter, werde fertig!
Klönschnack	gemütliche Plauderei
schnacken	sich unterhalten
dumm Tüch	dummes Zeug
lütt	klein
Buddel Köm	Flasche Korn
scheun	schön
grienen	Grinsen, lächeln
Priel	Rinne im Wattenmeer, in der sich auch bei Ebbe Wasser befindet
min seute Deern	mein süßes Mädchen
vertellen	erzählen
Schiet	Scheiße
Kopp in Nacken	Kopf in den Nacken
verklickern	erklären
Friesengeist	nordischer Schnaps
Pharisäer	Kaffeespezialität mit Rum und Schlagsahne
Pott Kaffee	Becher Kaffee
aufgebretzelt	chic angezogen/zurecht gemacht

schnieke	Chic
Rundstück	einfaches helles rundes Brötchen
Alsterwasser	Bier und weiße Limonade
Gedöns	als überflüssig erachtete Gegenstände
Scheibenkleister	s. Schiet
Butter bei die Fische	Klartext reden, nichts zurückhalten
Auf dem Kieker	Besondere Aufmerksamkeit, wörtlich Fernglas
Franzbrötchen	Plunderteig mit Zimt und Butter, ursprünglich aus Hamburg
Jo	Ja
fünsch	wütend, ärgerlich
vertüdeln	vergeuden
Wo geiht di dat?	Wie geht es Dir?
Klönschnacktür	Zweigeteilte Außentür, bei der man einen Klönschnack halten kann, indem man nur den oberen Teil öffnet
Mors	Hinterteil
Friesenschnitten	Blätterteig, Pflaumenmus, Sahne
Kluntjes	Kandiszucker
Graue Stadt am Meer	Husum, der Begriff wurde von dem Dichter Theodor Storm geprägt
Rungholt	1362 versunkene Siedlung im nordfriesischen Wattenmeer
Edomsharde	Verwaltungsbezirk im Mittelalter
Grote Mandränke	Verheerende Sturmflut 16. Januar 1362
mittenmang	mittendrin
Döntjes	Anekdote aus dem Alltag

Danksagung

Als Allererstes möchte ich mich bei meinen Lesern bedanken, die Torge und mir jetzt bereits über neun Fälle die Treue halten. Vielen Dank für eure Begeisterung für meine Sankt-Peter-Ording-Krimis – das macht mich stolz und glücklich!

Bevor ein neues Buch das Licht der Welt erblickt, gibt es erst einmal viele Stunden des Planens, Recherchierens und des Schreibens. Dafür nutze ich am liebsten die frühen Stunden des Tages. Morgens und am Vormittag bin ich frisch und kreativ.

Im Anschluss wird der Text mehrfach überarbeitet! Ich freue mich sehr, dass ich dafür so großartige Unterstützung habe. Ich danke meiner Lektorin Ursula Schneider, die den Text mit ihren Anregungen bereichert. Ich danke meiner Korrektorin Margarete Götz, die jedem Fehler auf der Spur ist.

Vielen Dank an die Designerin Franziska Buhl vom Kampenwand Verlag, die aus schönen Fotos mit Pfahlbauten so großartige Cover gestaltet und meine Texte setzt.

Eine große Bereicherung in meinem Autorinnenalltag stellen meine Kolleginnen Aurelia Blum, Maiken Brathe und Sabine Hirschfeld dar, mit denen ich im täglichen Austausch zu allen Fragen rund um den Schreibprozess verbunden bin. Wir unterstützen uns in konkreter Textarbeit, sowie bei der Zielerreichung und Motivation. Ich bin dankbar, Teil dieses großartigen Teams zu sein!

Schließlich gilt mein Dank meinem Team von treuen Testlesern und Torge-Fans, die mich im Schreibprozess unterstützt haben.

Vielen Dank!
Stefanie Schreiber

Hat Ihnen
die Geschichte gefallen?

*Dann freue ich mich sehr über eine positive Rezension bei
Amazon oder auf einem anderen Portal, denn Bewertungen
werden für uns Autoren immer wichtiger.
Das muss kein langer Text sein, schreiben Sie einfach, was
Sie anderen Lesern gerne zu dem Buch mitteilen wollen. (Aber
natürlich nicht verraten, wie die Geschichte endet.)
Ich danke Ihnen im Voraus!*

*Herzlich
Ihre Stefanie Schreiber*

KAMPENWAND
VERLAG

Bereits von der Autorin erschienen

Fortsetzung folgt!

Über die Autorin

Stefanie Schreiber

Stefanie Schreiber ist Dipl.-Kauffrau und Fachjournalistin. Aus ihrer Leidenschaft fürs Krimischreiben hat sie nun einen Beruf gemacht.

Ihre kleine Reetkate anno 1704 bei ihrem Sehnsuchtsort St. Peter-Ording verbindet sie seit zweiundzwanzig Jahren mit Nordfriesland, den Eigenheiten des Landstrichs sowie der Mentalität der Küstenbewohner, die sie gerne in ihre humorvollen Kuschelkrimis einfließen lässt.

Seit 2019 erscheint ihre erfolgreiche Sankt-Peter-Ording-Krimireihe mit dem schrulligen Hobbyermittler Torge Trulsen und der toughen Kommissarin Charlotte Wiesinger.

www.StPeterOrding-Krimi.de